武士マチムラ

今野　敏

集英社文庫

武士マチムラ

1

「タルーよ。どこへ行くんだ」

ちょうど勤めから戻ってきたところだった父《ターリー》に呼び止められて、松茂良樽金《まつもらたるがね》は立ち止まった。

父の名は、松茂良興典《こうてん》。名前が樽金なので、「タルー」と呼ばれているのだ。

樽金はこたえた。

「ちょっとそこまで行ってまいります」

興典は笑みを浮かべて言った。

「また、久米村《クニンダ》まで足を延ばそうというのだろう。ターリーにはお見通しだぞ」

そう言われて、樽金は言葉を返せない。父親は怒っているのだと思った。

たしかに、樽金の住む泊《とまり》村から那覇《なは》の久米村まではかなりある。

子供の足では、今から行くと、そのまま戻ったとしても日が暮れるだろう。とはいえ、樽金は、脚力には自信がある。子供といっても、もうじき数えで十五歳の元服《カタカシラユイ》だ。半里ほどなので、遊びに行ってもどうということはないと思っていた。

樽金が何も言わずにいると、興典は言った。

「ちょっと待っておるがいい。いっしょに行こう」

「ターリーもいっしょに行ってくれるのですか？」

「ああ。母上《アヤー》に一言断ってくるから、待っておれ」

樽金は、今にも駆けて行きたいような思いで、父親を待った。実際には、出てくるまでにそれほど時間はかからなかったはずだが、樽金にはずいぶん長く感じられた。

「さあ、行こう」

父親が出てくると、樽金はさっそく那覇に向けて歩きはじめた。

首里《しゅり》王府の城下町には港が二つある。一つは那覇。そして、もう一つが樽金の生まれ故郷である泊だ。

那覇は、民間の商取引のための港だが、泊は昔から首里王府が交易などに使用する港だった。沖縄《ウチナー》には古くから中国の豊かな物資とともに、文化もやってきていた。

大陸からの人の往来も盛んだった。その玄関口が泊港だった。中国など海外からやってきた客人は、天久寺《アマクヌティイラ》と呼ばれる聖現寺《せいげんじ》に滞在する習わしとなっていた。今でもそれは変わらない。泊村の人々は昔から、親国《ウヤグニ》と呼ばれる中国の雰囲気と接していたし、王府と海外を結ぶ土地だという誇りを持っていた。

那覇に住む多くの人々は平民だが、泊の住人は士族《サムレー》が多かった。樽金の家も例外ではない。

泊の松茂良家は、第一尚《しょう》氏の流れを汲《く》み、唐名《からな》は雍《よう》氏だ。樽金は、三男四女の長男だった。カタカシラユイが終われば、父の興典と同様に、名乗り頭《がしら》の「興」の字が与えられるはずだった。

那覇は湾に浮かぶ小島だ。海からは高台の波上宮《ナンミン》が目印になる。

その那覇に向かいながら、父の興典が樽金に言う。

「那覇には飲み屋が軒を連ねる辻《つじ》もあって、大人の遊ぶ場所だ。子供には用はないはずだが、おまえ《ヤー》は久米村が面白いと言う。何がそんなに面白いんだ？」

「親国のことがよくわかります」

「親国に興味があるのか？」

「あります。親国あっての沖縄です」

興典は笑った。

「たしかに樽金の言うとおりだ。だが、あまりおおっぴらにそういうことを言ってはならない。ヤマトの役人が眼を光らせているからな」

樽金が親国と呼んだのは、もちろん清《しん》国のことだ。樽金から見れば、清国は神秘的な憧れの国だ。琉球国王は、中国の皇帝によって冊封《さくほう》されている。つまり、王として認められ、琉球を統治する一方で、中国の皇帝に対しては臣として朝貢貿易を行うのだ。

興典がヤマトと言ったのは、薩摩《さつま》藩のことだ。一六〇九年に沖縄に侵攻してきて以来、薩摩藩は沖縄の支配を続けている。

那覇に在番《ざいばん》奉行《ぶぎよう》の公館仮屋《カイヤ》があり、そこには主従十五人の薩摩藩士が詰めている。彼らは何かと支配者面《づら》をして、沖縄の住民を弾圧するのだ。

「ヤマトのサムレーなど怖いことはありません。親国がついていれば、沖縄はだいじょうぶです」

興典はさらに笑った。

「私《ワン》もそう思うぞ。それで、ヤーは、久米村でいつも、何をしているのだ？」

「見ています」

「何を見ている」

「人々の暮らしです。彼らは、沖縄の人々と違った仏様を拝んでいます」

「孔子廟《こうしびよう》だな。だが、ヤーの関心はそれだけではあるまい」

父興典にそう言われて、樽金は思わず顔を赤らめた。何も言わない樽金に向かって、興典はさらに言った。

「わかっておるぞ。樽金は手《ティー》が好きなのだろう。久米村には珍しい親国の手をやる者がいる」

図星だった。

実は、樽金は親国独特の手が見たくて久米村に通っているのだ。手というのは、武術のことだ。

久米村の歴史は長く、多くの住人は沖縄で生まれ育った。男はカタカシラを結い、女性も琉装《りゅうそう》だ。他の地域の人たちと見かけは同じだし、普段話す言葉も同じだ。だが、久米村の近くにいると時折、中国の言葉も聞けたし、手の稽古らしいことをしている人々を眼にすることもある。

樽金は言った。

「はい《ウー》。親国の手は面白いです」

「誰か教えてくれる者はいるのか？」

「いいえ、運がよければ稽古しているところを見ることができます」

「手の稽古は、人目を避けてやるのが習わしだ。それは沖縄のサムレーも、久米村の通《つう》事《じ》も変わりない。つまり、ちゃんと親国の手を見たことがないということだな」

通事というのは、もともとは通訳のことだが、今では久米村に住む人たちの役職の名となっていた。樽金も詳しくは知らないが、久米村の人たちの階級は、下は若秀才《わかしゅうさい》に始まり、最高位は紫金大夫《しきんたいふ》だ。その間に、通事や都通事《とつうじ》といった階級があるようだ。

「だから、何度も足を運んでいるのです」

樽金は言った。「聞いたところによると、久米村に伝わるのは、清国の南のほうでやられていた手だそうです」

「そう。かつて閩《ビン》と呼ばれた地域……。今では福州《ふくしゅう》と言うが、そのあたりから伝わった武術のようだ。せっかく久米村まで足を延ばすのだ。何か見せてもらおう」

「え、そんなことができるのですか」

樽金は、思わず大声を上げた。

「アイ、タルーよ。サムレーはみだりに大声を出すものではない。ワンも、それほど偉くはないが、サムレーだ。通事の知り合いもいる」

樽金は、期待に胸を膨らませた。

久米村はまだまだ先だが、自然に歩みが速くなるのだった。

久米村に着くと、興典は、道行く人に声をかけ、何事か話をした。

そして、ある家を訪ねる。そこの住人と興典は親しげに言葉を交わした。おそらく相手は通事だろうと樽金は思った。たたずまいに品格があった。

興典は、その人物に樽金を紹介すると言った。

「特別に套路《トウロ》を見せてくださるそうだ」

「トウロ……？」

「沖縄の手で言う型のことだな」

樽金は頭を下げた。

「お願いします」

三人は、村の中の広場に移動した。周囲に木立《こだち》があり、容易に人から見られないような場所だ。なるほどこういう場所を選んで稽古をするのだなと、樽金は思った。

父によると、その人物はやはり通事だということだ。武術は先祖代々伝えられているのだという。一子相伝で昔ならば決して他人には見せなかったものらしい。

通事が套路を始めた。

左足を進め、両膝を少し曲げる。両方の足先は内側を向いている。

樽金が何度か眼にしたことのある立ち方だ。沖縄の手では見たことのないものだ。腰がやや前に出ており、背中は少しばかり丸くなっているように見える。肩が下がり、全身に力が満ちているのが見て取れる。通事は呼吸の音とともに歩を進める。

沖縄の手と違って、拳《テイジクン》を握っていない。掌《てのひら》を広げ、指だけを曲げた奇妙な形だ。一歩進んでは、呼気の音を立て、顔面の前に左右の手が円を描く。そして、奇妙な形の掌が突き出される。

くるりと転身して歩を進め、元の位置に戻る。正面に向き直り、套路は終了した。

樽金は、ふうっと息を吐いた。無意識のうちに息を止めていた。それくらいに通事の動きは迫力があった。

興典が言った。

「なるほど、見事なものだ。泊村で武士《ブサー》たちがやっている手とはかなり趣きが違うが……」

通事が言う。

「先祖から形を変えずに守り伝えた武術です。虎形だと言われています」

樽金は、発熱でもしたようにぼうっとしていた。

「その手を教えていただくわけにはまいりませんか」

樽金は言った。言ってしまってから、自分でも驚いていた。

一子相伝、門外不出の武術だと言われていた。見せてもらっただけでもありがたいのだ。それを教えてくれとは、いくら何でもずうずうしい。

だが、樽金は言わずにいられなかったのだ。熱に浮かされたような気分だった。

その言葉には、興典も驚いた様子だった。

「タルー、何を言うか」

たしかに、無礼だったと樽金は思い、頭《こうべ》を垂れた。

通事が言った。

「そう言ってもらうとうれしいのですが、松茂良筑登之親雲上《チクドゥンペーチン》にも申し上げたとおり、わが家に伝わる武技は門外不出でして……」

　興典が言った。

「いや、心得ております。子供の言ったことですから、どうかお許しください」

「いや、こちらこそ、もったいぶっているようで申し訳がない」

　興典が樽金に言った。

「一度きりという約束で、套路を見せていただいたのだ。お礼を申すがいい」

　樽金は、言われるままに頭を下げた。

「ありがとうございました」

　通事が言った。

「ワンの先祖は、洪武帝《こうぶてい》の時代に、明《みん》からこの沖縄に渡ってきたと言われています。本当かどうかは、ワンにもわかりません。しかし、先祖が中国から渡ってきたことは間違いないでしょう。私《ワッター》たちは先祖の伝統を大切に守り伝えていかねばなりません。武技も伝統の一部です。ですから、門外の方にお伝えすることはできないのです」

　興典が樽金に言う。

「見せていただいただけでもありがたいのだ」

　樽金は「はい」と返事をするしかなかった。

　それから樽金と興典は、通事に丁寧に挨拶をして、久米村をあとにした。

通事の動きが脳裏に焼き付いている。だが、細かなところはわからない。ただ、その動きの印象が残っているだけだった。

それでも樽金の興奮は続いていた。一子相伝、門外不出だからこそ、価値がある。やはり、久米村は面白い。樽金はそう思っていた。

首里へ上れば、いろいろな手を見ることができるに違いない。だが、泊村の樽金にとって御主《ウシユー》、つまり琉球国王があらせられる首里は畏《おそ》れ多い土地だった。

泊から首里までは、大道《ウフミチ》を行けば一里ほどでしかない。往来の盛んな通りなので道も整備されている。だが、心理的な距離は実際の距離よりはるかに遠い。

樽金にとっては、那覇の久米村のほうが近いし、馴染《なじ》みも深い。だから、自然と久米村の手に興味を持つようになっていたのだ。

「そんなに通事の手を学びたかったのか?」

興典にそう尋ねられても、樽金は半ば上の空だった。頭の中で通事の動きを反芻《はんすう》していたのだ。

「そろそろ、本格的に手を教えてもいい頃だな……」

その言葉に、樽金は我に返った。

「本当ですか。本当に手を教えていただけるのですか」

「まずはワンが手ほどきをしよう。久米村の手とは違うが……」

「泊にも立派な手が伝わっているのですね。昔から武士もたくさんいたのでしょう」

武士というのは、手を修行する武術家のことだ。

興典はうなずいた。

「ワンも、ターリーから手を習った。もともとワッター雍氏は、武術で名を馳《は》せたのだ」

その話は、これまでも何度か父から聞いていた。

雍氏についての一つの伝説だ。

尚寧《しょうねい》王の時代に、雍肇豊《ようちょうほう》佐《さ》敷興道《しきこうどう》という武将がいた。佐敷興道は、北谷《ちゃたん》で薩摩の軍勢と戦ったが、首里城の陥落を聞き、その場で自害した。その後、雍氏は泊村に住んで繁栄した。以来、雍氏は武術に秀でた者が多く、爬龍船《ハーリーブニ》の競漕の際にもおおいに活躍して、「雍氏爬龍」という言葉を残すまでになった。

樽金は、そういう話をすっかり覚えてしまっていた。だから、松茂良家にも当然手は伝えられているはずだと思った。父、興典はそれを学んでいるに違いない。

それを本格的に指導してくれるということだろう。樽金の興奮はさらに高まった。

「いつから教えてくれますか？」

「帰ったら、さっそく始めようじゃないか」

樽金は父の言葉に、またしても声を上げそうになった。

「本当ですか。今日から教えていただけるのですか？」

父の興典は苦笑して言った。

「そんなに手を習えるのがうれしいのか」

「ウー、うれしいです」

「手の稽古を始めるからには、ひとこと言っておかなければならない」

「何でしょう」

「一度手を始めたら、決して途中でやめてしまうようなことがあってはならない」

「やめるはずがありません」

「誰でも最初はそう言うのだ。だが、手の稽古は厳しい。途中で逃げ出す者もいる」

「ワンは決して逃げ出したりはしません」

興典が笑った。

「わかった、わかった。その言葉を忘れるな」

「ウー」

もうじき、泊村だ。見慣れた家屋敷が建ち並ぶのが見えてきた。

そのとき、誰かが怒鳴る声が聞こえてきた。男の声だ。何事だろうと、樽金は道の先を見た。

2

すでに日が傾き、夕闇が迫りつつあった。その薄暗がりから声が聞こえてくる。何か揉《も》め事のようだ。

興典もそれに気づいた様子で、眉をひそめ歩を緩めた。

樽金は言った。

「何事でしょう」

すると、興典が声を落として言った。

「いいか。何があっても、声を出さずにじっとしているのだぞ」

「え……」

怒号が大きくなる。それに混じり、別の男の声が聞こえる。どうやら許しを請うているようだ。

樽金は、父の言いつけが理解できなかった。もう一度質問しようとしたとき、男の悲鳴が聞こえた。

樽金ははっとして、父を見た。興典は、眼を伏せていた。

どうしたのだろう。誰かが襲撃されている様子だ。ひどい目にあっているのだ。どうして父は助けに行こうとしないのだろう。

樽金たちのほうに、足早に近づいてくる者がいた。樽金は気づいた。薩摩の士族《サムレー》だ。興典が道の端に寄った。立ち尽くしている樽金は、興典に袖を引かれた。

そこを薩摩のサムレーが通り過ぎようとした。興典は顔を伏せている。

樽金は薩摩のサムレーを見ていた。眼が合った。

相手が立ち止まり、大声で言った。

「わっぱ。何か用か？」

樽金はその語気の荒さに驚いて、口をぽかんと開けていた。興典が眼を伏せたまま言った。

「いえ、何もありません」

薩摩のサムレーはしばらく樽金と興典を睨《にら》みつけていたが、やがて、ふんと鼻を鳴らして歩き去った。

その背中が小さくなると、興典は駆け出した。道に倒れている男に駆け寄ったのだ。樽金も走った。

見覚えのある男だった。泊村の住人で名は与那嶺《よなみね》。彼もサムレーだった。年齢は興典より十歳ほど上だ。

「与那嶺筑登之親雲上《チクドウンペーチン》、どうされた」

　返事はない。傷が深いのだと樽金は悟った。興典が樽金に命じた。

「村人に知らせてこい。戸板を持ってくるんだ」

「はい《ウー》」

　樽金は駆け出した。一番近い家に駆け込み、大声で言った。

「誰か。誰かいますか？」

　その家の使用人が顔を出した。

「おや、あなた《ウンジュ》はたしか、松茂良筑登之親雲上の……」

「与那嶺という方が、斬られました。戸板を……」

「斬られた……」

「薩摩のサムレーに……」

　男の顔色が変わった。彼はすぐに近所から人を集めた。日が暮れて、夕餉《ゆうげ》の仕度をする香が漂っていた村に突然、緊張が走った。

　与那嶺は戸板に乗せられた。

　前方に立つ男たちのうちの一人が言った。

「医者に運ぶぞ。傷が深いのであまり揺らすな」

「ウー。心得た」

男たちは足早に戸板に乗せた与那嶺を医者の家へ運ぶ。医者は、与那嶺を一目見て言った。

「刀傷か。臓腑《ぞうふ》に傷が届いていなければいいが……。とにかく詳しく診よう」

樽金と興典は、医者の家の外に立っていた。石屛風《いしびょうぶ》の前だった。

与那嶺を医者に運んだ男たちだけでなく、野次馬も集まってきていた。その中の一人が興典に声をかけた。

「何があったのですか?」

興典がこたえた。

「与那嶺筑登之親雲上が、薩摩のサムレーに斬られました」

「驚《アキサミヨー》いた……。与那嶺さんは、前々から薩摩のサムレーに無理強いをされていましたからね……」

「何を無理強いされていたのでしょう?」

「娘さんですよ。与那嶺さんには、カマトという美しい娘さんがおられて、それに眼をつけた薩摩のサムレーが妾《めかけ》に寄こせと、しつこく迫っていたようです」

二人の話を聞いて、薩摩のサムレーのあまりの理不尽さに啞然《あぜん》とした。

興典が言った。

「そんなことがあったのですか……」

「まだましなほうかもしれませんな……」

男が溜《た》め息混じりに言う。興典が聞き返した。

「ましとは……？」

「妾に寄こせと談判に来るだけましだということです。薩摩のやつらの中には、平気で娘を手込めにする者や、連れ去っておもちゃにする者もいます」

「在番奉行とその従者、十五人。彼らがいる限り、同じような悲劇が続きます」

「かといって、どうすることもできない。私《ワッター》たちはただ、我慢するしかないのです」

二人の話を聞きながら、樽金は唇を咬《か》んでいた。

薩摩のサムレーの乱暴狼藉《ろうぜき》の話は昔から聞いていた。与那嶺のように斬られた者も少なくない。また、野次馬が言ったように、女を連れ去る卑劣漢もいるらしい。

どうしてそんなことが許されるのか理解できなかった。沖縄《ウチナー》の人々が誰かを怪我させたら、裁きを受けて罰せられる。人を殺《あや》めたら死罪だ。

それなのに、薩摩のサムレーは罰せられることはないのだ。

樽金はひどく腹が立った。与那嶺と薩摩のサムレーが揉めているのに気づいたときの、父の態度も納得できなかった。父は立派な人間だと信じていた。ああいうときは、敢然として止めに入ってほしかった。

薩摩のサムレーが近づいてきたとき、興典は立ち止まり道の端に寄って眼を伏せていた。樽金はそれが悲しかった。

あんな父の姿は見たくなかった。

家に帰ったら、手《ティー》を習うのを楽しみにしていた。だが、今は父から何かを学ぶ気にはなれなかった。

興典だってどうすることもできなかったのはわかっている。だが、悔しくてならなかった。父親が急に小さくなってしまったような気がしたのだ。

父は王府の役人だ。その父も、薩摩のサムレーをどうすることもできないのだ。つまり、首里王府が手を出せないということだ。

ならばやはり、親国《ウヤグニ》である清国に頼るしかないのではないか。

樽金はそう思った。

戸板を持っていた男の一人が、医者の家から出てきた。頭を垂れている。興典は、無言でその男の言葉を待っていた。樽金も待った。

やがて男が言った。

「与那嶺筑登之親雲上はお亡くなりになりました」

その夜は、手の稽古どころではなくなった。

興典は食事もせずに、出かけて行った。村で緊急の集まりがあるのだ。与那嶺の葬儀のことなどを話し合わなければならないのだが、当然それだけではないだろう。

薩摩の支配に対する不満や怒りも噴出することになるだろう。大人たちが激しい口調で話し合う様子が、樽金の頭に浮かんだ。

村の偉い大人たちが本気になってくれれば、何かが変わるに違いない。薩摩のサムレーの横暴が少しはましになるだろう。樽金は、出かけて行く父の姿を見て、そんな期待を抱いていた。

話し合いは長く続いている様子だった。

樽金が寝る時間になっても、興典は帰ってこない。母に蒲団《ふとん》に入るように言われて、弟妹とともに夜具にくるまった。

蒲団の中で、樽金は興典が帰るまで起きていようと思っていた。何かいい話が聞けるかもしれないと思っていたのだ。だが結局、睡魔に勝てず、眠ってしまった。

翌朝、興典はいつものように勤めに出た。

朝の村には、いつもの慌ただしさが戻っていた。女たちは掃除や洗濯をし、男たちは勤めに出る。樽金も自宅で四書五経などの学問をしていた。

ただ、やはり与那嶺の死は村に暗い影を落としている。外へ出ると、それがひしひしと感じられた。人々は悲しみ、そして怒っている。

「聞いたか……」

村の辻で二人の男が立ち話をしていた。樽金はその近くを通るとき、話を聞いた。

「与那嶺筑登之親雲上の娘は、薩摩のサムレーに連れて行かれたらしいぞ」

樽金は衝撃を受け、家に駆け戻った。

与那嶺は娘を守ろうと必死で薩摩藩士に掛け合ったのだろう。その結果、斬られて死んだ。そして、娘は連れ去られた。彼は命を懸けたが無駄だったということだ。

樽金は悔しかった。

なぜヤマトのサムレーは、沖縄の人々を苦しめるのか。どうして誰もそれに逆らえないのか。

夕刻になり、父親が戻ってくると、樽金は尋ねた。

「昨夜はどういう話だったのですか？」

興典は驚いた顔で聞き返した。

「どうしてそんなことを訊《き》く」

「私《ワン》は、与那嶺筑登之親雲上が薩摩のサムレーに斬られるところに居合わせたのです。知らんぷりはしていられません」

「昨夜は葬儀の相談をした。墓小屋の準備もしなければならない」

葬儀となれば、墓庭《ハカヌナー》に小屋を建てて、死者を送る準備をしなければならない。集落全員の協力が必要だ。そのための打ち合わせをしなければならない。模合《もあい》から金を出す相談も、葬儀には不可欠だ。

樽金は子供ながらにそうした集落のしきたりを知っていた。

「でも、それだけではないでしょう」

樽金は言った。「与那嶺筑登之親雲上はヤマトのサムレーに斬られたのです。黙っているわけにはいかないでしょう」

興典は苦い表情になった。

「子供が考えることではない」

樽金は唇を咬んだ。

「子供だって考えます」

樽金は父の興典に言った。「沖縄とヤマトの戦《いくさ》になってもおかしくはないでしょう」

「戦などとんでもない……」

「どうしてです。沖縄にもサムレーがいるでしょう」

「その昔、ヤマトが攻めてきたとき、沖縄は負けてしまった。それで支配されることになったのだ」

「首里の王様は、いったい何をなさっておられるのですか？」

「タルー、首里天加那志《シュイテンガナシ》に何ということを……。天罰が下るぞ」

首里天加那志、あるいは御主加那志《ウシュガナシ》は国王のことだ。

「首里の王様にできないのなら、親国の清国に頼んで、ヤマトを追い出してもらってはどうですか」

「物事はそう簡単ではないのだ」

「どうしてですか」

「ヤマトが沖縄を王国として認めているからだ」

訳がわからなかった。

「王国でいさせてくれるから、言いなりになるというのですか。そんなばかな話はありません」

「それが世の中というものなのだ。ワンが生まれたとき、すでに沖縄は薩摩に支配されていた」

興典は言った。「ヤマトが沖縄を王国のままにしているのには理由がある。ヤマトが外国と交易ができないからだ」

「コウエキ……？」

「物を売り買いすることだ。沖縄は昔から親国と交易を続けてきた。薩摩はそれを利用しようとしたわけだ。ヤマトは鎖国をしているため、交易はできない。だが、沖縄王国ならば交易ができる。それに眼をつけた薩摩は、沖縄を支配してその利益をすべて吸い上げようとしたのだ」

「沖縄を支配しているのは、ヤマトではないのですか？」

「ヤマトの中の薩摩という藩が支配しているのだ」

「じゃあ、清国に薩摩を追い出してもらえばいいじゃないですか」

「できればそうしている……」

興典は苦しげにつぶやいた。

大人たちが集まって相談すれば、何かが変わるかもしれない。樽金のそんな期待は簡単に打ち砕かれてしまった。樽金は深い失望を味わっていた。

3

結局、興典《テイー》が手を教えると言ってから、何もないまま日が過ぎていった。

第一に、与那嶺筑登之親雲上《チクドウンペーチン》の葬儀で村が大忙しだったからだ。墓庭《ハカヌナー》に墓小屋を建てて、七日七晩、そこに誰かが詰め、弔《とむら》いのために飲み明かす。

首里王府から偉い人が弔問《ちょうもん》にやってきて、そうなると村人はさらに忙しくなる。

「娘は葬式にも来られなかったということだ」

樽金はまた、村人たちの噂《うわさ》を聞いた。

「そりゃそうだろう。薩摩の士族《サムレー》は自分が斬り殺したんだ。娘を葬式に行かせるわけにはいかないだろう」

「妾というより、奴隷じゃないか」

「薩摩のサムレーは、俺たち島人《ワッターシマンチュ》のことを、それくらいにしか思っていないだろう」

やがて、与那嶺の葬儀が終わった。そして、樽金の中に熾火《おきび》のような、静かだが決して消えることのない怒りが残った。

父《ターリー》から手を習わないのは、その怒りのせいだった。沖縄人《ウチナンチュ》は情けない。どうしてヤマトンチュを追い出さないのか。

与那嶺の死をきっかけに、樽金は強くそう思うようになっていた。もともとそういう思いはあった。だが、それはぼんやりとした不満でしかなかった。それがはっきりと、怒りという形になった。

父が、そうしたふがいない沖縄人を代表しているように、樽金には思えたのだ。興典も、そうした樽金の思いを知っているのだろう。あの日から、樽金とはあまり話をしなくなった。興典はサムレーなので、もともとあまり口が軽いほうではない。

それでも父子の会話はあった。

ターリーが話をしてくれなくなったのは、俺《ワン》のせいだ。

樽金にはそれがわかっていた。わかっていながら、どうすることもできないのだ。父を許す気になれない。与那嶺が斬られようとしたとき、どうしてただ、下を向いてじっとしていたのだろう。あのとき、止めに入っていたら、与那嶺は死なずに済んだのではないだろうか。

そんな思いが、繰り返し樽金の胸に湧き上がってくる。忘れたいのだが、忘れることができないのだ。

また、久米村《クニンダ》に行ってみよう。

あの通事らしい人物は、一度だけだと言っていたが、もしかしたら、もう一度親国《ウヤグニ》の手を見せてくれるかもしれない。

思い立ったら、矢も楯もたまらず、読んでいた漢籍の本を閉じて、そっと家を抜け出すことにした。母《アヤー》に見つかったら、部屋に連れ戻されるだろう。弟妹に見つかっても面倒なことになる。

樽金は、なんとか家を出ると、集落のはずれまで駆けた。与那嶺が薩摩のサムレーに斬られた場所まで来ると、樽金は立ち止まり、手を合わせた。

「タルーか?」

そのとき声をかけられて、樽金は、はっと振り返った。

相手の顔を見て、ほっと体の力を抜いた。

「なんだ……」

相手は、近くに住む少年だった。樽金より二歳年上だ。幼名を呼ぶと、相手は言った。

「ワンはもう、元服《カタカシラユイ》を済ませているんだ。子供ではない。興寛《こうかん》という名があるのだから、そう呼べ」

彼の名は親泊《おやどまり》興寛だ。同じ泊村で生まれ育ったので、自然と親しくなっていた。

本人が言ったように、興寛はすでに元服を終えていた。彼が大人の仲間入りをしたことが、樽金にはうらやましかった。

それよりさらにうらやましいのは、興寛が手を本格的に学びはじめたことだ。それを聞いたのは、つい先日のことだ。樽金が、ことさらに手を学びたいと思うのは、興寛に負けたくないという思いがあるからだ。

興寛は二歳上なのだから、何事も樽金よりも進んでいるのは当然だ。だが、負けず嫌いの樽金は、悔しいと思うのだ。

興寛が樽金に尋ねた。

「どこに行くんだ？」

「クニンダだ」

「クニンダ？　何をしに行く？」

「前にターリーと行ったときに、親国の手を見せてもらった。それをまた見せてもらえないものかと思ってな」

興寛の目が輝いた。

「ほう、親国の手か。誰が見せてくれたんだ？」

「通事だと思う。名前は知らない」

おそらく興寛は、中国の手など見たことがないだろうと、樽金は思った。だから、少しばかり優越感を持った。

興寛が言った。

「名前も知らないんじゃあ、しょうがない」

「ターリーが知っている人だ」

「クニンダに行っても、名前を知らないんじゃあ、訪ねようもないだろう」

「家は知っている」

興寛は何事か考えながら言った。

「本当に親国の手を見せてもらえるのか？」

「わからない。一子相伝、門外不出の手だと言っていた。だから、見せてもらえるかどうか……」

「なんだ……」

興寛は落胆した様子だった。「ずいぶんといいかげん《テーゲー》な話だ」

「もしその人が手を見せてくれなくても、クニンダは面白い」

「ふうん……」

興寛はまた考えてから言った。「よし、ワンもいっしょに行こう」

「おまえ《ヤー》がどうして……」

「ワンだって、珍しい手となれば、興味がある」

樽金はしまったと思った。調子に乗ってしゃべってしまった。中国の手を見たことは、興寛には秘密にしておくべきだった。

「さあ、そうと決まれば、急ごう」

興寛が歩きはじめた。今さら「ヤーは来るな」とは言えず、樽金も歩き出した。

前回の記憶を頼りに、樽金はある家を訪ねた。石屏風のところから声をかける。

「ごめんください《チャービラサイ》」

しばらくすると、三十歳くらいの女性が現れた。

「はい、何でしょう?」

「ワンは松茂良樽金と申します。先日、ターリーとお訪ねした者です」

「ああ、主人にご用ですね。勤めに出ておりますよ。夕方にならないと戻らないでしょう」

仕事か……。通事ならば当然だ。樽金は、それを考えずに訪ねてきたことを恥ずかしく思った。

そのとき、興寛が言った。

「ワンは、親泊興寛と申します。こちらは蔡《さい》氏のお宅でいらっしゃいますね」

「そうです」

久米村には昔、中国から三十六姓が渡ってきて定住したと言われている。三十六もの氏族がやってきたかどうかはわからない。なんでも、中国では「たくさん」という意味で三十六とか百八とかいう数字を使うということだ。

つまり三十六姓は大げさでも、かつて多くの氏族が中国から渡ってきて、この久米村に住み着いたことは間違いない。

蔡氏はそうした氏族の中の一つだ。樽金もその名前は聞いたことがある。

興寛がさらに尋ねる。

「もしかして、湖城《こじょう》親方《ウエーカタ》ゆかりのお家柄ですか？」

「そう。唐名、蔡肇功《ちょうこう》つまり湖城親方の血族です」

「では、先代は湖城親雲上……」

彼女は、少しばかり怪訝《けげん》そうな顔になった。子供が二人やってきて、いきなり家系について質問しはじめたのだ。不審に思うのも当然だ。

「たしかに先代は、湖城親雲上。そして当代は、蔡昌偉《しょうい》です」

「当代は、通事でいらっしゃいますね？」

興寛は、相手が不審がっている様子でも、まったく気にした様子はなかった。興寛は、物怖じしないことが特徴だ。それが、樽金にはうらやましかった。

「そうです。蔡昌偉は通事です」

先日、親国の手を見せてくれたのが、その蔡昌偉だろう。やはり通事だったのだ。

「そうですか。いや、失礼しました。ご高名な湖城家とうかがい、つい……」

相手はにっこりと笑った。

「あなたも手をおやりですか？」

興寛《ウンジュ》がこたえる。

「はい。泊《ウー》でやっております」

女性は樽金を見た。

「ウンジュも？」

樽金は慌てた。

「いや、ワンはこれから始めようと思っているところです」

そう言うしかなかった。

「主人が戻るまで、中でお待ちなさい」

この女性は蔡昌偉の妻《トウジ》だということらしい。

樽金は言った。

「いえ、せっかく泊からやってきたのです。村の中を見て回りたいのです」

蔡昌偉の妻は笑った。

「昔のクニンダなら珍しいものもたくさんあったでしょうが、今は那覇の他の村と変わりませんよ」

「いえ、それでもワンはここが好きなのです」

「では、また後でいらっしゃい」

樽金と興寛は、湖城家をあとにした。

村の中を歩きながら、樽金は言った。

「あつかましい物言いで、驚いたぞ」

興寛がこたえる。

「いやあ、つい興奮しちまってな……。噂でしか聞いたことがなかったんでな……」

「噂って……」

「ヤーは知らないのか？　泊で手をやる者はみんな知っている。クニンダには湖城家があり、そこには代々珍しい手が伝わっていると……。その手は一子相伝、門外不出なので、滅多なことでは見られないのだそうだ」

「ワンはそれを見せてもらった」

興寛は悔しそうな顔をした。

「ターリーがいっしょだったからだろう」

「そうだが、見られたのだから、それでいい」

「湖城家に伝わる手は、もともとは親国の手だそうだ」

「蔡通事も、そのようなことをおっしゃっていた」

「湖城家のご先祖の蔡肇功湖城親方は、中国兵法を学び、清の康熙帝《こうき》から、兵法皆伝《かいでん》をもらったそうだ。そして、一族に中国兵法の中にある武術を教えた。それが湖城家の手の始まりだそうだ」

「泊で見るのとはまったく違っていた。蔡通事は、虎の形だと言っていた」

「ぜひとも見てみたい」

そこまで言って、興寛はふと気づいたように言った。「そう言えば、ヤーは手の稽古を始めないのか？」

「始めるつもりだった。ターリーが教えてくれることになっていた」

「どうして始めないんだ？」

興寛の質問に、樽金はしばらく考えてからこたえた。

「与那嶺筑登之親雲上が斬られたとき、ワンとターリーはその近くにいたんだ」

「へえ……」

「当然、ターリーが止めに入るものと思った。だが、そうじゃなかった。ターリーはただ下を向いて黙っていたんだ」

「ふうん」

「その日から手を習うことになっていたんだが、与那嶺筑登之親雲上のことで、それどころじゃなくなって……。それ以来、ターリーとは話をしていない」

「だって、相手は薩摩のサムレーだったんだろう」

樽金は、興寛に食ってかかった。

「だから何だ。ヤマトンチュなんて、沖縄から追い出せばいいんだ。ウチナンチュにできないのなら、親国の清国にやってもらえばいい」

「それができれば、とっくにやっているんじゃないか？」

樽金は押し黙った。

実は興寛の言うこともわかっている。沖縄人にも清国にもどうすることもできないのだ。

だからといって、黙って薩摩の横暴に耐えているのは我慢ならない。樽金はそう思い、唇を咬んだ。

久米村には物珍しいものも多く、歩き回っているとあっという間に時間が過ぎた。

興寛が言った。

「そろそろ、湖城家に戻ってみないか？」

「ウー」

二人は再び、湖城家を訪ねた。

蔡通事はすでに帰宅しており、樽金を見ると言った。

「やあ、また来たのか。今日は、松茂良筑登之親雲上は来られなかったのか？」

間違いなく先日手を見せてくれた人だ。

「ウー。今日は友人の親泊興寛とともに来ました」

「庭に回りなさい」

「ウー」

言われたとおり、二人は庭に回る。井戸があり、甕《かめ》がいくつか置いてある。ごく普通の中庭だ。蔡昌偉は濡れ縁に腰かけていた。

「今日は何用かな？」

樽金は単刀直入に言った。

「先日見せていただいた手を、もう一度拝見するわけにはいかないでしょうか」

「これは困ったな……」

蔡昌偉は言った。「門外不出だと言ったはずだ。松茂良筑登之親雲上に頼まれたので、特別にお見せしたのだ」

樽金は、頭を下げた。

「お願いです。ワンは手を学びたいのです」

蔡昌偉は、困り果てた表情で言う。

「ワンの先祖が清国で学び、代々湖城家で守っていくことを決めたのだ。ワンがそれを破れば、先祖に顔向けができない」

沖縄の人々にとって先祖はとても大切なものだ。墓の前を通るときも、そこにご先祖がおられるように挨拶をする。樽金もそのことはよく心得ているので、「先祖に顔向けができない」と言われて返す言葉がなかった。

樽金がうなだれていると、蔡昌偉が尋ねた。

「そちらが友達かね？」

興寛が頭を下げて名乗った。

「ワンも手を学んでいます。噂の湖城家の手を、ワンもぜひとも拝見したいと思います」

蔡昌偉は苦笑して言った。

「残念だが諦めてくれ」

彼は、樽金を見て言った。「手なら、ウンジュのターリーに習うといい。松茂良筑登之親雲上は、なかなかの使い手だぞ」

「そのつもりでした」

樽金は言った。「湖城家の手を拝見した日から手の稽古を始めることになっていたのですが……」

「どうしてそうしなかったのだ？」

「それは……」

そこまで言って、樽金は口ごもった。

「何かあったのか」

はっきりしない樽金に代わって、興寛が言った。

「与那嶺筑登之親雲上のことはご存じですか？」

蔡昌偉の表情が曇った。

「ああ。聞いておる。なんともやりきれない……」

「樽金と松茂良筑登之親雲上は、たまたま薩摩のサムレーと与那嶺筑登之親雲上がやり合っているところに通りかかったのだそうです」

蔡昌偉は驚いたように樽金を見て尋ねた。

「それで、どうしたのだ？」

樽金は顔を上げた。

「ターリーは、何もせず顔を伏せていたのです」

蔡昌偉の質問にこたえた樽金は、再び怒りと悲しみが押し寄せるのを感じた。

蔡昌偉は、つぶやくようにただ、「そうか」と言った。

「ウチナンチュが災難にあっているのです。助けるべきでしょう。それなのに、ターリーは何もしなかったのです。それで、与那嶺筑登之親雲上は斬られてしまいました。そして、娘さんは連れ去られたのです。ワンは悔しくてならないのです。あのときターリーが助けに行っていれば……」

「ウンジュは樽金といったな」

「ウー」

「ウンジュのターリーを責めるのは酷というものだ。もし、その場にいたのがワンでも、同じことをしたと思う」

樽金は驚いて蔡昌偉を見た。

「ウンジュは、手の達人なのでしょう？　その場にいたらきっと助けに入っていたはずです」

蔡昌偉はかぶりを振った。

「ワンは達人などではない。よしんば、達人だったとしても、与那嶺筑登之親雲上を助けることはできなかった。相手が薩摩のサムレーだからだ。その場にはウンジュもいたということだな？」

「いっしょでした」

「だからウンジュのターリーは手を出せなかったのだ。もし、そこで与那嶺筑登之親雲上を助けたりしたら、自分も斬られるし、ウンジュも斬られる。松茂良筑登之親雲上はそうお考えになったのだろう」

「薩摩のサムレーは一人でした。こちらは三人です。やられるとは思えません」

「そうかもしれん。だが、相手をやっつけたりしたら、それこそ後が面倒なことになる。薩摩のサムレーたちは、松茂良筑登之親雲上を捜し出し、家族全員を斬り殺すかもしれない」

「そんな……」

「支配される者が支配する者に逆らうというのは、そういうことだ。松茂良筑登之親雲上はそれを危惧《きぐ》されたのだ」

「ウチナンチュは黙って言いなりになるしかないとおっしゃるのですか？」

蔡昌偉も悔しげに言った。

「約二百五十年。ワッターはそれに耐えている。そういう世界で生まれ、育ち、そして死んでいくのだ」

蔡昌偉の話に、樽金も興寛も言葉を失っていた。

樽金は何を言っていいのかわからなくなった。

悔しいし腹が立つ。だが、今ここでそれを口に出して何になるだろう。おそらく蔡昌偉も同じことを考えているに違いない。

彼は役人だ。立場上、子供などよりよほど悔しい思いをしているだろう。それは想像に難《かた》くなかった。

やがて蔡昌偉が言った。

「ワッター蔡氏湖城家に、先祖から大切な手が伝わっているように、ウンジュの家、雍氏松茂良家にも手が伝わっているはずだ。雍氏は、昔から武術で有名だからな」

「たしかにターリーは手をやっているようです」

「ならばまず、その手を習うのが筋だ」

「ワンはあの日から、ターリーと話をしていません。手を習うどころではありません」

「父と子だ。いつまでも口をきかずにいられるわけではないだろう。いいか。与那嶺筑登之親雲上の件で、一番苦しんでいるのは、ウンジュのターリーなのかもしれないのだぞ」

そう言われて、樽金は初めて父が何を考えていたのかわかるような気がした。父も、与那嶺を助けに行きたかったに違いない。

そうすれば、薩摩のサムレーと戦うことになる。父が負ければ、与那嶺もろとも斬られる。その際、樽金も無事では済まないだろう。

父が勝ったとしたら、蔡昌偉が言ったとおり、薩摩のサムレーは松茂良の家を捜し出して、一族郎党を皆殺しにしたかもしれない。

ターリーは、ワンのことを気づかったのだ。

樽金はようやく、そのことに気づいたのだった。

「わかりました」

樽金は言った。「ウンジュが蔡氏湖城家の手を大切にするように、ワンも雍氏松茂良家の手を学びたいと思います」

　蔡昌偉は、にっこりと笑った。

「それがいい」

　そうと決まれば、一刻も早く泊村に戻り、父の帰りを待ちたい。

「では、これで失礼いたします」

　樽金が言うと、蔡昌偉はうなずいた。

「雍氏の名に恥じぬように、稽古に励みなさい」

　樽金は、興寛とともに泊村への帰路を急いだ。

「おい、もっとゆっくり歩けよ」

　興寛が文句を言う。

「ぐずぐずしていると日が暮れるぞ」

「なに。日が落ちるまでは、まだまだ間があるさ」

「ターリーが戻る前に、家に帰りたいんだ」

「まったく勝手なやつだな。おまえは思い立ったら、そのとおりにせずにはいられないんだ」

　興寛の言うとおりだった。それは樽金も自覚していた。

「ああそうだ。ワンはターリーから手を習うことにした。だから、今日、ターリーにそれをお願いしなければならない」

興寛があきれたように言う。

「ワンはいったい、何しにクニンダまでついていったのだろう。せっかく湖城家の人に会ったのに、手を見せてもらうこともできなかった」

「仕方がないじゃないか」

「ふん。ヤーは一度見ているからいいさ」

「それにしても、ヤーはよく湖城家の手のことを知っていたな」

「武士《ブサー》の間では有名だからな。だが、実際に見た者は少ないということだ」

「では、ワンやターリーは貴重な体験をしたことになるな」

「ワンも見てみたかったなあ……」

「頭の中には残っている」

「どんなものかだけでも知りたい。やってみてくれるか」

樽金は歩みを止めた。道行く人はいない。

「ちゃんと修行したわけではないので、正しいかどうかはわからないぞ」

「どういうふうだったかだけでも知りたい」

「昌偉さんは、虎形だと言っていた」

「早くやってみせてくれ」

樽金は、記憶を頼りに立ってみた。たしか、足先を内側に向けていた。膝も内側に曲げていた。

　そして、両手は握らず、指だけを曲げた形だ。一歩進むごとに深く呼吸をした。何歩か進んで、樽金は型を止めた。

「こんな感じだった」

「ふうん……。那覇のほうでやっている手に似ているな。だが、それとも違うようだ」

「昌偉さんの型は、もっとずっと迫力があった」

　樽金の言葉に、興寛は笑い出した。

「それはそうだろう。ヤーはまだ手の稽古をしたことがないのだからな。武士の真似《まね》をしようったって無理だ」

　わかってはいるが、負けず嫌いの樽金は、そう言われると悔しかった。

「なんだ。見せてほしいというからやってみせたんじゃないか」

樽金は足早に歩き出した。興寛が追ってきて言った。

「本当のことを言ったまでだ。ヤーはこれから手の稽古を始めるんだ。まだ手が何かもわかってはいない」

「そんなことはない。手のことくらい知っている」

「ほう。じゃあ手とは何だ？」

　樽金は、言い淀《よど》んだ。

「それは……。沖縄のサムレーがやる武術だ」

「そんなことは誰でも知っている。手をやる者にとって、大切なのは何かと訊いているんだ」

「そんなことは知らん。強くなればそれでいいんだろう」

「それじゃ一人前の武士にはなれないな」

ヤマトではサムレーのことを武士と言うらしいが、沖縄では少しばかり意味合いが違う。手を稽古して身につけ、それで名を上げた者を武士と呼ぶのだ。

樽金は興寛に尋ねた。

「では何が大切なのだ?」

「それは、ヤーが修行して自分で悟るんだな」

樽金は笑った。

「ヤーにもわからんのだろう」

興寛があっけらかんと言った。

「わからん」

「それじゃあ、ワンと変わらないじゃないか」

「ワンは、先生からいつも問われるのだ。大切なものは何か、と……。そして、考える。手をやって、さらに考え、それでもこたえがわからない。ヤーとは違うさ」

「わからないなら、同じだ」

「手の稽古を始めてみて、考えてみるんだな。ヤーは、強くなることが大切だと言った。ただそれだけかどうか」

「強くなることが何より大切だろう」

樽金は言った。「ウチナンチュがみんな強くなればいい。そして、薩摩のサムレーを追い出せばいいんだ」

「そうだな。それができれば一番いい」

「そうさ。そのために強くなるんだ」

泊村に戻り、樽金は興寛と別れた。

家に着くと、樽金はすぐさま母に尋ねた。

「母上《アヤー》、ターリーはお帰りですか?」

「こんな時間にお帰りのわけがないでしょう」

父はいつも、日が沈む頃に帰ってくる。

樽金は、父の帰りが待ちきれず、庭に出て体を動かすことにした。手など習ったことはないが、何かせずにはいられなかった。

蔡昌偉が見せてくれた手を思い出しながら、その真似事をやってみた。日に日に頭の中の記憶は薄れていく。だから、体に覚え込ませようと考えたのだ。

樽金はたちまち夢中になった。気がつくと、ずいぶん暗くなっていた。縁側に父の姿があるのに気づいた。

樽金はばつが悪かった。だが、ここは思い切って自分のほうから声をかけなければならないと思った。

「お帰りなさい」

父はただうなずいただけだった。

樽金はさらに言った。

「手を習うと言っておきながら、ワンは何もしませんでした。申し訳ありません」

頭を下げた。

しばらくして、父の声が聞こえた。

「今やっていたのは、クニンダの通事に見せていただいた清国の手だな」

樽金は顔を上げた。

「ウー。忘れないうちにやっておこうと思いました」

「たった一度見ただけで、覚えていたのか」

「全部覚えていたわけではありません。ですから、覚えているところだけやってみました」

「やはりヤーは手の素質がありそうだ。改めて訊くが、やる気はあるか」

「ウー。お願いします」

「ヤーはターリーに失望していたのではないのか？」

当然ながら父は気づいていたのだ。樽金は言った。

「今では決してそのようなことはありません」

その一言ではとても足りない。樽金は思った。父は許してくれないかもしれない。

「わかった。ではさっそく、今夜から始めよう」

父がそう言ったとき、樽金は心からほっとしていた。そして、心が躍っていた。

4

樽金は、夕食の最中ももどかしい思いだった。だが、長男の自分が落ち着きをなくしていると、弟妹たちにも悪い影響が出ると考え、必死に自分を抑えていた。

手《ティー》の稽古は夜と、昔から決まっていた。

理由は樽金にはわからない。

手をやる大人たちはいろいろなことを言った。他人に見られて技を盗まれるのを防ぐために、闇の中で稽古するのだと言う者がいた。

乱暴者が技を盗んだらたいへんなことになる、と……。

また、ヤマトの士族《サムレー》に見つからぬように、闇夜に稽古をするのだと言う者もいた。

沖縄は暑いので、日が沈んで涼しくなってから稽古したほうがよく身につくと説明する者もいた。

どれも本当なのだろうと、樽金は思った。

夕食を済ませても、すぐに稽古が始まるわけではなかった。樽金は、父《ターリー》から声がかかるのを、今か今かと待っていた。

「タルー」

ついに父が呼びに来た。

「はい《ウー》」

「こちらへ来なさい」

「ウー」

庭か近くの広場に連れて行かれるものと思っていた。だが、そうではなかった。

父は樽金を仏間に連れて行った。

「手の稽古を始めるからには、これから一生修行を続けると、ご先祖に誓ってもらわなければならない」

そう言って、父は線香を上げて手を合わせた。樽金はじっとその様子を見つめていた。

「さあ、おまえも線香を上げなさい」

清国風の太くて長い線香だ。樽金は言われたとおり、仏壇に線香を上げ、先祖に手を合わせた。

父の興典は言った。

「これで後戻りはできないぞ」

「後戻りなど、決していたしません」

「では、外に出よう」

「ウー」

庭ではなく、門の外に出た。

「タルー。手の修行者にとって、ここ泊と首里の違いが何かわかるか?」

父親の質問の意図がわからなかった。樽金は、首を捻《ひね》った。

泊は港町、首里は王府があるサムレーの町だ。もともと土地柄が違う。

だが、興典が言っているのはそういうことではなさそうだ。手の修行者にとっての違いとは……。

樽金が黙っていると、興典が言った。

「首里王府は、小高い山の上にある。首里は山の町だ。だから、坂ばかりだ。首里で生まれ育った者は、毎日その坂道を歩くので、自然と足腰が鍛えられる。一方で、泊は港町なので、急な坂がない。だから、首里の人々と同じように、しっかりとした足腰になるためには、しっかりと難儀《ナンギ》をしなければならない」

そう言われて樽金は、はっと気づいた。

角力《すもう》でも手でも、大切なのは足腰だということは知っていた。首里に多くの手の達人が出るのは、ただ首里王府のサムレーたちがより熱心に手の稽古をしているからではない。

その地形が大きく影響していたのだ。

「これを腰に着けて走ってくるのだ」

興典は、太い帯のようなものを差し出した。中央が袋状になっていて膨らんでいる。手に取るとずっしりと重かった。

「袋の中に砂を入れてある。今日から毎日、これを腰に巻いて走ってくるのだ」

「わかりました」

「今日は幸い、月が出ていて道も明るい。初日だから海沿いの通りを通って安里《あさと》まで行って帰ってくるだけでいい。さあ、行ってきなさい」

樽金はよく歩くので、脚には自信があった。安里までなら往復でちょうど半里ほどだ。ただ走るだけなら軽いものだ。手の稽古は厳しいと思っていたが、それほどでもなさそうだ。

そんなことを考えながら、夜道を走り出した。

腰に巻いた砂袋付きの帯も、それほどの重さを感じない。だが、走り出してすぐに、これはおかしいぞ、と思った。両脚への負担が思いの外《ほか》大きかった。

軽々と行って帰ってこられるつもりだった。だが、すぐ近くの泊高橋《とまりたかはし》に差しかかった頃、腰の砂袋の重さが急にこたえてきた。

こんなはずではない。

今日はきっと疲れているのだ。そう思ったが、昼間いつもより多く運動したとも思えなかった。親泊興寛と久米村《クニンダ》まで出かけたが、それは特に珍しいことではない。ふくらはぎが張ってきて、走るのがより辛《つら》くなってきた。ただ腰に砂袋を巻き付けただけだ。それなのに、こんなに辛いとは……。

ようやく安里に着いた頃には、ふくらはぎも腿《もも》もぱんぱんになっていた。それでも歩いて帰るわけにはいかなかった。

これは手の稽古なのだ。そして、樽金は決して後戻りはしないと、先祖に誓ったばかりだった。

泊村の明かりが見えてくると、樽金はほっとした。自宅に戻ると、父の興典が石屏風の前に立っていた。

「ただ今戻りました」

樽金は息を切らしながら言った。

「では、庭に来なさい」

「ウー」

樽金は庭に向かった。まだ腰の砂袋は着けたままだ。脚が小刻みに震えていた。

庭にやってくると、興典が濡れ縁から言った。

「砂袋はもう取ってもいい」

樽金はほっとして腰に巻いていた砂袋付きの帯を外した。とたんに体が軽くなったように感じた。それでも脚の筋肉が疲労し、ふるふるとした震えが止まらない。

「では、これを抱えてみなさい」

興典が濡れ縁の下にある石を指さした。樽金の頭ほどもある石だ。

子供の頃から庭にあるもので、いったい何に使うのだろうと、ずっと不思議に思っていた。

抱えようとしても、なかなか持ち上がらない。その様子を見て、興典が濡れ縁から降りた。

「こうやるのだ」

興典は石を軽々と両手で胸のあたりに抱えた。そして、足を開いて腰を落とした。

「足は肩幅よりも拳《ティジクン》一つ分だけ広く開き、両膝をしっかりと横に張り、腰を落とす。これができるようになるまで毎日続けなさい」

「ウー」

興典は石を地面に降ろすと、濡れ縁へ上がり奥へ消えた。

樽金は、しばらくその大きな石を見つめていた。月明かりが庭に差し込み、石を照らし出している。

もう一度両手を掛けて持ち上げてみようと思った。少し持ち上がったが、腰を上げることができない。すぐに地面に落としてしまった。

興寛もこんな稽古をしているのだろうか。いや、彼はもっとずっと進んでいるだろう。もういくつか型を覚えているかもしれない。

樽金はあせった。

そして、なんとか父がやったように、石を持ち上げて腰を落とそうと思った。手を掛けて持ち上げてみる。だが、やはり少し持ち上げたところで落としてしまう。それを繰り返しているうちに、脚だけでなく、腕の筋肉もひどく張ってきた。いつしか手に力が入らなくなっていた。腕もぶるぶると震えてきていた。汗びっしょりになっていた。ついに脚にも腕にも力が入らなくなり、庭に尻餅をついてしまった。

月を見上げて樽金は悲しくなった。

俺《ワン》の体はこんなに情けなかったのか。

体力には自信があった。だから、手の稽古も問題なくこなせるものと思っていた。その自信が、初日で打ち砕かれた。

ただ走り、石を持ち上げようとしただけだ。それができなかった。父の興典は軽々と石を持ち上げて、しかもしっかりと腰を落として見せた。

興典が大人で樽金がまだ子供だから、という問題ではない。樽金も来年には元服《カタカシラユイ》だ。

体力は大人に近づいている。

鍛え方の問題なのだ。興典は手の修行を積んでいる。蔡昌偉によると、なかなかの使い手だという。それまで、何となく手をやるのだろうと思っていただけだった。だが、今日初めてその修行の深さを感じた。

難儀をしなければならない。半里どころか一里でも二里でも、あの砂袋を着けて走り、この石を軽々と持ち上げるまでにならなければ……。

そう思うものの、体はついてこない。

今日一日でどうなるものでもあるまい。樽金は、そう思い、初日の稽古を終えることにした。庭の端にある井戸から水を汲んでかぶり、濡れ縁に上がった。

夜具に横になると、今度は脚や腕の筋肉が焼けるような感じがして辛かった。なかなか寝付けない。

急に強い負荷をかけられた筋肉が悲鳴を上げているのだ。寝ては覚め、また寝ては覚めを明け方まで繰り返した。朝方にようやく筋肉の火照《ほて》りは治まった。

朝起きると、今度は全身の筋肉がひどくこわばっている。起き上がるのも一苦労だった。こんなに全身が痛むのは生まれて初めてだった。

それでも、なんとか四書五経や算術の勉学を済ませた。いつもならそれから遊びに出かけたりするのだが、とてもそんな気になれずに、夜まで家の中で過ごした。

夕食が済んでしばらくすると、また手の稽古だ。

全身の痛みはまだ続いている。それでも先祖に誓ったからには休みたいなどと言うわけにはいかない。

興典が言った。

「今日も同じだ。砂袋を腰に着けて、安里まで行ってきなさい」

「ウー」

樽金はずっしりと重い砂袋付きの帯を腰に巻き、駆け出した。脚の筋肉が痛み、昨日よりも辛かった。

もしかしたら、安里までもたないかもしれない。そんなことを思いながら走った。相変わらず、泊高橋を過ぎる頃に脚が張ってくる。

全身の筋肉が張っているせいか、昨日より早く疲れる気がした。

たしかに昨日より消耗している。ふらふらになって戻ってくると、やはり興典が石屏風の前で待っていた。

「次は石を持って立つ稽古だ」

「ウー」

庭に入って、昨日と同様に石を抱え上げようとする。腕の筋肉も痛む。昨日よりも早く筋肉がぱんぱんに張ってしまった。

昨日はすぐに奥に引っ込んでしまった興典が、今日は濡れ縁からじっと樽金を見ていた。

その視線を感じつつ、何度も石を持ち上げようとする。そして、昨日と同様に動けなくなり、尻餅をついた。それでも父は何も言わない。樽金は、もう一度起き上がり、石に手を掛けた。

そのとき、父が言った。

「今日は、それまで」

樽金は、ほっとした。気が抜けた瞬間に、また尻餅をついていた。

興典は無言で立ち上がり、奥へと消えた。父は陽気な性格で、樽金が尻餅などつくと、かつてなら大笑いでひやかしたりしたものだ。

そういう父ではなくなっていた。

そうか。ターリーは、ワンをもう子供扱いはしないのだ。いっしょに遊んでいるときとは違う。これは手の稽古なのだ。

もう甘えてはいられない。そう思うと同時に、うれしくもあった。本格的に手を教わっているのだということが実感できたからだ。

水を浴びて床に就いた。その日も筋肉は熱を持ち、翌朝は全身がこわばっていた。

筋肉の痛みは余計にひどくなったように感じる。立ったり座ったりという日常の動作にも苦労するほどだ。疲労感は、昨日にも増してひどかった。

それでも稽古は続く。

腰に砂袋の付いた帯を巻き、昨日、一昨日と同じ道を走る。脚の筋肉が痛んだ。まるでひどい打ち身のような感じだ。

たちまち息が上がった。全身の筋肉に疲労が蓄積しているのだろう。走るのは、昨日よりも辛い。とても速くは走れない。

日に日に自宅に戻る時間が遅くなる。走るのが遅くなっているのだ。

難儀をしているのだから、走るのが速くならなければいけない。樽金はそう思っていた。なのに、どんどん遅くなるじゃないか……。

ふらふらになって自宅にたどり着くと、やはり父が石屏風の前で待っている。樽金が戻ると、父は言う。

「では、庭に行って、石を抱えて立つ稽古だ」

その場にへたり込みそうだった。だが、嫌とは言えない。樽金は庭に行き、石を抱えようとする。やはり少し持ち上げては、すぐに地面に落としてしまう。

抱え上げようとしても、脚が言うことをきかない。腕も脚も限界に来ているのかもしれないと、樽金は思った。このまま難儀を続けていたら、ワンはいったいどうなってしまうのだろう。

そう思うと、恐ろしくなった。

手の稽古を始めて三日が過ぎ、樽金は熱を出した。

急に激しい運動を始めたせいだろう。それでも手の稽古は休めない。

砂袋付きの帯を巻いてまた、海岸沿いの道を安里まで走った。熱があるせいで目が回った。今にも倒れそうだ。

だが、弱音を吐くのは絶対に嫌だった。熱があると言えば、父は稽古を休ませてくれたかもしれない。だが、自分からそれを言い出すわけにはいかないと、樽金は思っていた。

同じ道のりが倍にも感じられた。ようやく自宅が見えてきたときは、本当に千鳥足になっていた。真っ直ぐ歩くこともできない。

いつもと同じく石屏風の前に立っていた父が言う。

「庭で石を持ち上げなさい」

樽金は言われたとおり庭で、石を持ち上げようとする。両手を掛けて、うんと踏ん張った。

そのとたんに、地面がせり上がってくるような気がした。地面が傾いている。

だが、傾いているのは地面ではなく樽金自身の体だった。月明かりが石を照らしていた。その光が美しいと思った。次の瞬間に何も見えなくなった。

気がついたら夜具の上に寝かされていた。額に濡れた手ぬぐい《ティサージ》が載っていた。

「ああ、気がつきましたね」

母《アヤー》の声がした。樽金は言った。

「ワンはどうしたのですか？」

「庭で倒れたのです。ターリーにはアヤーがきつく言っておきました。我が子を殺す気ですか、と」

そのとき、部屋の出入り口で父の声がした。

「アヤーは大げさだ。なに、タルーは丈夫な子だ。死んだりするものか」

普段穏やかで、決して父に逆らうことのない母が、厳しい声で言った。

「庭で倒れて、そのまま目を覚まさなかったらどうするおつもりでした」

「難儀《ナンヂ》をするのが手の稽古だ」

「物事には、限度というものがあります」

「いえ、アヤー」

樽金は言った。「ワンが望んで始めたことです。中途半端なことは嫌です」

「でも、タルー」

樽金の言葉に、母は困ったように言った。「体を壊しては元も子もありませんよ」

「だいじょうぶです。一晩休めばよくなります」

　父が言った。

「そうだ。今夜はよく休め。おまえ《ヤー》の体は今、生まれ変わろうとしている。熱が出たのはその産みの苦しみだ」

　樽金は寝たまま尋ねた。

「産みの苦しみですか」

「そうだ。ヤーの肉も骨も、一度ぼろぼろになり、新しく生まれ変わるのだ。ヤーの腕や脚の肉は今、激しく動かしつづけたせいで、ぷちぷちと切れている」

「え……」

「動物の肉はな、細い筋が束になってできている。その筋があちらこちらで切れているのだ。ヤーの体はそれを治そうとしている。そのために血が全身を駆け巡り、体が火照り、熱が出る。一番苦しいのは今だ」

　母が言う。

「何も、熱が出るまで難儀をしなくても……」

　それに対して、樽金は言った。

「いえ、アヤー。生まれ変われるというのなら、ワンはいくらでも耐えてみせます」

　父の満足げな声が聞こえてきた。

「よく言った、タルー。明日からもまた、手の稽古を続けるのだな」

「もちろんです」

「よろしい。では、休みなさい。ワンは嘘《うそ》は言わない。今日が一番苦しいのだ」

「ウー」

母は、黙って額の手ぬぐいを取り、冷たい水に浸して絞り、またもとのところに載せてくれた。父が歩き去る足音が聞こえた。


父が言ったとおりだった。夜が明けると熱は下がり、体は軽くなっていた。

脚や腕にこわばりはあるものの、痛みはそれほど強くはない。砂袋付きの帯を巻いて走り出したが、脚が軽く感じる。昨日はずいぶんと長く感じた道のりだが、今日はそんなことはない。

あれ、もう安里か……。そう思ったくらいだ。

腕や脚が軽くなると同時に、よく汗が出るようになった。泊村に着く頃には、着ているものが汗でびっしょりになっていた。

自宅に戻ると、また庭で石を持ち上げる。昨日より腕にしっかり力が入るような気がした。指にも力が入る。

今まで黙って濡れ縁から見ているだけだった父が言った。

「そんなへっぴり腰ではだめだ。腰には仙骨というものがある。腰の骨と背骨をつないでいる大切な骨だ。その仙骨をしっかり立てなければだめだ。仙骨が力を出すと思え」

「ウー」

背骨のつけ根を垂直にしろということだろう。樽金は、言われたとおりにやってみた。すると不思議なことに下半身だけではなく、腕の力も増すような気がした。今まで地面から一寸か二寸ほどしか持ち上がらなかった石を、胸のあたりまで抱え上げることができた。

父が言う。

「足幅は、肩幅よりも拳一つ分だけ広く。そして、膝を外側にしっかり張りなさい」

それが簡単ではない。すぐに腰が砕けて、石を取り落としてしまった。

樽金がもう一度石を持ち上げようとすると、父が言った。

「今日はもういい。石を持ち上げることができた。進歩は一つずつでいい」

昨日までとは違い、樽金はまだやれそうな気がしていた。

「いいえ、ターリー。まだやれます」

「ヤーの体はまだ本調子ではない。熱がぶり返しでもしたら、またワンがアヤーに叱られる」

樽金は、黙って石を見た。

父がさらに言った。

「手の稽古は、決してあせってはならない。本当の力はゆっくりと身につくものだ。どんなにあせったところで、すぐに強くなれるものではない。よいか、タルー。短い時間で身につけた技は本物ではない。着実に本当の力を身につけるのだ」

「本当の力ですか」

「そのためにはまず、足腰を盤石《ばんじやく》にしなければならない。今はそのための稽古だと思いなさい。土台がしっかりしていないと、家を建ててもすぐに傾いてしまう。手も同じだ。まず、土台を作るのだ」

父が言っていることは理解できた。だが、全面的に納得できたかというと、決してそうではなかった。そのとき、樽金は、親泊興寛のことを考えていた。

二歳年上の興寛は、すでに手の稽古を始めている。おそらく、何か型を知っていて、その型の使い方も教わっているのではないだろうか。

彼が自分よりはるかに進んでいるような気がした。

いつの間にか父は濡れ縁から姿を消していた。樽金は、もう一度庭の石を見つめた。


手の稽古を始めて、たちまち一月《ひとつき》が過ぎた。

最初の三日間が嘘のように、今では砂袋付きの帯を腰に巻いたまま、軽々と走ることができる。自分でも、脚が太くたくましくなったのがわかる。

当初は、海沿いの道を、ようやく安里まで往復していたのだが、この頃はさらに安里川に沿って倍くらいの距離を走れるようになっていた。

安里川は、首里では金城《きんじょう》川と呼ばれ、途中真嘉比《まかび》川と合流して泊港へそそいでいる。この川が泊と首里を結んでいる。港と王府の間の物品や人の往来は、大道《ウフミチ》を行く陸路よりも、川を行く船を利用することのほうがずっと多かった。

そして、樽金は時折、真嘉比川に沿って走ることもあった。行く手を鬱蒼《うっそう》とした森林に阻まれるような場所もあるが、そういうときは無理をしなかった。ハブにでも咬まれたらえらいことになる。川沿いを走るときは、できるだけ開けている場所を選んだ。

庭の石も、今ではしっかりと胸に抱え、なおかつ、足を肩幅より拳一つ分広く取り、膝を外側に張って腰を落とした姿勢を取ることができるようになっていた。

石を抱えたまま、その立ち方を長時間保つ難儀を続けていた。金城川や真嘉比川は首里からの坂を流れている。その川沿いを走るということは、当然ながら坂道を走るということだ。

自然と脚力がつく。そして、庭石を抱えたまま、腰を落とした立ち方を保持することで、ますます足腰が丈夫になった。

坂を駆け上ることで、脚力だけでなく、ずいぶんと持久力もついた。樽金がそれをはっきりと自覚しはじめた頃、父が言った。

「では、そろそろ突くことを教えよう」

突きを教えてくれるという父の言葉に、樽金はわくわくした。

それまでは走ることと、石を抱えて腰を落とすことしかやらせてもらえなかった。これからようやく手の稽古らしいことが始まるのだ。

「まず拳の握り方だ。指は自然に握ればいいが、大切なのは、親指と小指でぎゅっと挟むように拳を締めることだ。このようにやるのだ」

父が拳を握って見せてくれた。指のつけ根が直角に曲がっている。そして、いかにも拳が固そうだ。

樽金は自分なりの構えを取り、見よう見まねでやってみた。だが、第二関節が突き出たようになってしまう。指のつけ根が直角にならないのだ。

それを見た父が言う。

「毎日握る稽古をすることで、次第にしっかりとした拳になる。そして、握るだけではなく、巻藁《マチワラ》を突くことも重要だ」

樽金は目を輝かせた。

「巻藁を突いていいのですか」

松茂良家の庭にも、他のサムレーの家同様に巻藁が立ててある。地中深く埋めた角材の上方を板のように薄く削り、そこに藁を巻き付けたものだ。手を稽古する者は、必ずこの巻藁を突く鍛錬をする。

父がこたえた。

「もちろんだ。巻藁は突くためのものだ」

これまで、庭の巻藁は父のためのものだった。子供が触れてはいけない神聖なもののように感じていたのだ。

「突くときは、拳を真っ直ぐ前に出す。肩と拳は同じ高さにしなさい。首里のほうでは、拳をやや低くするようだが、ワンはそうは習っていない」

「ウー」

「突く位置はちょうど背中の貝殻骨（肩甲骨）の前方だ。腕が内側に向いても外側に向いてもいけない。右の拳を出すときには、左の拳を引き付ける。その逆も同様だ。引き付けた拳の位置は、乳の脇あたり。この拳の引き方が、やはり首里の手とは少しばかり違っている」

父の説明によるとこうだ。

首里の手では、肘を真っ直ぐ後ろに引く。だが、泊の手では、肘が拳より下になるのだそうだ。首里の手ではまさしく肘を引く感じだが、泊の手ではそうではない。

「屏風を畳むように、拳を引き付けるのだ。それが口伝《くでん》だ」

父が樽金に言った。

「屏風を畳むように……」

「そうだ。そのほうが自然に素速く拳を引くことができるし、また突くときも自然でよく力が乗る」

樽金は、とりあえず言われたとおりにやってみた。ぎこちなくて、どうにも不自然だ。

「これでよいのでしょうか……」

「まあ、最初はそんなものだ。よいか、屏風を畳むように、だ。それを忘れるな」

「ウー」

「左右交互に突くのだ。それを続けていなさい」

「ウー」

樽金は、左右の拳を交互に突き出した。

気を弛《ゆる》めると、引いた手の位置がおろそかになる。しっかりと乳の高さまで引き付けなければならない。

同じ動作を繰り返しているだけなのに、また腕の筋肉が張ってくるのを感じた。石を持ち上げるのとは違う筋肉を使っているからだろう。

いつしか父が姿を消していた。それでも、突きの稽古をやめるわけにはいかない。樽金は左右の突きを繰り返した。

父が戻ってきて、もういいと言うまで続けるつもりだった。

いつまで経《た》っても父が現れないような気がした。両腕はすっかりだるくなっている。

樽金は歯を食いしばって突きを続ける。

「よし、いいだろう」

満足げな父の声が聞こえた。いつの間にか父が庭に戻ってきていた。樽金は、ほっとして動きを止めた。またしても、着物が汗で濡れていた。

さらに父が言った。

「それでは、今度は、石を抱えたときの立ち方で、その突きをやってみなさい」

「ウー」

樽金は、足を開き、腰を落として構え、左右の拳を交互に突き出した。

父はその姿をじっと見つめている。樽金には、自分がちゃんとできているのかどうかもわからない。今はただ、言われたとおりにやるしかないのだ。腰を落とした姿勢での突きも父が「よし」と言うまで続けなければならなかった。

手の稽古を始めた当初は、日が経つのが遅く感じた。だが、突きの稽古を始めてからは、瞬く間に日が過ぎていくようだった。

いつしか、腰に砂袋を着けて走ることも楽にこなせるようになり、安里をはるかに越えて、真嘉比川の上流まで行くこともあった。

石を抱えて腰を落とす稽古も続けていた。その状態で立っていられる時間が次第に長くなっていた。

突きの動作も、最初はしっくりこなかったが、一日に何百本も突くうちに、次第に体が慣れてきた。

「突きは手の基本だ。型を覚える前にまず、ちゃんと突けるようになることだ」

樽金は、父の興典にそう言われて、一層稽古に励んだ。

突きが様になってきたと、父も思ったのだろう。次は蹴りを教えてくれた。

「蹴りには、前に蹴るのと横に蹴るのがある。前に蹴るときは、指を反らせてそのつけ根で蹴る。横に蹴るときは、足の外側の縁《へり》で蹴るのだ」

「ウー」

「いずれの蹴りも、泊では突きの補助とされている。それは久米村の手でも同様だ。蹴りを出すときは片足にならねばならない。ひじょうに不安定だし、片足だと移動することもままならない」

樽金は、父の説明をしっかり頭に叩《たた》き込もうとしている。稽古の最中に紙に書き留めることはできない。覚えるしかないのだ。

　父の説明は続いた。

「首里の手では、帯より上を蹴ることもあるようだが、泊では、滅多に帯より上は蹴らない」

「実際に戦うときに、蹴りはあまり使わないのですか？」

「もちろん、蹴りが得意な武士《ブサー》もいた。真壁《まかべ》チャーンは知っているな」

「ウー」

　真壁チャーンこと真壁朝顕《ちょうけん》は伝説の武士の一人だ。親国《ウヤグニ》への使節団の随行員として何度か北京《ペキン》を訪れた。その際に、武術を学んできたと言われている。跳び上がって天井を蹴った話は有名だ。

「それでも蹴りを多用したわけではない。実戦のときには蹴りなど滅多に使えるものではない」

　樽金は質問した。

「では、なぜ蹴り技が伝わっているのですか？」

　興典は、樽金の質問にこたえた。

「どんな技もそうだが、使いどころによっては大きな威力を発揮する。古来の口伝では、つかんだら蹴れ、つかまれたら蹴れ、と言われている」

「つかんだら蹴れ、つかまれたら蹴れ……」

「そうだ。相手につかまれて両手を封じられたようなときには蹴り技は極めて有効だ。また、逆に相手の両手を取ったようなときも、こちらの両手もふさがっているから、蹴りが役に立つ」

「ウー」

「蹴りは相手の意表をつくことが肝要だ。そのためには、素速く蹴る必要がある」

「わかりました」

巻藁には上端と低いところの二カ所に藁が巻き付けてある。下の方の藁は蹴るためのものだった。

膝より少し上の位置だ。足指を反らして指のつけ根でそこを蹴る。最初はうまくいかず、つま先が当たりひどく痛い思いをした。

「突きと蹴りをしっかり身につけておけ」

父はそう言った。

日が経つにつれ、樽金の体はみるみる頑強になっていった。

あるとき、泊村の通りで親泊興寛を見かけて、樽金は声をかけた。振り向いた興寛は、怪訝そうな顔で樽金を見た。

樽金は近づいていき、言った。

「どうした、妙な顔をして」

興寛は目を瞬《しばたた》いた。

「なんだ、樽金か」

樽金は笑った。

「ワンの顔を見忘れたか？」

「顔は忘れてはいない。だが、別人のように見えた」

「何を言ってるんだ」

「ヤーは、背が伸びたか？」

「いや、伸びてはいないと思うが……」

「そうか。肩幅が広くなったんだ。腕も太くなった。がっしりとして見違えたぞ。何があった」

「ヤーも、ワンがターリーから手を習っているのを知っているだろう」

「それだけで、そんなに変わるものか」

「難儀《ナンヂ》をしているからな」

樽金の言葉に、親泊興寛は腕組みをした。

「ワンも手を習っているが、ヤーほど急に体つきが変わったりはしなかった」

「ヤーは、もともと体がしっかりしていたのだろう。あるいは、自分で気がついていないだけで、周りの者は驚いていたかもしれない」

「いや、そうじゃない。ヤーは、ワンよりもよほど難儀をしたらしい。これは、ワンもうかうかしていられない」

「だが、ヤーはもう型を習っているのだろう。ワンは突きと蹴りを習っただけだ」

「型といっても、まだナイファンチだけだ。早く次の型を教わりたいのだが、先生はなかなか教えてくれない」

「ワンも早く型が習いたい」

それは切実な思いだった。

だが、父の興典はその後も樽金に型を教えようとはしなかった。樽金は、ひたすら首里まで走って往復し、庭の石を持ち上げ、突きと蹴りの稽古をした。

足を開いて、膝を外側に張り、腰を落として突きを繰り返す。あるいは、巻藁を突いた。

5

やがて、樽金も元服《カタカシラユイ》を迎えた。

一八四三年のことだ。その頃にはすっかりたくましくなっていた。胸板が厚くなり、腕や脚の筋肉も盛り上がっている。

幼名の樽金ではなく、松茂良興作《こうさく》と名乗ることになった。

「さて、興作」

父《ターリー》の興典は、興作を仏間に呼び、改まった口調で言った。「おまえ《ヤー》も大人の仲間入りだ。本格的に手《テイー》を修行しなくてはならない」

親泊興寛は、すでに武士《ブサー》から手を学んでいる。いずれ自分も、父の手ほどきは卒業して、有名な師から手を学べるものと思っていた。だから、父の言葉にまったく驚きはしなかった。

「いつから参りましょう？」

「これから出かけよう。仕度をしなさい」

「はい《ウー》」

興作の胸は躍った。

これで少しは興寛に追いつけるかもしれない。

興作は、父・興典に連れられて、泊村のある屋敷にやってきた。興作はその屋敷の主《あるじ》を知っていた。

興作は、興典に言った。

「ここは、宇久親雲上《うくペーチン》のお屋敷ですね」

宇久嘉隆《かりゅう》は、年齢は四十三歳だが、すでに武士として有名だった。身分は興典よりも上の親雲上だ。親方《ウエーカタ》や親雲上とは殿内《トウンチ》と呼ばれる上級士族の称号だ。

「そうだ。ヤーは今日から、宇久親雲上に手を習うのだ」

それは存外の喜びだった。どうせなら、名のある武士に習いたいと思っていた。だが、まさか宇久嘉隆のように有名な武士のもとに通えるとは思ってもいなかった。

二人を出迎えた宇久嘉隆は、にこやかにほほえんでいた。さすがに親雲上だけあって立派な髯《ひげ》をたくわえている。背は高くないが、着物を着ていても、筋骨のたくましさはわかった。

ほほえんでいても、眼光の鋭さはさすがに一流の武士だ。

「参り候らえ《メーリソーレ》」

宇久親雲上は言った。「さあ、上がってください」

ここでも興作は、かつて父に言われたのとまったく同様に、仏壇に線香を上げて、宇久親雲上の先祖に手の修行を始めることを誓うように言われた。

興作はまったく躊躇《ちゅうちょ》なく言われたとおりにした。

興典が丁寧に頭を下げた。

「では、何とぞよろしくお願いいたします」

宇久親雲上はやはり柔和《にゅうわ》にほほえんでこたえた。

「心得ました。では、今夜からわが家に通ってきてください」

「ウー」

興作は夜が待ち遠しかった。


日が沈み、夕食を済ませると、興作はさっそく宇久親雲上の屋敷に出かけた。

庭に案内され待っていると、宇久親雲上が濡れ縁に姿を見せた。

「今までは、松茂良筑登之《チクドゥン》親雲上に手を教わっていたのだな?」

「ウー。そうです」

「体つきを見れば、どれほど難儀《ナンヂ》をしてきたかわかる。どれ、ちょっと巻藁《マチワラ》を突いてみなさい」

興作は言われたとおりに、庭に立っている巻藁に近づいた。そして、腰を落として真っ直ぐに右の拳《テイジクン》を突き出した。小気味いい音が響いた。

宇久親雲上は、うなずいて言った。

「なるほど、さすがに松茂良筑登之親雲上だ。手の土台となる足腰ができている。屏風を畳むように、という泊の口伝も守られている」

宇久親雲上は、濡れ縁から庭に降りてきた。

「では、今日からナイファンチをやりなさい。一回やってみせるから覚えるように」

ナイファンチは、横一直線に移動する短い型だ。首里でも盛んにやられている型だが、泊でやるのはちょっと違うという。

泊のナイファンチは左手・左足から始まるが、首里のは右から始まるのだ。

単純な動きが連続する型だが、興作はその迫力に圧倒された。その型を見るだけでも、宇久親雲上に習うことになってよかったと思ったほどだ。

興作は食い入るように型を見つめていた。手の師は、手取り足取り教えてはくれないということを、すでに親泊興寛などから聞いて知っていた。

手を学ぶ者は、師から技を盗むくらいの気持ちが必要だと、興寛は言っていた。

幸い、興作には天賦《てんぷ》の才があった。型などの動きを脳裏に焼き付け、それを再現することができるのだ。一度しか見たことのない、蔡昌偉の型も、かなりの部分まで覚えていた。

「さあ、やってみなさい」

予想どおり、宇久親雲上はそう言った。

興作は、頭に刻み込んだ宇久親雲上の動きを思い出しながら追っていった。

なんとかやり終えると、宇久親雲上が言った。

「松茂良筑登之親雲上から習っていたのか？」

「いいえ。ナイファンチの名前は知っておりましたが、ちゃんと見るのは初めてです」

「これは驚いた。型を一度で覚えたのは、ヤーが初めてだ」

興作はそう言われていい気分になった。

「だが、まだすべて正しいわけではない。抜けているところもある。さあ、もう一度やってみなさい」

「ウー」

ナイファンチは短い型で、やってみるとあっという間に終わってしまう。本格的な手の稽古が、こんなに簡単でいいのだろうか。興作はそんなことを思っていた。

宇久親雲上に言われるまま、興作はナイファンチを繰り返した。

「最初の一手は、左腕を真っ直ぐに伸ばして、掌を開く。だが、そのままではなく、すぐに掌を上にして肘を少し曲げるのが口伝だ」

それまで興作は、ただ真っ直ぐに腕を伸ばしているだけだった。言われたとおりにやってみると、親指のつけ根で相手の攻撃を受けたり、あるいはその部分を攻撃に使っているこどがわかった。

師のたった一言で、何気ない動作に意味が生まれる。

興作はそのことに驚いていた。

これまでは、闇雲に難儀することだけを考えていた。足腰を鍛え、腕の筋肉を鍛える。それが稽古だと思っていた。だが、それだけではないことが、宇久親雲上の一言で理解できた。

動作を直され、また抜けていた動作を足される。

そして、もう一度型をやるように言われる。

興作はまたナイファンチをやる。

今度は立ち方を直された。

「もっと膝を外に張りなさい。足先を開かぬように。足は平行に。ちょうど馬に乗っているような恰好《かっこう》だ」

馬になど乗ったことはないが、言われていることはわかる。興作はそのとおりにやってみた。

「まだ膝が甘い。もっと外に張るのだ。最初は、土踏まずが浮くように感じるだろうが、それで正しい。そのうちに、しっくりとくるようになる。決して膝を弛めてはいけない」

「ウー」

「さあ、もう一度やってみなさい」

興作は、さらにナイファンチを繰り返す。短いナイファンチなど何度でもできる。そう思っていたのだが、立ち方や動作を直されてからやってみると、息が上がってきた。

型は見るのとやるのとでは大違いだ。見よう見まねのいい加減な動きと本当の動きとは違う。正しい型をやると、手足にかなり負担がかかる。

砂袋を腰に巻いて走り、大きな石を持ち上げて、足腰や腕の筋肉をしっかりと鍛えたつもりだったが、型をやると、また脚が震えるほど疲労してきた。

次第に腕も上がらなくなってくる。これはなかなかきつい。興作がそう思ったとき、宇久親雲上が言った。

「今日はこれくらいにしておこう」

すでに充分に足腰は鍛えたと思っていたが、初めてナイファンチをやった夜は、また脚がひどく張っていた。

走ったり、石を持ち上げたりするのとはまた別な筋肉を使うらしいと、興作は思った。

翌日はやはり筋肉痛だが、もう慣れたもので、それほど気にならなかった。

興作は、宇久親雲上の家に稽古に出かける前に、砂袋を腰に着けて走り、庭で石を持ち上げる訓練をした。汗をかいてから屋敷を訪ねると、宇久親雲上は満足げに言った。

「稽古をする準備を整えてきたな。その心がけは大切だ」

「ターリーに言われました。首里に住む人たちは、生活するだけで足腰が丈夫になるのだ、と。泊に住む私《ワッター》たちは、その分、難儀をしなければなりません」

「そのとおりだ。そうして体を鍛えた上で、さらにナイファンチで武術のための体を作るのだ」

「武術のための体ですか」

「そうだ。ただ足腰や腕力を鍛えるだけでは本当の手の威力は身につかない」

興作は、師の言うことが理解できなかった。

「本当の手の威力というのは、いったい何のことでしょう」

「手の威力を見たことがないか」

「ウー」

宇久親雲上はかすかに笑った。

「腹に力を入れなさい」

何をされるのかわからず、興作は言われるままに体を固くした。

宇久親雲上が拳を、固くなった興作の腹に触れた。そして、うんとうなった。とたんに腹で何かが爆発したのではないかと思った。気がついたら興作は尻餅をついていた。後方に吹っ飛ばされたのだ。

興作はぽかんと宇久親雲上を見上げたまま言った。

「今のはいったい……」

「これが本当の手の威力だ。武士はただの力自慢や喧嘩《けんか》好きの連中とは違う。こういう力を身につけているのだ。そのために、最も大切な型がナイファンチだ。ナイファンチをおろそかにすると、将来長く複雑な型をやったとしても、それは恰好だけになってしまう」

ナイファンチは入門者用の簡単な型だと思っていた。だが、どうやらそうではなさそうだ。

宇久親雲上がさらに言った。

「ナイファンチには、手を学ぶ上で大切なものがたくさん含まれている。ただ足腰を鍛えるだけではない」

興作は不思議でならなかった。ただ横に一歩移動して、鉤《かぎ》のように肘を曲げて打ったり、受けたりしているだけのように思える。

「さあ、やってみなさい」

そう言われて、興作はナイファンチを始める。

すでに型の手順は覚えている。一度やり終えると、「もう一度」と言われる。そして、言われるままに繰り返すとまた、「もう一度」だ。

こうして、夜が更《ふ》けるまで何度もやらされる。最初は、手順や手足の形を直されたりしたが、やがて宇久親雲上はただ黙って見ているだけになった。

一晩に何度もナイファンチを繰り返す。最初は、自分のやっていることが正しいのかどうか心配だった。だが、そのうちそんな余裕もなくなってくる。

手も足も上がらなくなる。それでも師の「もう一度」が続く。へとへとになり、何も考えられなくなるのだ。

こんなことを繰り返していて、本当の威力が身につくのだろうか。そんな疑問が湧いてくるが、師に逆らうことはできない。

興作はただ毎日、走り、石を持ち上げ、ナイファンチを繰り返した。

それから半月ほど過ぎた頃だった。興作は、親泊興寛に会った。

「興作、ヤーも手を習いはじめたらしいな。先生は宇久親雲上だそうじゃないか」

「ウー。カタカシラユイも済んだのでな」

「どんな稽古をしている?」

「毎日、ナイファンチばかりだ」

「そうだろう。ナイファンチの稽古はまず、三年は覚悟しなければならないな」

「三年……。ヤーもまだナイファンチをやっているのか?」

「俺《ワン》は、バッサイを習いはじめた」

「バッサイ……?」

「もともと泊でやられていた型だ。今では、首里でもやるそうだが、やっぱりワッターがやるのが本物だと思っている」

「どんな型だ? やって見せてくれ」

興寛は、目を丸くして言った。

「真っ昼間に、往来で手の型をやれと言うのか。そいつは無茶な話だ」

無茶は承知だった。だが、興作はどうしても未知の型を見てみたかった。

「ワンの家に行こう。庭でやるなら人に見られる心配はない」

「ヤーは珍しい手が見たくて久米村《クニンダ》に通っていたことがあったな。手のことしか頭にないのか」

「今は手の稽古が何より大切だ」

「わかった。ヤーの家へ行こう。ただし、ワンも他人に型を見せたなどと先生に知られるとたいへんなことになる。くれぐれも内緒だぞ」

「わかっている」

型は、おいそれと他人に見せるものではない。ましてや、興寛はバッサイを習いはじめたばかりのはずだ。中途半端な型は決して他人に見せてはいけないのだ。

父はまだ勤めから帰っていない。母《アヤー》は夕餉の仕度に忙しい。

弟妹たちの姿もない。

庭にやってくると、興作はさっそく興寛に言った。

「さあ、今なら誰もいない。見せてくれ」

興寛はバッサイの型を始めた。

そっと左足を進め、すぐに飛び込むようにして相手の攻撃を受け外す動作をする。それから、両手を開いて、頭の両側に掲げた。まるで、山の字のような形だ。

そこから右の開掌《かいしょう》で敵の攻撃をさばきつつ、左の開掌で反撃する動作。左右を逆にしてそれを繰り返す。

何かを探るような手の動きが特徴的だ。さらに、足先でも何かを探っているような動作がある。

興作は興寛の一挙手一投足に眼をこらしていた。

興寛が型をやり終えると、興作は言った。

「何かを探るような動作が多い」

そう言われて、興寛はぽかんとした顔になった。

「探る……？　そうか……？」

「おそらく、暗闇の中で敵を探る動きなのだろう」

「暗闇の中で……？　そんなことは考えてもみなかったな」

「バッサイは暗闇で戦うことを想定して技を練るための型なのではないか？」

興作の言葉に、興寛はあきれたような顔になった。

「先生はそんなことは教えてくれなかった。ワンは型にそんな意味があるとは思わなかった。ヤーはいろいろなことを考えるなあ……」

「考えたのではない。バッサイを見ていて、そういうふうに感じたのだ」

「ふうん……」

興作は、今見たばかりの興寛の型を思い出しながら動いてみた。

「最初はこうだったな」

いくつか動作をやってみる。

興寛は驚いた顔になって言った。

「ヤーは、どこかでバッサイを習ったことがあるのか？」

「いや、見るのは初めてだ」

「それで覚えてしまったというのか……」

興寛は慌てた様子だった。「それを誰かに見せたりするなよ」

「心配するな。そんなことはしない」

「本当だな」

「嘘はつかない」

興寛は、ほっとした顔になった。

「ワンが宇久親雲上に習うまで、バッサイは絶対にやらない。ただ、ナイファンチではなく、他の型も見てみたかっただけだ」

「タルーよ。手の修行にあせりは禁物だぞ。型をたくさん覚えたところで、それは恰好だけのものになってしまう。本当の威力を身につけなければならない」

「俺には興作という名前があるのだから、そう呼んでくれ。もうタルーではない」

「おっと、そうだったな」

「それを宇久先生に見せてもらったことがある」

「それ？」

「手の本当の力の使い方だ。乱暴者の力自慢とはまったく違うものだった。ワンの腹に拳をそっと触れた。次の瞬間、何かが爆発したような衝撃を感じた」

「それだよ。それが手の威力だ。瞬間的に全身の力を使うんだ。その要《かなめ》となるのは腰だ。腰づかいができないと、一人前の武士ではない」

「なるほど……」

興作は思うところがあり、うなずいた。

その夜、興作はいつものように「ナイファンチをやりなさい」という宇久親雲上に尋ねた。

「腰づかいはどうやりますか？」

暗くて、宇久親雲上の顔はよく見えないが、声の調子から表情はまったく変わっていないに違いないと興作は思った。

「腰づかい？　どうしてそんなことを訊く？」

「手をやっている友人から聞きました。手の本当の力を身につけるには腰づかいが重要だと。ワンもそれを感じていました。石を持ち上げるにも、まず腰の使い方が重要だと。ターリーからは仙骨を立てるように、と言われました」

「松茂良筑登之親雲上にそう言われたのなら、そうすればいい」

「型をやるのに、それだけでは不足のような気がします」

宇久親雲上は溜め息をついた。

「ヤーはまだ若い。時間はいくらでもあるはずだ。何をそう急ぐのだ？」

「急いではおりません。このところ、ナイファンチをやっていて、何か足りないものがあるように感じるのです。手を抜いているわけではないのに、うまく力が出ていないように感じます」

「そう感じることは大切だ」

「やはり腰づかいができていないからでしょうか？」

「いいか、興作。力が出ないように感じてきたのは、型ができてきたからだ。ようやく形になってきたのだ。それまでは手順を追うだけで精一杯だったろう。あるいは、正しい姿勢なのか、脚の形はどうか、腰の高さはどうか……。そういうことばかり気になっていたはずだ。それらを気にせずに型ができるようになったので、別のことが気になってきたというわけだ」

「ウー」

「たしかにヤーはまだ腰づかいができていない。だが、腰づかいなど十年、二十年と必死で稽古をしてようやく身につけられるものだ。教えられてできるものではない」

「教えられてできるものではない……。では、どうやって身につけるのですか」

「正しい型をひたすら繰り返すのだ。そのうちに自然にわかってくる。それが本当の腰づかいだ。先達《せんだつ》のやり方や恰好だけを真似ても本当の腰づかいは身につかない。そして、そのためにもナイファンチが必要なのだ」

腰づかいのためにもナイファンチが必要という宇久親雲上の言葉に、興作は深くうなずいた。

何をするにもまず、ナイファンチだ。

型を繰り返せば自然にわかってくる。その師の言葉を信じて、興作はひたすらナイファンチを繰り返した。

6

早朝から、泊村は何やら騒がしかった。

夜遅くまで、宇久親雲上《ペーチン》の自宅で手の稽古《ティー》をしていたので、朝は眠い。まだ寝ていたいのだが、夜が明けきらないうちから、通りを人が行き交い、何事か声をかけあっている。

火事か何かだろうか。

興作は起きて様子を見てくることにした。何事もなければ、また一眠りするつもりだ。

玄関先に父《ターリー》の興典がいた。

「ターリー。騒がしいですが、何事ですか?」

「那覇の港にフランス国の軍艦が現れたらしい」

「フランス国の軍艦」

「目的はいったい何だろうな……」

父のそのつぶやきが興作を不安にさせた。

「御主加那志《ウシュガナシ》が対応なさるのでしょうか?」

御主加那志は国王のことだ。

父は通りのほうを見つめながらこたえた。

「当然、そうなるだろうな」

「ヤマトは何もしてくれないのですか？」

「薩摩は実質、沖縄《ウチナー》を支配している。だが、たてまえでは、沖縄は御主加那志の国だ。薩摩はそのたてまえを利用して清国との貿易で金を稼いでいる。外国が何かを迫ってくるような危機のときも、そのたてまえを利用するだろう」

興作は腹が立った。

「ヤマトはどこまで沖縄を愚弄《ぐろう》するつもりですか」

「まったくだ。しかし、それよりもフランス国が何を要求してくるか、そして、それにどうこたえるべきか。それが問題だな」

対応するのは、三十一歳の尚育《しょういく》王だ。

尚育王は、一八三五年に即位した。沖縄が使っている中国の元号でいうと、道光《どうこう》十五年ということになる。当時、二十二歳の若さだった。

興作が六歳のときのことだ。

尚育王は、正式に即位したのは二十二歳のときだが、先代の尚灝《しょうこう》王が発病したために、十五歳のときに摂政《せっせい》となっている。

以来国政を担っているのだから、若くても立派な御主加那志だ。きっと正しい判断をしてくれるに違いないと、興作は思った。

夜がすっかり明けても、泊村は騒がしかった。

興作は、父の興典に尋ねた。

「軍艦がやってきたのは那覇港でしょう。なぜ泊がこんなに騒がしいのですか?」

「騒がしいのは泊だけではあるまい。首里も大騒ぎのはずだ。だが、泊には特別な事情があることも確かだ」

「特別な事情というのは何です?」

「沖縄に流れ着いた外国人は、皆泊に滞在させる。それが昔からの習わしだ。大切な海外からの客は、天久《あめく》聖現寺に逗留《とうりゅう》してもらう」

「それは、親国《ウヤグニ》の人たちのことでしょう」

父はしばらく無言でいたが、やがて言った。

「これからは、清国だけでなく、西洋の人々もやってくる世の中になったのかもしれない」

「西洋の人々が……?」

「さて、ターリーは職場に行かなければならない」

そう言うと、父は慌ただしい様子で出かけて行った。

港に外国の船が現れた。それだけで興作は、ひどく不安になった。ただの船ではない。軍艦だという。

戦争を仕掛けに来たのだろうか。

二百五十年ほど前、薩摩が沖縄に攻めてきた。それ以来、支配されている。今度はフランスに支配されるのだろうか。そのとき、ヤマトはどうするのだろう。

次から次へと疑問が湧いてきて、興作はますます不安になった。

その日は夜になっても父の興典は帰ってこなかった。フランスの軍艦への対応に追われているのだろう。

興作は不安で、食欲もなかった。それでも、手の稽古を休む気にはなれない。いつものように、腰に砂袋を着けて走ろうとした。だが、辻ごとに王府の役人がいたり、人々が集まって立ち話をしているので、どうにもやりにくい。

一番面倒なのは、薩摩の士族《サムレー》たちだった。在番奉行も無関心ではいられない。国許《くにもと》に報告するためにも動向を探らなければならないのだろう。

どこもかしこもぴりぴりと緊張している。そんなところをばたばたと走り回っていたら、余計な嫌疑をかけられかねない。

興作は走るのはやめて、庭で石を持ち上げるだけにした。それが済むと、宇久親雲上の屋敷に出かけた。

宇久親雲上はまったくいつもと変わらない。

もしかしたら、外の騒ぎをご存じないのではないか……。

興作はそう思って言った。

「フランス国の軍艦が那覇の港に現れたそうです」

「知っておる。それがどうかしたか」

「いえ……。たいへんなことになったと思いまして……」

「たいへんかどうかはわからない。まだ相手の要求を聞いていないのだ。それに、いかにたいへんなことになろうと、私《ワッター》たちにはどうしようもない。おまえ《ヤー》はただ、手の修行に励めばいい」

「はい《ウー》」

宇久親雲上の言うとおりだと、興作は思った。

何が起きようと、興作にはどうしようもないのだ。今は、手の修行を続けるしかない。

一人前の武士《ブサー》になることだ。今はそれが一番大切なのだ。

その日もナイファンチを繰り返した。

宇久親雲上は濡れ縁に座ってじっと興作を見ている。夜が更けるまで何度も型を繰り返すものと思っていた。

「今日はここまでにしよう」

その日宇久親雲上がそう言ったのは、ナイファンチの稽古を始めて一時間も経たない頃だった。いつもなら、これから体の切れが出てくるところだ。どうしたのだろう。興作は不審に思ったが、稽古を終える理由を問うことなどできない。都合の悪いこともあるだろう。

やはりフランス国の軍艦のせいだろうかと、興作は思った。興作が帰宅したとき、父の興典はまだ戻っていなかった。首里王府ではフランス国への対応を協議しているのだろう。いつもより稽古が少なく、ほっとする反面、なんだかもの足りなかった。

興作は庭に出て、一人でナイファンチを始めた。手のいいところは、たった一人でも稽古ができることだ。しかし、正しい動きでないと、本当の技は身につかない。そのために師の指導が必要なのだ。

ナイファンチは単純な型だが、それだけに力の入れどころが難しい。大切な型だということは何度となく説明を受けているのだが、興作はまだ実感が湧かない。

一人で型をやってもなんだか自分自身が頼りない気がする。それでも繰り返していると脚ががくがくと震えるほどに疲労してくる。

そこまでやってようやく稽古したという気がしてきた。鍛えれば鍛えるほど力が漲《みなぎ》ってくる。最近興作は、そう感じていた。

玄関のほうで父の声がした。帰宅したのだ。

興作は稽古をやめて、父の話を聞きに行くことにした。父は奥の部屋に向かうところだった。

「外の様子はどうですか？」

「興作か……。今のところは騒ぎもない。フランス人が御主加那志に謁見《えつけん》を求めているようだ」

「謁見……。戦を仕掛けてくるわけではないのですね」

「いくらなんでも、わずかな軍艦で戦などできるものではない。おそらく、開港・通商を求めるのだろう」

「それだけで済むのでしょうか……」

父は苦い表情になった。

「フランスやイギリスはおそらく、沖縄を植民地にしたいと思っているのだ。そして、沖縄を足がかりにして、ヤマトをも植民地化しようと目論《もくろ》んでいるに違いない」

「それならヤマトに攻めていけばいいでしょう」

「地勢を考えなくてはならない」

「地勢ですか……」

「列強と呼ばれるフランス、イギリスなどは、植民地を拡大しようと、わが国の近くにやってくる。彼らの船は、ヨーロッパを出発して大西洋に出る。アフリカの南端を過ぎてインドを進み、マラッカ海峡を過ぎて、フィリピンを通り、沖縄にやってくる。彼らにしてみれば、沖縄は、ヤマトを攻めるにも、清国を攻めるにも、恰好の足がかりになる」

「そんな勝手なことを、御主加那志が許すはずがありません」

「私《ワン》もそう思いたい。だが、列強の力は強大だ」

それにしても、父がこれほど海外の情勢に通じているとは思っていなかった。興作が学ぶのはいまだに四書五経などの漢籍が中心だ。これからは、ワンも世界のことを学ばねばならないと思った。

父の興典が続けて言った。

「親国の清国とイギリスの戦争が始まったのが、つい四年前のことだ。戦いは二年続き、その結果清国は、広州《こうしゅう》、厦門《アモイ》、寧波《ニンポー》、福州、上海《シャンハイ》で、自由貿易を強いられることになった。それまでは、あくまで朝貢というたてまえだったのだ」

「朝貢ならば、沖縄と同じ立場ですね」

「そうだ。だが、イギリスは朝貢貿易を認めず、無理やりに自由貿易を始めたわけだ。さらにイギリスは、清国に多額の賠償金を求め、香港《ホンコン》を手に入れた」

興作は呆然《ぼうぜん》とした。幼い頃から親国は最強だと信じていた。清国皇帝の威光は世界の隅々まで及んでいるのだ、と……。

だが、その親国もイギリスとの戦争に負けて、自由貿易を強いられ、さらに香港を奪われたのだ。

列強が本気で攻めてきたら、沖縄はいったいどうなってしまうのだろう。

おそらく沖縄だけではない。ヤマトだってとうてい太刀打ちはできないだろう。

すっかり不安になって興作は尋ねた。

「フランス国は、御主加那志に何を要求してくるのでしょう？」

「まずは、開港を求めるだろうな。ヤマトや清国への足がかりとして、沖縄の港が必要なはずだ」

「御主加那志はどうおこたえになるでしょう？」

父の興典は、さらに難しい表情になった。

「突っぱねれば戦になる。呑《の》めば次々と要求を重ねてくるだろう。気がつけば沖縄は支配されてしまう」

「ヤマトの支配とフランス国の支配。どちらがいいでしょうね？」

興作のこの言葉に、父は目を見開いた。

「ヤマトの支配とフランスの支配……？」

「今も薩摩の支配を受けているのです。支配する者が入れ替わるだけではないですか」

「いや、ヤマトの支配とは違うだろう。フランスの植民地を見ればわかる。なんでも現地の住民は奴隷のような生活を強いられているそうだ。富は皆、フランス人に搾取されるのだそうだ。それに言葉が違う。ヤマトと沖縄の言葉は近い。古いヤマトの言葉が沖縄に残っているとも言われている」

　父興典の話を聞き、興作は言った。

「言葉など、どうでもいいではないですか」

「いや、言葉は文化なのだ。沖縄は古来親国との関わりが深い。朝貢を続けてきたし、久米村《クニンダ》には親国から渡ってきた人々の子孫が住んでいる。にもかかわらず、沖縄が親国の一部として吸収されずに、独立した王国でいられたのは、言葉が違うからだと、ワンは思っている。言葉が違えば風習も違ってくるし、考え方も変わってくる」

「では、フランスに支配されるくらいなら、ヤマトに支配されたほうがいいと、ターリーはおっしゃるのですか。ヤマトに支配されるくらいなら、親国の一部となったほうがいいでしょう」

　父は深く溜め息をついた。

「清国の一部となるわけにはいかない。ヤマトの薩摩藩が支配しているとはいえ、わが沖縄は王国だ。それを忘れてはいけない」

「もちろん、忘れてはおりません。そして、これからも決して忘れることはないでしょう。ワンは立派な沖縄のブサーとなって御主加那志のために命を懸けて働きます」

「ターリーもそのつもりだ。さあ、もう遅い。寝なさい」

「ウー」

興作は言われたとおりに部屋に行き、夜具に横になった。だが、とても眠れそうになかった。

フランス国はいったい、何を要求してくるのだろう。そして、御主加那志はどういうご返事をされるのだろう。

考えても仕方がないことはわかっている。だが、考えずにはいられなかった。これまで、薩摩藩の在番奉行やその随伴者に、沖縄の人々はずいぶんと虐《しいた》げられてきた。だが、沖縄がフランスの植民地になったら、もっとひどいことになるはずだ。

かといって、薩摩藩の支配がこのままずっと続くことを望んでいるわけではない。いつか、沖縄は昔のようにちゃんとした独立王国になるべきだ。

興作は強くそう思うのだった。


結局、フランスの要求は沖縄と貿易をすること、そしてキリスト教の宣教師を滞在させることだった。

尚育王は、この要求を受け容《い》れ、宣教師テオドール＝オギュスタン・フォルカードを沖縄に滞在させることになった。中国暦道光二十四年（一八四四年）のことだった。

外国人が逗留するときの慣例に従い、テオドール＝オギュスタン・フォルカードは、泊の天久聖現寺に滞在することになった。それがまた、泊の人々の間で物議を醸すことになる。

天久聖現寺やその周辺に住む人々は、外国人には慣れている。だがそれは、多くの場合中国人を指した。

これまで沖縄を訪れる外国人といえば、中国人しかいなかった。薩摩の命により、貿易する国は中国に限られていたし、冊封使など政府の仕事で沖縄を訪れる中国人も少なくなかった。だから、沖縄の人々は、中国人同様にフォルカードを迎えようとした。

だが、物事はそううまくはいかない。相手は西洋人だ。中国人とは生活習慣も違えば、食べ物も違う。特に食べ物の違いは大きな問題だ。

フォルカードは聖現寺で暮らしはじめてすぐに、不平不満を言い出したそうだ。フランス人は、パンを食べヴァンを飲む。ヴァンとは葡萄《ぶどう》で造る赤い酒だそうだ。

興作は、パンもヴァンも知らない。そんなものが沖縄にあるはずがない。沖縄の人は米を食べ、泡盛を飲むのだ。フォルカードはそれがどうにも我慢できないらしい。

布教の成果が上がらないことも、フォルカードを苛立《いらだ》たせているらしい。

そして、フォルカードが滞在してから二年後の道光二十六年（一八四六年）、フランスの軍艦が再び現れ、沖縄に開国を迫った。尚育王は、その要求も呑んだ。那覇港に入港し、いちおうの目的を果たしたフランス海軍は、すでに沖縄に滞在する気をまったくなくしていたフォルカードを船に乗せて帰国した。

ほっと息をつく間もなく、今度はイギリス海軍が姿を見せた。イギリスもフランス同様に、キリスト教の宣教師を滞在させるように要求してきた。そして、バーナード・ジャン・ベッテルハイムが沖縄にやってきた。ベッテルハイムはやはり最初は聖現寺に逗留したが、後に波上宮《ナンミン》近くの護国寺に住んで布教活動を続けた。首里王府は当初、キリスト教は禁教であると布教を断ったが、ベッテルハイムは、フォルカードを引き合いに出し、自分にも布教する権利があると主張した。

フランス海軍が現れて以来、沖縄は常に動揺し、不安に満ちている。興作はそう感じていた。

7

「今日もこれくらいにしておこう」

宇久親雲上《ペーチン》が稽古の最中に言った。

興作はまだ、ナイファンチを三回しかやっていない。いつもなら、最低でも十回は繰り返す。

このところ、こういう日が増えてきたような気がする。師の言うことだから逆らえないが、興作はどうにもものの足りない気がする。

興作は尋ねた。

「私《ワン》に何か、悪いところがありますか？」

「悪いところ……？」

「稽古の態度が悪いとか、心がけがなっていないとか……。だから、稽古を途中で終わりにされるのではないですか？」

「いや、そうではない。稽古を終わりにするのは、ワンの都合なのだ。済まないと思っている」

そう言われると、何も言えない。

興作は稽古を終えて帰宅した。そして、自分でナイファンチをやり、巻藁《マチワラ》を突いた。夜中なので、大きな音は立てられない。だから、巻藁は叩くのではなく、なるべく音を立てないように拳《テイジクン》を当ててから押すようにする。

そのときに、肩を落とし、背中の貝殻骨を動かすように意識する。

これは興作が工夫した稽古法だった。巻藁が家から離れたところにあれば、音を気にせず存分に打つことができる。だが、庭にあるのだからそうはいかない。

それで、拳を鍛えるのではなく、巻藁で体を締めることを学ぼうと思ったのだ。相手を打ったことを想定して、巻藁に拳を当てた瞬間に、体をぎゅっと締める。

全身の筋肉を締めるのだ。そのときに、一番意識するのは肩と背中の貝殻骨だ。

那覇の手《テイー》では、拳をはじめ、体のあらゆる部分を鍛えるのだそうだ。巻藁だけではなく大きな石を手刀で打つこともあるらしい。

だが、首里や泊ではそこまで拳を鍛えたりはしない。その代わりに、打った瞬間の体の締めを重要視するのだと聞いたことがある。それが興作の工夫への示唆となった。

最初は自分でも、どれほど効果があるか半信半疑だった。だが、続けるうちにナイファンチの動きに役立つような気がしてきた。

特に、背中の貝殻骨の使い方が重要だと感じはじめていた。

宇久親雲上に手を習いはじめて三年が過ぎた。

興作にとってはあっという間の三年だった気がする。習った型はナイファンチだけだ。だが、それが手の修行にとって重要であることがようやく実感できてきたのだ。中国暦道光二十六年、西暦一八四六年のことだ。

夏の暑さがようやくやわらいできた十月のある日、稽古を終えると、宇久親雲上が言った。

「長い間よくワンのもとで稽古をしてくれた。ここでの稽古は今日で終わりだ」

興作は驚いた。

「それは、どういうことですか」

「明日からは、照屋《てるや》親雲上のところで稽古をするんだ」

突然のことだった。

理由がわからない。だが、師の言いつけだから従うしかないのだ。

「はい《ウー》」

「照屋親雲上には、ワンから話してある」

照屋親雲上規箴《きしん》は、中国暦嘉慶《かけい》九年（一八〇四年）の生まれで、宇久親雲上嘉隆よりも四歳年下になる。宇久親雲上に劣らぬ手の使い手として名を馳せており、親泊興寛の師でもある。

その照屋親雲上に手を習えるのだから、興作としても不満はない。だが、どうして宇久親雲上のもとでの稽古を終わりにしなければならないのか気になった。

この頃、興作の体力はますます充実してきており、二人の師から習ったとしてもまったく平気だった。

翌朝そのことを、父《ターリー》の興典に話すと、興典は言った。

「同時に二人の師に習うものではない。同じことを教えるにも、人によってやり方が違うものだ。そのことで、片方の師に疑問を持ったり、反感を抱いたりすることもある」

「なるほど、そういうものでしょうか……」

「宇久親雲上には何か考えがおありなのだろう。照屋親雲上ならば、師として申し分なかろう」

「もちろんです」

その日から照屋親雲上の屋敷に行くことにした。手を習うのは夜、というのが常識だ。宇久親雲上のところへは夕食を済ませ、さらに駆け足と石を持ち上げる鍛錬を済ませてから出かけていた。

興作は、最初の日なので、早めに照屋親雲上の屋敷に出かけた。

「松茂良筑登之《チクドウン》親雲上のところの、興作だな？　話は宇久親雲上から聞いている」

照屋親雲上は、すぐに興作を庭に連れて行った。その日は月もなく暗い夜だった。庭も暗い。

その暗がりに人影があった。

「興作じゃないか」

その人影が言った。声ですぐにわかった。

「興寛か」

それは親泊興寛だった。

手の稽古は、原則として師と弟子が一対一で行う。だが、弟子の数が増えてくると、こうして相弟子が顔を合わせることもある。

また師によっては、何人かの相弟子を一度に教えることもあった。型よりも変手《ヒンディー》などを重視する師は、複数の弟子を指導する傾向にあった。弟子同士を組ませて稽古をするからだ。

ちなみに変手というのは、型をもとにした技を実際に使ってみることをいう。

照屋親雲上が言った。

「興寛のことはもう知っているようだな。では、さっそく興作がどれくらいできているか見せてもらおう」

「ウー」

興作は、興寛を意識しながら言った。ここでは兄弟子ということになるが、彼の前で無様なことはできないと思った。照屋親雲上が言った。

「では、ナイファンチをやってみなさい」

「ウー」

興作は力を込めてナイファンチをやってみせた。たった一度のナイファンチで息が切れるほど力一杯やった。

照屋親雲上はそれを見て言った。

「ほう。なかなか難儀《ナンギ》をしているな。さすがは宇久親雲上だ」

興作は、褒められて気分がよくなった。

「さて、それでは、わが家の先祖に線香を上げて、これから手の稽古を始める誓いを立ててもらう」

「わかりました」

これはすでに、父親にもやらされたし、宇久親雲上のところでも経験済みだ。つつがなく仏壇での誓いの儀式が済むと、照屋親雲上が言った。

「では、二人ともついてきなさい」

宇久親雲上のように、照屋親雲上も自宅で指導するものと思っていたので、興作は興寛に小声で尋ねた。

「どこへ行くんだ？」

「ついていけばわかる」

照屋親雲上は、集落を離れてさらに進んで行った。海に出るのかと思ったが、そうではなかった。どうやら天久聖現寺のほうに向かっているようだ。

興作は不安ではあったが、同時に楽しみでもあった。

今日から照屋親雲上の指導を受ける。いったいどんな稽古なのか想像もつかないが、新たなことを教わることは間違いない。

やがて、照屋親雲上は墓の前で立ち止まった。

墓に一礼すると言った。

「ご先祖様、失礼いたします」

そして、墓庭《ハカヌナー》に足を踏み入れた。照屋家代々の墓なのだろう。立派な亀甲墓《きつこうばか》で、墓庭は広かった。

「さあ、おまえたち《ヤッター》も入りなさい。今日からここで稽古をするんだ」

まず兄弟子の興寛が頭を下げて言った。

「失礼いたします」

墓の前では、先祖がそこにいるかのように挨拶をするのが習わしだ。興作もそれにならった。

「さて、手の稽古を始める前に一言言っておく。先手は禁物という言葉がある。知っているか？」

　興寛がこたえた。

「知っています」

　照屋親雲上が興作に尋ねた。

「おまえ《ヤー》はどうだ？」

　聞いたことがあったので、興作はうなずいた。

「ウー」

「では、それはどういう意味だと思う？」

　興寛がこたえた。

「手をやる者は、みだりに自ら戦うべきではない。自重することが大切だということだと思います」

　照屋親雲上が興作に問う。

「ヤーはどう思う」

「ワンも、そう思います」

「そうか。たしかにそういう意味もあるかもしれない。だが、この言葉にはもっと深い意味がある」

　照屋親雲上の言葉に、興作は思わず聞き返していた。

「もっと深い意味ですか？」

「そうだ。稽古を続けていれば、いずれその意味に気づくだろう」

今すぐには教えてくれないということだ。稽古を積んで自分で悟らなければならないのだ。

なるほど、照屋親雲上の教え方は宇久親雲上とは違うようだ。宇久親雲上はほとんど理屈は言わず、ただひたすら型をやらせた。

照屋親雲上が興寛に言った。

「バッサイをやってみなさい。興作は、それを見てよく覚えるように」

「ウー」

興寛がバッサイを始めた。

左右に手を掲げ、隙を作るような動きや、暗闇で探るような動きが特徴的だ。

興寛のバッサイを見るのはこれで二度目だ。型の順番を覚えるのに、二度も見れば充分だった。これは、興作の特技だ。一度見れば、だいたいの動きは頭に入る。

暗闇の中だが、すでに眼が慣れている。興作は、興寛の一挙手一投足に眼をこらした。

こういうときの興作の集中力はすごい。

頭の中に興寛の動きが記録されていく。

上達したな。

興作は思った。以前見たときよりも、バッサイがうまくなった。バッサイという型をまだよく知らないが、それは興作の眼にも明らかだった。

興寛が型を終えると、照屋親雲上が言った。

「一度見ただけでは、とても覚えきれないだろう。興寛、もう一度やってみせなさい」

「ウー」

すでに興作は、あらかた覚えてしまっていたが、念のため何も言わずにもう一度見せてもらうことにした。

興寛がバッサイを始める。それを頭の中の動きと照らし合わせる。

興寛の型が終わると、照屋親雲上が興作に言った。

「さて、覚えているところだけでもいい。やってみなさい」

興作はバッサイを始めた。そして、最後までやり終えた。

照屋親雲上は言った。

「ほう、宇久親雲上のところでバッサイを習ったのか？」

照屋親雲上の質問に、興作はこたえた。

「いいえ。バッサイを習うのは初めてです」

興寛が、少しばかり慌てた様子で言った。

「興作は、一度見た型を覚えてしまうんです」

おそらく、自分が興作にバッサイを見せたことを知られたくなくて、そんなことを言ったのだろう。

照屋親雲上が言った。

「なんと、それは驚きだ。今まで何人もの弟子に型を教えてきたが、そんな者は一人もいなかった」

興作は言った。

「一度ですべてを覚えられるわけではありません。しかし、なんとか覚えようと努力はします」

また興寛が言った。

「かつて、湖城家の手を一度だけ見せてもらったことがあったそうです。興作はそれだけで、何手か覚えてしまったのです」

「なんと、湖城家の手……。どなたに見せてもらったのだ」

興作はこたえた。

「蔡昌偉筑登之親雲上です」

「今日は驚かされることばかりだ。湖城家の手は、一子相伝で、門外の者には決して見せないと言われているのだが……」

「ワンもそう聞いておりました。ターリーといっしょにお訪ねしたときに、一度だけ見せていただいたのです。その後、もう一度見せていただこうとお願いに参りましたが、だめでした」

「何手か覚えたと言ったな？」

「ウー」

「それを見せてはくれぬか」

照屋親雲上にそう言われて、今度は興作が慌てた。

「正確に覚えているわけではありません。なにせ、一度見ただけですから……」

「それは承知の上だ。やって見せてくれ」

師の頼みだ。断るわけにはいかない。興作は、言われるままに、最初の動作から何手かやって見せた。

それを見た照屋親雲上が、つくづく感心した口調で言った。

「ほう。よく覚えたものだな。湖城家の手は中国伝来と聞いている。見たところ、那覇でやられている手に近いな。なかなか興味深い……」

照屋親雲上の話を聞き、親泊興寛が尋ねた。

「那覇の手に似てますか？　ワンには、どちらかというと首里の型に見えますが……」

照屋親雲上が言った。

「手を見るとき、形にとらわれてはいけない。蔡通事と同じく久米村《クニンダ》の鄭氏屋部《ていうじゃぶ》親雲上の型も、見た目は首里の手のようだという」

「そうなのですか……」

「今、興作がやって見せてくれたのは、おそらく白虎《びやっこ》という型だろう。湖城流には、白鶴、白龍、白虎、天巻、空巻、地巻の六つの型があるということだ」

「先生はご覧になったことがありますか？」

興寛に問われて照屋親雲上はかぶりを振った。

「残念ながら拝見したことはない。門外不出の手だからな。久米村の人は滅多なことでは型を見せてはくれない。蔡筑登之親雲上は、興作のターリーをずいぶんと信用されておいでのようだ」

照屋は親雲上だから筑登之親雲上よりも身分が上だ。それでも蔡昌偉に対して敬語を使っている。おそらく、武士《ブサー》として尊敬しているのだろう。

興作は、照屋親雲上と興寛が話していることが理解できなかった。首里の手と那覇の手の違いもよくわからない。手は手だろうと思っていた。

興作にとっては、手は憧れの技術であり、神秘的なものですらあった。日常とはかけ離れた世界のものだった。

それは興作の中で自然と、親国《ウヤグニ》である中国と結びついていた。

何千年という歴史を持つ中国は、すべての手本となる国だと思って興作は育った。この時代の沖縄《ウチナー》の子供たちは皆そうだ。異国の進んだ文化といえば、中国文化だった。だから、手に色濃く中国の影響があったとしても、興作にとっては何ら不思議はなかった。むしろ、中国に学ぶことはごく自然なことだった。

だから、首里の武士も、那覇の武士もみんな中国に学んだのだろうと、興作は漠然と考えていた。だからこそ、興作は何度も久米村に足を運んだのだ。

照屋親雲上が興作に尋ねた。

「ヤーはどう思う？　白虎の型を覚え、その上でナイファンチを学んだのだろう。何を感じた？」

照屋親雲上の突然の質問だったが、興作は慌てなかった。

「沖縄の武士は皆、親国の影響を受けているのだと思います。ですから、首里の手も那覇の手も、親国の手に似ているのだろうと思います」

このこたえに、照屋親雲上は深くうなずいた。

「たしかに興作の言うとおりだ。首里の手では唐手佐久川《トウデイーサクガアー》こと、佐久川《さくがわ》筑登之親雲上が有名だが、佐久川筑登之親雲上も、中国の北京で武術を学んだのだ。その前は、やはり久米村で嵩原《たけはら》通事に手を習ったということだ」

「タケハラ通事……？」

「嵩原通事安執《あんしつ》、唐名は毛国棟《もうこくとう》。久米村の武士だ。つまり、興作が言うように、首里の武士も那覇の武士も、久米村の武士や親国の武官などに手を教わっているわけだ」

　興寛が尋ねた。

「泊の武士も、親国や久米村武士の影響を受けているのでしょうか」

「もちろんだ。泊は首里よりもずっと久米村に近い。那覇は商人の町だから、むしろ久米村の武士は那覇の人々よりも泊の士族《サムレー》と交流してきたと思う」

「では、久米村の手が泊に伝わっているのですね」

「そう考えることもできるな」

「これは面白い」

　興寛が腕組みをした。

　よくわからないながら、興作も興味深いと思った。久米村の手が地元那覇よりも、泊に伝わっているのかもしれないと、照屋親雲上は言うのだ。

　長い歴史の中では忘れ去られていることもあるし、真実がわからなくなることもある。だが、伝えられた技の中に息づく本質は、きっと変わらないのだろうと、興作は思った。その本質に対する思いは、幼い日に感じていた親国への憧れと微妙に重なり合うのだった。

「さて……」

　照屋親雲上が言った。「それではバッサイを続けよう。興寛と興作、交互にやりなさい」

まず興寛が型を始める。興作はすでに型の順番を覚えているが、正確な動きをまだ知らない。興寛の動作を見て、頭の中で修正していった。

そして自分の番になると、それを試してみる。照屋親雲上はただ見ているだけで何も言ってくれない。これは宇久親雲上と同じだった。

その日は結局、ただ型の順番をなぞるだけで終わった。興作は、照屋親雲上に習うというより、興寛の真似をしているだけのような気がして、満足したとは言えない気分だった。

これでいいのだろうかという思いが強い。

かといって今さら、宇久親雲上のもとに戻るわけにもいかない。

父に言われたことが、よくわかった気がした。一度に二人の師に習うと、どちらかを批判したくなるという話だ。

照屋親雲上のもとでの稽古は、これから始まるのだ。今の段階であれこれ言うべきではない。興作はそう思い、とにかく稽古を続けようと思った。

稽古の始めに、必ずナイファンチを何度かやらされた。照屋親雲上もこの型を重要視していることがわかる。それからバッサイの稽古だ。

興作が稽古をするときは、たいてい興寛もいっしょだった。歳が近いし、昔からの顔馴染みだということで、照屋親雲上は二人をいっしょに稽古させるのだろう。

あるとき、照屋親雲上は興寛に言った。

「ヤーは、庭囲《ナーガクイ》いに跳び乗ることができるか？」

墓の前にある墓庭《ハカヌナー》には、石で囲いがしてある。その高さは四尺ほどだ。とても跳び乗れる高さではないと興作は思った。

「やってみましょう」

興寛が言って、石の囲いに近づく。どうするつもりだろう。興作は興寛を見つめていた。

石の囲いに正対してしばらく考えていた興寛は、横向きになった。真正面から跳んでも無理だと考えた興寛は横向きに跳び上がることにしたようだ。

軽く二歩だけ助走した興寛が地面を蹴った。その体が闇の中にふわりと浮かんだように見えた。興寛は庭囲いの上で両手を広げてよろよろと均衡を保とうとしている。

ともあれ跳び乗ることに成功していた。

照屋親雲上は満足げにうなずき、言った。

「興作もやってみなさい」

「ウー」

興作も負けじとやってみた。だが、どうやってもうまくいかない。興寛に比べて跳躍力が足りないのだ。

興寛は興作よりも二歳年上で、以前は手の知識においても体力面でも先を行っていた。だが、元服《カタカシラユイ》も終え、毎日駆け足と石の持ち上げで鍛えているので、すでに体格や体力は互角のはずだ。興寛が興作よりも跳躍に長《た》けているのは、生まれ持った資質だろう。

興寛は足も高く上がるらしい。興作は父から、泊の手では帯より上は蹴らないものだと教わった。だが、照屋親雲上のもとで興寛は高く蹴る稽古もしている。

弟子それぞれの持ち味を存分に発揮させるのが照屋親雲上のやり方のようだ。

ともあれ、興寛にできることが自分にできないのが、興作には悔しかった。その日から、駆け足と石の持ち上げに加え、墓庭の庭囲いに跳び乗る稽古が加わった。

一人早めに稽古場である照屋家の墓にやってきて、照屋親雲上がやってくるまで、庭囲いの前で何度も跳躍を試みた。

最初は興寛がやったように、横向きに跳び乗る稽古だった。とても跳び乗ることなどできないと思っていたが、何日も稽古をするうちになんとか可能になってきた。

だが、それでは満足できない。興寛に追いついたに過ぎない。なんとか興寛を越えたいと思った。

それで次に、庭囲いに正面から跳び乗る練習を始めた。一カ月もすると、それもできるようになった。どんなことでも体が受け止める年齢だ。稽古をすればするほどできることが増えていく。興作はそう実感していた。

今度は後ろ向きに跳び乗る稽古をしよう。興作はそう考えた。敵に追い詰められたときなど、後ろ向きに跳躍することの利点は多いはずだ。

やってみるとこれがずいぶんと難しい。横向きに跳び乗ることの難度が三としたら、正面から跳ぶのは五くらい。後ろ向きに跳び乗るのは、難度が十にも二十にも感じられる。

失敗しては墓庭に転がり落ち、膝も脛《すね》も肘も傷だらけになった。それに気づいた照屋親雲上が言った。

「跳躍の稽古もいいが、たいがいにしておかないと、本来の手の稽古に差し支えるぞ」

「そのようなことがないように気をつけます」

「跳躍の稽古をやめる気はないのだな？」

「ありません」

照屋親雲上は興作の返事に笑い出した。

「強情なやつだ。だが、その鍛錬はきっと武士としての将来に結びつくはずだ」

「ウー」

照屋のもとで稽古を始めた当初は、ただ型を繰り返すだけだった。だが、この頃になると興作も動作の細かな点を修正されるようになっていた。

ようやく型ができてきたということだ。

「ただ型をやるだけではだめだ。その型にどういう技が含まれているのか。また、何を心がけて鍛錬すればいいのかを理解しなければならない」

そう言って、照屋親雲上は、興寛と向かい合った。

「突いてきなさい」

「ウー」

興寛が真っ直ぐに照屋親雲上の胸のあたりに拳《テイジクン》を飛ばしていく。照屋親雲上と興寛の体が重なったように見えた。次の瞬間、興寛がひっくり返っていた。

興寛がぽかんと照屋親雲上を見上げている。興作にも何が起きたかわからなかった。

照屋親雲上が言った。

「これは型の三番目の動作に含まれている技だ。両手を頭の両側で広げて隙を作る。脇を開けながら、相手の動きをよく見ている。つまり、誘っているのだ。相手がその誘いに乗って突いてきたら、この技を使う。つまり体をかわしながら左手で相手の攻撃を受け外し、すみやかに右掌で反撃する」

説明を聞いてようやくわかった。

型のとおりに動けばいいのだ。

「では、向かい合ってやってみなさい」

　興作は興寛と対峙《たいじ》した。まず興作が突いていく。興寛は言われたとおりに左手で受けて右掌で反撃してきた。

　照屋親雲上の技とはまったく違っていた。興作はそう感じた。

　次に興作が試してみる。

　やはり師の動きとは違うように感じる。

　照屋親雲上が言った。

「相手の攻撃を受け外してから反撃すると考えていると、すでに遅い。実戦ではそんなものでは役に立たない。受けながら反撃に移っている。それくらいの心づもりでやってみなさい」

　興作と興寛は再び試してみた。

　二人の技を見て、照屋親雲上は言った。

「さっきよりはよくなった。この技はバッサイの特徴をよく表しているから、よく稽古するように」

「ウー」

　二人は声を合わせて返事をした。

　それから二人は、その技を繰り返した。すっかり息が上がる頃、照屋親雲上が言った。

「さあ、その感覚を忘れないうちに、バッサイをやってみなさい」

まず興寛が、そして次に興作が型をやる。

たしかに技を使ってみた後に型をやると、少し感覚が違う。へとへとに疲れているはずなのに、体が動く。力の入れどころがわかったからだろうと、興作は思った。

それと興味の問題だろう。技を覚えてその型に対する興味が増した。興味が稽古の辛さを半減させてくれるのだ。

その日から時折、照屋親雲上は、型の中にある技の稽古、つまり変手の稽古をするようになった。

変手をやってみると、鍛錬の不足しているところがよくわかる。それを型で補強するのだ。また、変手をやることで型に対する理解が深まった。

バッサイの変手をやることで、ナイファンチへの理解も深まった。ナイファンチはよくできた鍛錬型だ。攻撃の威力を増すために、また盤石な防御のために必要な体の使い方をこの型で練ることができる。

さらに、興作は独自の巻藁の鍛錬を続けていた。昼間は、普通に拳で巻藁を打つが、夜になると背中を意識して板のしなりを受け止めるような稽古を続けた。拳を押し返してくる板を体を締めて押さえるのだ。

稽古場である照屋家の墓の近くに、カミヌヤーと呼ばれる洞窟《ガマー》があった。最近そこに誰かが住み着いていることに、興作は気がついていた。

もしかしたら中国人かもしれない。中国からの使節団などが、天久聖現寺に滞在し、その随行の人々も寺の境内に仮住まいする。そんな中に、帰り船に乗らずに沖縄に残る者がいる。聖現寺周辺の洞窟には、時折そういう中国人たちが住み着くことがあると聞いていた。

ある時興作は、その人物がカミヌヤーの脇に立って、じっと自分の稽古を見つめているのに気づいた。どうしてこちらを見ているのだろう。興作はそう思いながら稽古を続けていた。

8

その謎の人物が、いつからそこに住み着いているのかはわからない。興作が気づいたのは数日前のことだが、それから毎夜、興作たちの稽古を見つめている。

照屋親雲上《ペーチン》は気づいているだろうか。

興作は思った。

照屋親雲上ほどの武士《ブサー》が気づいていないはずはない。ならばどうして、何も言わないで稽古を続けているのだろう。

それが不思議だった。

手《ティー》の稽古を夜に行う理由はいろいろあるだろうが、他人に見られないためというのもその一つだ。誰が稽古を盗み見るかわからない。

乱暴者が危険な手の技を見て、それを覚えてしまうかもしれない。仮想敵である薩摩の士族《サムレー》に手の内を盗まれる恐れもある。

だから、その人物が現れるようになってからも、今までどおり稽古を続ける照屋親雲上の考えがわからなかった。

何より、その人物の素性が気になる。

稽古が終わると、興作はそっと興寛に尋ねてみた。

「カミヌヤーの前に立って、じっと俺たち《ワッター》の稽古を見ているやつに気づいたか？」

「ああ……。誰か見ているな」

「気にならないのか？」

「どうせ、漂着民か何かだろう。そのうち船に乗せられて去って行くさ」

興寛は昔から大雑把なところがある。あまり物事を深刻に考えないのだ。それはそれで、彼のよさでもあるのだが……。

その日の帰り道、興作は照屋親雲上と興寛に言った。

「すみません。忘れ物をしました。取りに戻りますので、ここで失礼します」

照屋親雲上は何も言わずにうなずいた。

興寛が言った。

「夜道に一人では心細かろう。付き合ってやろうか」

「もう子供ではないのだ。先に帰ってくれ」

興寛がうなずいた。

「そうか。わかった、そうしよう」

二人と別れた興作は、足早にカミヌヤーに向かった。見ると、暗い洞《ほら》の奥にほのかな明かりが点《とも》っている。興作は声をかけた。

「失礼いたします。今しがたそこにおった者ですが……」

しばらく返事もなかった。

興作はもう一度声をかけた。

「どなたかいらっしゃいませんか?」

やはり返事がない。

出直そうか。興作がそう思って踵《きびす》を返そうとすると、洞の中から物音がした。興作は身構えた。

闇の中で眼が炯々《けいけい》と光って見えた。その鋭い眼差《まなざ》しは常人のものではない。

男がカミヌヤーから出てきた。暗闇の中でも彼の体格のよさはわかった。腕が太く胸板も厚い。

興作は何と話しかけていいのかわからなかった。もし、中国の漂着民だとしたら、沖《ウチ》縄《ナー》の言葉は通じないだろう。

「言葉はわかりますか?」

興作の問いかけに、相手は何もこたえない。やはり沖縄の言葉を理解していないのかもしれない。泊の者は昔から中国との関わりが深い。片言ながら中国語を覚えている者は少なくない。さらに、興作はかなり頻繁に久米村《クニンダ》を訪れていたので、いくつかの中国語は覚えていた。

覚えている単語を駆使して、話しかけてみた。相手は口を閉ざしたままだ。

これではどうにもならんな……。

興作が諦めかけたとき、相手が口を開いた。

「中国の言葉は必要ない。沖縄の言葉はわかる」

「それはよかった」

「何か用か？」

「ワッターの手の稽古をご覧になっていましたね。それも、毎日……。どうしてですか？」

「私《ワン》はここで、雨風をしのいでおる。目の前の墓庭《ハカヌナー》で夜中に何かやっていれば、気になって様子をうかがうのも当然だろう」

「手をおやりですか？」

「なぜそう思う？」

「そういうたたずまいを感じます」

「それはあなたの勘違《ウンジュ》いだ。ワンはただの宿無しだ」

そうではあるまいと、興作は思った。彼は手の稽古を見るとき、身じろぎもしなかった。それだけ集中していたということだ。

「ワンの手をご覧になって、どう思われますか？」

「何も思わん。ワンは、ただの宿無しだと言っただろう。手のことなど、何も知らん」

謎の男の言葉を鵜呑《うの》みにするわけにはいかないと、興作は思っていた。沖縄の言葉を話しているが、中国人かもしれない。

通事をやる者は、両方の言葉を話せるのだ。

もし彼が、中国人だとしたら、湖城家の手のような中国の武術を教わることができるかもしれない。興作は勝手にそんな想像をしていた。

男が言った。

「稽古を見ていたことが気に障るのなら謝る」

「そうではありません。ワンは、手を教えていただきたいのです」

「だから、ワンは手など知らないと申しておる。さ、申し訳ないが、そろそろ寝ようと思っていたところだ。これで失礼する」

男はカミヌヤーの中に入ろうとした。

「待ってください」

興作は言った。「ワンは久米村で、親国《ウヤグニ》伝来の手を拝見する機会がありました。そして、ワンが住む泊は昔から親国の影響を強く受けていると言われています。ワンは親国のすべてに憧れています。親国の手にも憧れているのです。もし、清国の手をご存じならば、ぜひ教えていただきたいのです」

「ウンジュの師は誰だ？」

「照屋親雲上規箴です」

「ならば照屋親雲上に手を習えばいい。他の者から習うべきではないだろう」

この言葉を聞いて興作は、ああ、やはりこの人は何か武術をやっている。それも相当な腕に違いないと思った。父の興典も語っていた師弟の心構えをちゃんとわきまえているからだ。

だが興作も、ここで引くわけにはいかない。

「照屋親雲上の教えをおろそかにするつもりはありません。その上でワンはどうしても清国の手を学びたいのです」

「ワンは清国の手など知らん」

そう言って男は、洞の中に消えていった。

興作はしばらく立ち尽くしていたが、今日は帰るしかないと思い、一人帰路についた。

翌日、照屋親雲上が帰宅する頃合いを見計らって、屋敷を訪ねた。日が沈みかかっている時刻だった。

照屋親雲上は、興作を見ると驚いた様子もなく言った。

「こんな時間にどうした？」

「先生は、稽古をじっと見つめている人物にお気づきでしょうか？」

「やはりおまえ《ヤー》も気づいていたか」

「ワンは昨夜、その人物に会って話をしました」

「なんと……。話をしたと。で、何者だった？」

「それはわかりませんが、何か武術をやっていることは間違いないと思います。ワンが思うに、清国の手ではないかと……」

「清国の言葉をしゃべったのか？」

「いいえ、沖縄の言葉で話をしました」

「それならば、沖縄人《ウチナンチュ》なのではないのか。どうして清国の手を知っていると思った？」

「少なくとも、泊の武士ではありませんでした。泊で手をやっている先達ならたいてい知っております」

「そうだな。泊の武士ならワンにもすぐにわかるはずだ」

「首里や那覇の武士が、カミヌヤーに住み着く理由がありません。やはり考えられるのは、清国から渡ってきた人だということです」

照屋親雲上は考え込んだ。

「ヤーの話はいつも理路整然としている。観察眼も鋭く思慮深い。それはヤーの長所だ」

　興作はそんなことを人に言われたことがないので、ちょっと驚いた。何を言っていいかわからずにいると、照屋親雲上がさらに言った。

「それで、カミヌヤーの住人とはどんな話をしたのだ？」

「清国の手を知っているのなら、教えてほしいと頼みました。先生からお叱りを受けるのは覚悟の上です。でも、機会があるのなら、ワンはどうしてもそれを学んでみたいのです」

　照屋親雲上は腕組みをした。

「ヤーは、ワンの先祖に誓いを立てたのを忘れたわけではあるまいな」

「決して忘れてはおりませんし、おろそかにするつもりもありません」

「ヤーの手の修行はまだ始まったばかりだ。よそ見をしている暇などないはずだ」

「それもよく承知しております。ただ、清国の手を学ぶ機会があれば逃したくはない。そう考えているだけです」

　興作の言葉に照屋親雲上はうなずいた。

「それならワンはもう何も言うまい。ヤーがカミヌヤーの住人に頼んでみるがいい」

「はい《ウー》。ありがとうございます」

その日の稽古のときも、カミヌヤーの住人が姿を見せた。稽古が終わると興作は、昨日のように一人カミヌヤーを訪ね、その住人に言った。

「どうか、重ねてお願いいたします。もし、清国の手をご存じならば、お教えいただけないでしょうか」

謎の人物は、しばらく考え込んでいたが、やがて言った。

「ならば、型を一つ教えよう」

興作は声を弾ませた。

「本当ですか。ありがとうございます」

「ただし、教えるのは今夜限りだ」

「ウー」

「では、少し広いところに行こう」

カミヌヤーの住人は、墓場の中を通り、坂を下っていく。やがて海岸に出た。背後には岩が迫っており、砂浜は狭い。だが、型をやるには充分だった。

「よく見るがいい」

そう言うと、彼は型を始めた。

興作は、どんな小さな動作も見逃すまいと、食らいつくように見つめた。同時に頭の中に動作を刻みつけていく。

それほど長い型ではない。興作にとっては、一度で覚えてしまうのも不可能ではなかった。

「覚えたところまででいいから、やってみなさい」

「ウー」

興作は型を始めた。最後までやり終えると、カミヌヤーの住人は言った。

「ほう。これは驚いた。あらかた覚えてしまったではないか……」

「これは清国の手なのですね？」

「清国から伝わったものであることは間違いない」

妙な言い方をするな。

そのとき、興作はふとそう思ったが、何より型を覚えることに集中していたので深くは考えなかった。

カミヌヤーの住人がさらに言った。

「さあ、もう一度やってみなさい。細かいところを直していこう」

興作は謎の人物に言われるままに、習った型を繰り返した。興作の動作を修正するだけでなく、カミヌヤーの住人は、自分でも手本を見せてくれる。

その動作は力強く、なおかつ美しかった。よほど難儀《ナンヂ》をしたのだろうな。興作はそう思った。

「わかっているだろうが、型というのは覚えただけでは何の意味もない。何度も稽古をして、そこに含まれる動作の意味を自分自身で解き明かしていかなければならない」

「ウー」

「さて、そろそろ終わりにしよう。最後にこの型の名前を教えておこう。チンテーという」

「チンテー」

「今はまだわからないだろうが、そのうちにこの型の大切さを悟るだろう」

「ありがとうございました」

「それでは……」

謎の人物はカミヌヤーに向かって坂を上っていく。興作は海岸に立ち、その後ろ姿を見つめていた。


翌日の稽古のとき、カミヌヤーの謎の住人は姿を見せなかった。

それに気づいたらしい照屋親雲上が、興作に尋ねた。

「例の人物とはどうなった?」

「昨夜、型を教えてもらいました。チンテーというそうです」

「なに、チンテー……」

照屋親雲上が珍しく驚いた声を上げた。

「ご存じですか」

照屋親雲上は、その問いにはこたえずに言った。

「ヤーはそれを覚えたのだな？」

「覚えました」

「では、やって見せてくれ」

「ウー」

興作は、昨日習ったばかりのチンテーを始めた。

たった一夜習っただけだが、すべてを覚えていた。型をやり終えると、照屋親雲上が何度もうなずいている。

「なるほど……。それは貴重な型だ。大切にしなさい」

「カミヌヤーの住人は、今はまだわからないだろうが、そのうちにこの型の大切さがわかるだろうと言いました」

「まさにそのとおりだと、ワンも思う」

9

興作が照屋親雲上《ペーチン》から手《ティー》を習いはじめた翌年の道光二十七年（一八四七年）、尚育王が三十四歳の若さで崩御した。摂政を含め、実質十九年間の治世だった。代わって即位したのは、尚泰王《しょうたい》だった。翌道光二十八年五月八日（一八四八年六月八日）のことだ。

尚泰王は、このときわずか四歳だった。

世間は新王即位で何かと騒がしかったが、興作と興寛は、脇目も振らず手の稽古に精を出していた。早く一人前の武士《ブサー》となって、新しい尚泰王に仕えるのだ。興作にはそういう思いもあった。

興作はすでにバッサイの動作を自分のものにしつつあった。もう順番をいちいち考えなくても、体が自然に動く。

その段階になって初めて、照屋親雲上は厳しく動作を修正した。

「正確に動かないと、本当の手の威力を発揮できない」

照屋親雲上はそう言って、手足の位置、その角度などを何度も繰り返させることがあった。興作も、型を正確にやることの重要さを理解しているつもりだった。だが、頭で理解しているのと、実際に行うのとでは違う。体が正しい動きを覚えるまで、照屋親雲上は何度でも繰り返させるのだった。

そうして正しい型が身についてくると、照屋親雲上は興作と興寛に、さかんに変手《ヒンディー》をやらせるようになった。

変手の稽古は、楽しかった。型の稽古は、全身の運動だし、どちらかというと地味なので、辛いと感じることが多い。だが、実際に向かい合って技を掛け合う変手の稽古は変化に富んでおり、なおかつ実戦に役立つと、興作は思った。

照屋親雲上は、変手を手取り足取り教えてくれるわけではない。

「型のこの部分は、どういう意味かわかるか？」

そう興作と興寛の二人に質問するのだ。

興寛があっさりと「わかりません」とこたえると、照屋親雲上は厳しく言う。

「自分のやっていることがわからないとは何事か。よく考えてきなさい」

型は覚えたが、それをどう使うかは、興作にもよくわからない。それで、家に帰っても考えつづけることになる。蒲団に入ってからも考える。

はっと思いついて夜中に飛び起きることもあった。それを翌日の稽古で照屋親雲上に見てもらうのだ。

「よく考えたな」

うまくこたえることができると、照屋親雲上は笑みを浮かべてそう言ってくれる。暗闇だが、声音《こわね》でほほえんでいるのがわかるのだ。

「探り手から馬の手綱《たづな》を引くように両手を胸に引き付ける。この動きの意味は？」

その日も、照屋親雲上からそう質問された。親泊興寛は、あっさりと降参してしまう。

「わかりません」

いつものように照屋親雲上に叱られる。

「もし、暴漢に襲われたときに、わからないで済むか？　せっかくバッサイをやっていながら、その使い方を知らないがために、命を落とすこともある」

「はあ……。考えてはいるのですが……。どうも私《ワン》は、興作のように頭のできがよくはないようです」

照屋親雲上が言った。

「興作。おまえ《ヤー》はどうだ？」

興作は必死に頭を働かせて言った。

「相手の腕の外に転身し、両手でその腕を取れば、肘をひしぐ形になると思います」

「やってみなさい」

興寛にかからせておいて、興作は自分で言ったように、興寛の肘をひしいで見せた。

興寛がその痛みに悲鳴を上げた。照屋親雲上は満足げにうなずいた。

「そうだ。その動きはそのように使える。また、今は相手の外側に出て肘を決めたが、同じ動きで内側に入ると投げ技になる」

「はあ……」

「こうするのだ。興寛、かかってきなさい」

「はい《ウー》」

興寛が一歩踏み出して、右の拳《テイジクン》で突いていく。照屋親雲上が、すっと興寛の懐に入ったと思うと、興寛は墓庭《ハカヌナー》の固い石の地面にひっくり返っていた。

照屋親雲上は手加減していたはずだが、それでも相当な衝撃があったらしく、興寛はしばらく起き上がれなかった。

「ワンばかりがやられ役でつまらん」

「いいから早く立ちなさい」

照屋親雲上に言われて、興寛は慌てた様子で立ち上がった。それから二人で、今師から教わった技を何度も繰り返すのだった。

稽古が終わり、墓庭から引きあげようとする興作に、照屋親雲上が声をかけた。

「ヤーは、マチムラ筑登之親雲上《チクドウンペーチン》は存じておるか？」

「は……？」

興作は首を捻った。妙な質問だと思った。「マチムラ筑登之親雲上は、ワンの父《ターリー》ですからもちろん知っておりますが……」

「そのマチムラではない。首里の武士松村《まちむら》だ」

松茂良も松村も、沖縄《ウチナー》の発音ではどちらもマチムラになる。

「ああ、首里の……。もちろん、存じております」

「お目にかかったことはあるのか？」

「いえ、ありませんが……」

「そうか……。ちょっと噂を聞いたものでな……」

「噂ですか……」

「そうだ。首里の武士松村が、ヤーに会ってみたいと言っているらしい」

興作は心底驚いてしまった。

「武士松村がワンに、ですか」

それを聞いていた興寛が言った。

「首里の武士松村が……。そいつはすごいな」

興作にはどういうことなのか、さっぱりわからなかった。

武士松村の名は沖縄中に轟《とどろ》いているので、もちろん興作も知っていた。

照屋親雲上が興作に尋ねた。

「武士松村のことは、どれくらい知っている？」

「御主加那志《ウシュガナシ》に武術の御指南をされているとか……」

松村筑登之親雲上宗棍《そうこん》は、若い頃から武才を発揮し、広くその名を知られるようになった。尚灝王、尚育王の警護役を務め、今も尚泰王に仕えている。彼は、王の警護役であると同時に、武術の指南役だという話を聞いたことがあった。

先祖の墓からの帰り道、照屋親雲上は、興作と興寛に、松村筑登之親雲上宗棍について語りはじめた。

「武士松村の師は、唐手佐久川《トゥディーサクガァー》と呼ばれた武士、佐久川筑登之親雲上寛賀《かんが》だ。唐手佐久川はその異名のとおり、親国《ウヤグニ》の手を得意とした。佐久川寛賀は、数回清国に渡り、学問とともに武術を学んだと言われている。そのときの師は武術教官の違伯《イワァー》という人物だったと言う者もいるが、それが本当かどうかはわからない」

武士松村は有名だが、興作はこれほど詳しく彼についての話を聞いたことがなかったので、興味を引かれた。

照屋親雲上の話はさらに続いた。

「唐手佐久川は、もともとはワンと同じ照屋という姓だった。佐久川という姓は、晩年八重山《やえやま》在番になってから賜《たまわ》ったものだ。八重山在番は、道光十五年（一八三五年）から十八年までで、その後また北京に赴き、そこで病死されたということだ。それが道光十り、遺骨を持ち帰った。その折に彼も北京で清国の武術を学んだと言われている」
興作が尋ねた。
「武士松村も、親国で武術を学んだのですね」
「ワンも詳しい話は知らない。だが、唐手佐久川の最後の北京滞在は、一年に満たない
から、同行した武士松村も、腰を据えて清国の武術を学ぶ時間はなかったろう。彼の手
はやはり唐手佐久川から学んだものだということだ」
興作と興寛は、一言も聞き洩《も》らすまいと、照屋親雲上の言葉に耳をすましていた。こ
うして、沖縄の手の歴史が語り継がれていくのだ。
照屋親雲上がさらに言った。
「武士松村は、唐手佐久川から手を習う一方で、薩摩示現《じげん》流も学んでいた」
興作は驚き、思わず聞き返した。
「ヤマトの剣術を学んでいたというのですか」
「役人として薩摩に派遣されたのだ。その際に伊集院《いじゅういん》矢七郎《やしちろう》というヤマトの士族《サムレー》から
示現流を習い、その奥義《おうぎ》を修得したということだ」
興作はなんだか腹立たしかった。有名な武士松村が実はヤマトの武術を学んでいたと
いうのだ。沖縄の誇りが損なわれたような気がした。

興作が足元を見ていると、照屋親雲上が言った。

「気持ちはわかる。ヤマトの剣術を学んだ者が、なぜ沖縄を代表する武士なのかと、憤《いきどお》りを感じておるのだろうな」

「ウー」

興作がうなずくと、興寛も言った。

「ワンも同じ気持ちです。ヤマトの剣術をやったのなら、それは沖縄の武士ではありません」

「いや、だからこそ、武士松村と呼ばれるようになったのだ。そうは思わないか？」

照屋親雲上の言葉に、興作は思わずその横顔を見つめた。興作と興寛は、照屋親雲上の真横ではなく、斜め後ろについていくように歩いているので、その表情をうかがうことはできなかった。

ヤマトの剣術をやったからこそ、松村宗棍は武士と呼ばれるようになったのではないか。照屋親雲上はそう言った。

興作にはその意味がわからなかった。

興寛も怪訝そうな顔をしている。

二人の弟子が疑問に思っているのを察したのだろう。照屋親雲上は言葉を続けた。

「沖縄の役人が薩摩に派遣されるというのは、どういうことかわかるか？」

まず興寛がこたえた。

「よくわかりません」

「だから、ヤーはもっと考えてからこたえろと言ってるんだ。興作はどうだ？」

「支配される側が、する側に出向くというのですから、勇気がいることだと思います」

照屋親雲上はうなずいた。

「実際はひどいものだったそうだ。薩摩は沖縄人《ウチナンチュ》を人間とは思っていない。奴隷のような扱いを受け、さらにいわれのないひどい差別を受けるのだ。それでも、松村筑登之親雲上は毅然《きぜん》としていたそうだ。もし派遣されたのが松村筑登之親雲上でなければ、いびり殺されていたかもしれない」

興寛が声を洩らした。

「なんと……」

興作も照屋親雲上の言葉に衝撃を受けていた。今までそんなことは考えたこともなかった。

照屋親雲上が言う。

「それが、殺されるどころか、剣術を学んで帰ってきたというのだ。松村筑登之親雲上がいかに立派な人物かわかるだろう」

興作はこたえた。

「ウー」

「唐手佐久川から学んだ清国伝来の手に、示現流剣術の極意が加わり、松村筑登之親雲上独自の手が生まれた。彼はヤマトの剣術を熟知して、それに対抗できる手を編み出したのだ。それ故に武士松村と呼ばれるようになったのだ」

興作は、照屋親雲上の話を理解しつつもなお、武士松村がヤマトの剣術を学んだという点にわだかまりを感じていた。


その三日後のことだった。

父の興典が、昼過ぎに慌てた様子で自宅に戻ってきた。

「興作、興作はいるか」

自室で漢籍の勉強をしていた興作は玄関に急いだ。

「ターリー、何事ですか」

「ヤーはいったい、何をやらかした?」

「は……? 何のことでしょう」

「首里の武士松村からお呼び出しが来た」

「呼び出し……?」

「お屋敷に来いとのお達しだ。武士松村が人づてにワンに伝えてきた。これはただごとではあるまい。何か失礼なことをしてお怒りを買ったのではないのか」

「いえ、そんな覚えはありません。第一、ワンは武士松村にはお目にかかったこともありません」

「それはそうだろうが……。では、いったいどういうことなのだろうな……」

「そう言えば、照屋親雲上がおっしゃっていました。武士松村がワンに会いたがっておられるという噂があると……」

「とにかく、行ってみることにしよう。すぐに仕度をしなさい」

「これからですか？」

「武士松村からのお呼び出しだ。ぐずぐずしてはいられない」

父が慌てるのも無理はないと、興作は思った。相手は、御主加那志を警護し、直接武術の指南をする武士松村だ。

まさかと思っていた。だが、武士松村が興作に会いたがっているという噂は本当だったようだ。

いったいどういうことなのだろう。興作は思った。どうして武士松村は、自分のことを知っているのだろう。

疑問は尽きなかった。とにかく、会いに来いと言うのだから行くしかない。

父とともに、首里山川にある松村筑登之親雲上の屋敷に急いだ。

到着したときには、二人とも汗まみれだった。

父が参上の口上をし、客間に通された。庭が見渡せる部屋で風がよく通る。

ようやく汗が引いた頃、部屋の出入り口で声がした。

「お呼び立てをして申し訳ない」

見ると、精気に満ちた人物が部屋に入ってくるところだった。「松村と申します」

10

父《ターリー》の興典が両手をついて頭を下げる。興作もすぐさまそれにならった。

手をついたまま父が尋ねる。

「わが息子が、何か失礼なことをしたのでしょうか」

二人の正面に座ると、松村筑登之親雲上《チクドウンペーチン》宗棍は言った。

「あ、いや、そういうことではありません。どうか頭をお上げください」

「そういうことではない……」

それでも興典は両手をついたままだった。「では、なぜお呼び出しを……」

「会ってみたかったのです」

「息子に、ですか？」

「そう。手《ティー》をおやりだと聞きました」

そこでようやく興典が顔を上げた。

「たしかに興作は、手の稽古をしておりますが……」

「話をしてみたいと思いまして……」

「あなたが息子《ウンジュ》とですか……」

「そうです」

興典が戸惑いの表情になった。

興作も同様だった。天下の武士《ブサー》松村が、自分といったいどういう話をしようというのだろう。第一、武士松村はどこで興作のことを知ったのだろう。

松村筑登之親雲上宗棍が、興作を見て言った。

「これまでどういう稽古をしたのだね？」

「最初はターリーから手ほどきを受けました。首里の人たちは、いつも坂道を歩くので、自然と足腰が鍛えられる。私たち《ワッター》泊の住人は、その分、難儀《ナンギ》をしなければならないと教えられ、毎日砂袋を腰に巻いて駆け足をしました」

「ほう。それから？」

「次に宇久親雲上に、ナイファンチを習いました。三年ほど経つと、宇久親雲上が照屋親雲上を紹介してくださり、照屋親雲上に手を習うようになりました」

「それはすばらしい。いずれも泊を代表する武士だ。それで、照屋親雲上からは何を教わっているのかね」

「バッサイを教わっています。型だけでなく、変手《ヒンディー》の稽古もします」

松村筑登之親雲上がうなずいて言った。

「変手もやるか。それはいい。気が向いたら、私《ワン》のところにも来るがいい」

松村筑登之親雲上の言葉に、興作は驚いた。

武士松村に手を習える好機だ。これを逃してはならない。

「手を教えていただけるのですか?」

「ウンジュは今、照屋親雲上に習っているのだろう。だからまず、照屋親雲上におうかがいを立てなければならない。もし、照屋親雲上のお許しが出たら、型を一つだけ教えよう」

「わかりました。今日、さっそくお願いしてみます」

この成り行きに、父の興典がすっかり驚いた様子で言った。

「興作が直々《じきじき》に手をご教授いただくなど、たいへん光栄なことです。しかし、何故《なにゆえ》に……」

興典は、たいへん恐縮した様子だ。身分は同じ筑登之親雲上だが、武士松村は国王を警護し、武術を指南する立場だ。つまり、日常的に国王と接する立場にある。

王府の役人の中でもこれほど国王に近しい人物はいない。しかも、彼は尚灝、尚育、尚泰の三代の王に仕えているのだ。老人から子供まで誰でも、武士松村の名は知っている。高名な松村筑登之親雲上から息子の興作に直々に声がかかるのは、父としてもうれしいことに違いない。だが、その反面、当惑するのもわかる。興作本人がおおいに戸惑っているのだ。

松村筑登之親雲上宗棍が言った。

「武才というものがあります。誰でも武術をやれば、ある程度は強くなれます。しかし、誰もが達人になれるわけではありません」

「興作に武才があるとおっしゃるのですか」

「それはターリーであるウンジュもお気づきなのではないですか……」

「たしかに、幼い頃から手に興味を持ち、久米村《クニンダ》にも足を運んでいたようですが……」

「手の型は、武才に恵まれた者に伝えられて初めて価値があるのです。これは、武技に秀でた松茂良家の方々の前だから申すのですが、凡人に型を教えたところで、その価値を完全に活《い》かしきることはできません」

興作は、さすがに武士松村だと思っていた。

同じく手の修行をしても、達人になれるのはほんの一握りでしかない。その現実は否定しようがない。厳しい言葉ではあるが、武士松村だからこそ言える一言だと、興作は思っていた。

「よくわかります」

興典が松村筑登之親雲上に言った。「ワンもそこそこ手の修行をしましたが、有名な武士たちには遠く及びません。もし興作が将来、武士として名を馳せるというのなら、これほどうれしいことはありません」

松村筑登之親雲上が言った。

「手は沖縄《ウチナー》の宝です。真に理解できる者によって、正しく伝えられなければなりません。ワンは常に、そのような若者を探しているのです」

武士松村の手に対する情熱が伝わってきて、興作は思わず背筋を伸ばした。

興典が再び両手をついた。

「くれぐれもよろしくお願い申し上げます」

「それは、照屋親雲上のお返事を待ってからにしましょう」

「ところで……」

興典が顔を上げて言った。「一つお願いがあるのですが……」

「何でしょう」

「滅多にお目にかかる機会はありません。この好機に、巷《ちまた》で噂されている数々の伝説について詳しくうかがいたいのですが……」

「どのような話でしょう」

「まずは、佐久川筑登之親雲上の遺骨を持ち帰られたというお話についてですが、それは本当でしょうか？」

「それは世間の噂に過ぎません。佐久川先生が八重山在番になったのが、北京に行ったという話に変わったのでしょう。佐久川先生はまだ元気でおられますよ」

　興作は驚いて言った。

「そうなのですか？」

「ウー。私は北京へは行っていません。しかし、福州の琉球館に滞在し、親国《ウヤグニ》の手を学んだことがあります」

「福州にはどのくらい滞在なさったのでしょう」

「半年ほどでした」

「そこで学ばれた型は貴重なものですね」

「清国では型とは言わず套路《トウロ》と言います。おっしゃるとおり、たいへん貴重なものです」

　興作は、まだ見ぬ親国の様子を想像して何やら夢見るような気分になっていた。

　きらびやかな丈の長い上着を着て、辮髪《べんぱつ》の男たちが大きな通りを行き交っている。巨大な建物が真っ青な空に向かってそびえ立ち、市場の棚は永遠に続くかのように並んでいる。

　そんな街並みの片隅で、屈強な男たちが見知らぬ型を演じている。松村筑登之親雲上宗棍がそれを見つめている。

　そんな光景を、興作は思い描いていた。

父の興典が質問を続ける。

「清国の漂着民が、作物などを盗むので、王府はウンジュにその漂着民を捕まえるように命じた。捕らえに行ってみるとその漂着民は武術の達人で、ウンジュはその人物からチントウなる型を伝授された……。そのような話が伝わっておりますが、本当のことでしょうか」

松村筑登之親雲上は笑みを浮かべてかぶりを振った。

「噂には尾ひれが付くものでしてな。私は清国の言葉を話せますので、たしかに漂着民に対処するために派遣されたことはあります。しかし、彼らから手を学んだことはありません。沖縄の人はニライカナイを信じておりますから、どうしても海の彼方《かなた》からやってきた者たちを神秘的なものと感じてしまうようです。だから、そういう伝説が生まれるのでしょう」

興作は、二人の会話を聞いていて気になったことがあった。だが、武士松村に自分から質問などできない。

すると松村筑登之親雲上は、興作の様子に気づいて言った。

「何か訊きたいことがあれば、遠慮なく言いなさい」

「はい《ウー》」

興作は、恐る恐る尋ねた。「チントウという型も単なる伝説なのでしょうか」

「いや、チントウは実際にある型で、ワンは佐久川先生から教わった。佐久川先生は北京でそれを学ばれたんだ」

「では、やはりもとは親国の手なのですね」

「そうだ。チントウがどうかしたのか？」

「名前が似ていると思いまして……」

「名前が似ている？　何の話だ？」

「かつてワンは、泊の天久聖現寺の墓場近くにあるカミヌヤーに住む清国人に手を習ったことがあります。その型の名前がチンテーでした」

松村筑登之親雲上が再び笑みを浮かべた。だが、先ほどとは違い、どこか子供のような表情だと、興作は思った。

「そうか」

松村筑登之親雲上が興作に言った。「チンテーを習ったか」

「ウー」

「今でもその型は覚えているか？」

「ウー。決して忘れません」

興作のこたえに、松村はうなずいた。

「チンテーがチントウと名前が似ているのは当然。その二つは兄弟手だ」

「兄弟手？」

「両方を合わせて覚えるのがよかろう。では照屋親雲上のお許しが出たら、ワンはウンジュにチントウを教えよう」

願ってもない申し出だった。興作はただ声もなく手をついて頭を下げた。

父の興典がさらに言った。

「まだ、いろいろと伝説がございます。例の牛を倒された話は本当なのでしょうか」

「ああ……」

松村筑登之親雲上が苦笑した。「坊主御主《ボージウシュー》に命じられてそんなこともやりましたね」

坊主御主というのは、晩年の尚灝王のことだ。尚育が摂政となり、病気療養をしていた頃、そう呼ばれていた。

武士松村が闘牛を扇子一つで倒したという話は有名だった。興作もその話は聞いたことがあった。闘牛場で松村が扇子を片手に大きな牛と向かい合った。すると、闘牛は恐れおののき、逃げ出したのだという。

「あれにはからくりがあります」

「からくり……」

「ワンは、坊主御主に闘牛と戦うように命じられてから、さて困ったと考え込みました。いくら手をやっているといっても、人間が猛牛に勝てるはずがない。そこで、ワンはその牛のところに毎日通うことにしました。　同じ服を着て、七日間、その猛牛のもとに通ったのです」

「通って、何をされたのですか？」

「扇子で牛の頭をしたたか打ち据えたのです。しまいには、ワンの服と扇子を見ただけで怯《おび》えるようになりました。そして、試合の当日、ワンは同じ服を着て闘牛場に臨みました。手には牛を打ち据えるのに使った扇子を持って。引き出された牛はワンの姿を見て逃げ出したというわけです」

「なんと……」

話を聞いて父の興典は目を丸くしていた。興作も同様の気持ちだった。

松村筑登之親雲上が言った。

「タネ明かしを聞いて失望されたでしょう。猛牛と戦って倒したわけではないのです」

「いえ、それこそが武士だと存じます」

興典が言った。「猛牛と戦えと命じられて冷静でいられる者はなかなかおりません。また、人が生身で猛牛に立ち向かうなど愚の骨頂。ウンジュの方策こそが兵法。それこそが本当の手です。いや、さすが武士松村です」

「そんな言い方をされると面映《おもは》ゆいです」

「さらに、今一つ、うかがってよろしいでしょうか」

「何なりと」

「お内儀のことでございます。お内儀も手の名人だったとか……」

武士松村の妻の旧姓は与那嶺、名は鶴《チルー》だ。

評判の美人であり、なおかつ手の名人だった。父親が、「もし、娘に勝ったら嫁にやる」と言っていたので、何人もの男たちが挑戦したが、ことごとく打ち負かされた。

そこで、松村宗棍が戦いを挑み、見事勝ちを収めて娶《めと》ることができたという。

「戦いを挑んだときに、その……」

興典が言い淀んだ。

その様子を見て、松村筑登之親雲上が笑い出した。

「乳を攻めて勝つことができたという噂でしょう」

「はあ……。本当なのでしょうか」

「それは本当です」

「乳を、ですか……」

「チルーの掛け試し《カキダミシー》は昔ながらのやり方で、手首のところを触れ合った状態からどちらが早く打ち込むかで勝負を決めるのです。本気で殴り合ったわけではありません。いくら手をやっているからといって、そんな勝負をしたら、男には勝てません」

「なるほど……」

「手首を掛け合って勝負をするから掛け試し、なのです。チルーは技が速く、機を見るに敏なので、男たちもかなわなかった。ワンは、何度か乳を狙うそぶりをしました。すると、そちらに気を取られてしまい、なかなか集中できません。それでワンが一本取ることができたわけです」

興作にとって武士松村の話はいずれも興味深かった。巷に伝わっている話とは少しばかり違う。噂には尾ひれが付くのだ。

そして人々が好む方向へと改変されてしまう。

実際に本人から話を聞いてみれば、それほど突拍子もない事柄ではない。にもかかわらず、噂よりも重みと迫力があると、興作は感じた。巷間《こうかん》に流布している話より地味な分、かえって真実味を覚えるのだ。

何より興作が感心したのは、松村筑登之親雲上が知略の人だということだった。腕っぷしが強いだけでは本当の武士とは言えない。

力自慢や喧嘩が強いやつはたくさんいる。だが、彼らは決して武士松村にはかなわないだろう。肉体的な強さもさることながら、精神的な強さがある。

加えて頭のよさだ。

国王から闘牛と戦えと言われて冷静に戦略を練ることができる者がどれくらいいるだろう。多くの者は無謀にも猛牛に立ち向かい、大怪我をするか死んでしまうに違いない。

自分もそうだろうと興作は思った。

与那嶺チルーを妻にした逸話は、人々の笑いを誘うが、興作は感心していた。相手が女性といえども、冷静に弱点を攻めようと考える松村筑登之親雲上に、本当の武士の凄《すご》みを感じたのだ。

興典が質問を続ける。

「ヤマトの薩摩で示現流を習われたそうですね？　なんでも皆伝の腕前だとか……」

松村筑登之親雲上はふと悲しげな笑みを浮かべた。

「思い出したくもない日々でしたが、それがワンの手に役立ったことは事実です」

「思い出したくもない日々……」

「薩摩の役人たちは、ワンから沖縄の武技について聞き出すために有無を言わせずに赴任させたのです。ワンは、決して沖縄の手について教えたくはありませんでした。それで、さんざんな目にあいましたよ。ワンに手を使わせるために、ユスノキの枝でしたたか打ち据えたり……。琴を弾かせておいて、後ろから刀で斬りつけたり……」

興作は驚いた。父の興典も目を見開いて尋ねた。

「斬られたのですか？」

「それなら生きてはおりますまい。斬られたのは弾いていた琴です。さすが示現流。琴は真っ二つでした」

興典は、松村筑登之親雲上の話を聞き、うなった。

「何ということでしょう……」

興作は、激しい怒りを覚えた。

薩摩は沖縄人《ウチナンチュ》を人間と思っていないと、照屋親雲上が言っていた。まさにそのとおりだったのだろう。

いつまで続くかわからない虐待の日々。絶望的な気分だったに違いない。武士松村だからこそ耐えられたのだ。

松村の話が続いた。

「示現流を学んだのも、そういう日々の中でのことです。木剣を持たされ、無理やり示現流の相手をさせられました。ワンは手をやっているので、相手の攻撃を防御することができました。すると、だんだんと上位の者が相手をするようになったのです。そして、その中に伊集院矢七郎という人物がおり、ワンはどうやらその方に気に入られたようで、正式に示現流を習うことになりました」

「その方から免許皆伝を……？」

「ウー。しかし、ワンの名前は免許名簿には載っていません。免状もありません。沖縄人だからです」

興作は拳《ティジクン》を握りしめていた。ヤマトへの憎しみが募る。

松村筑登之親雲上は言った。「剣術はワンの手におおいに役に立ちました。虐待の日々も手の修行だったと思うことにしました」

「なるほど」

興典は深く何度もうなずいた。武士松村の武術に対する真摯《しんし》な姿勢に感心しているのだろう。

もちろん興作も同じだ。だが、やはりわだかまりを感じた。

松村筑登之親雲上が言った。

「また何か言いたそうな顔をしている。遠慮なく言ってみなさい」

興作はしばらく迷っていたが、思い切って言うことにした。

「ヤマトの剣術を学んだことが手の役に立ったというのが、どうしても納得できません。手は沖縄のものです。それにヤマトの武術の要素が入り込むなど我慢できないことです」

「これ、興作」

興典が慌てた様子で言った。「何という失礼なことを……」

だが、松村はほほえみを浮かべていた。

「何でも取り込んで自分のものにするのが沖縄流だ」

「しかし……」

松村筑登之親雲上が言った。「ワンの手はもともと、佐久川先生に習った清国の武術だ。そこに示現流の理合いが加わることで、新たな手が生まれた。これこそが清国のものでもなく、ヤマトのものでもない沖縄独自の手なのだと、ワンは考えている」

「ヤマトの武術など取り入れなくても……」

「示現流は恐ろしい。初太刀《しょだち》で相手を斬り伏せる威力がある。初太刀を逃れたとしても、二の太刀から逃れる術《すべ》はない。それに負けないためには、示現流の理合いを学び、訓練するしかないのだ」

「示現流に負けないために……」

「ワンは新たな手を工夫することで、示現流にも負けない沖縄の手を創り出すことができたと思っている」

興典が言った。

「松村筑登之親雲上は、ヤマトの剣術を利用されたのだ」

興作が聞き返す。

「利用ですか」

その質問にこたえたのは、松村だった。彼は、再び子供のような笑顔を見せて言った。

「ウー。ワンは利用できるものなら何でも利用する。それが手のためになるのならな」

松村筑登之親雲上が表情を改めて言った。「さて、あまりお引き留めしてもご迷惑でしょう。今日はご足労いただき、まことにありがとうございました」

　興作は慌てて言った。

「今一つ、うかがいたいことがあります」

「何だ？」

「カミヌヤーでのことですが……」

　松村筑登之親雲上は、右手を挙げて興作を制した。

「申し訳ないが、質問はまた後日にしてくれないか」

　武士松村にそう言われてしまったら逆らえない。興作は「わかりました」と頭を下げるしかなかった。

　松村筑登之親雲上の屋敷を出ると、興典が興作に言った。

「それにしても驚いた。武士松村がおまえ《ヤー》に会いたいとおっしゃるとは……」

「ワンも驚きました」

「カミヌヤーのことで何か訊きたいと言っていたな。いったい、何が訊きたかったんだ？」

　興典に質問されて、興作はカミヌヤーの住人について改めて説明した。話を聞き終えると興典が言った。

「ふうん……。それで、ヤーはその人物に会いに行ったというわけだな」

「ウー。常人のたたずまいではありませんでした。きっと武術の達人だと思ったのです。それで手を教えていただけないかとお願いをしました」

「その人物は沖縄の言葉を話していたのだな？」

「ウー。ワンは親国の言葉で話しかけましたが、それには返事がありませんでした」

「ならば、沖縄人かもしれないな……。カミヌヤーなどの洞窟《ガマー》に住みついている者は皆、中国からの漂着民ということにされてしまう。そうしておけば、追い出す手間が省ける。親国の民ならば追い出すことはないからな」

よそ者ならば、できるだけ村から追い出そうとする。だが、中国からの漂着民は例外だ。彼らはおおむね厚遇されるのだ。

「ワンもそう思いました。しかし、その人物は間違いなく武士でした。武士がどうしてカミヌヤーに住みついているのでしょう。泊の武士とは思えません。そして、首里や那覇の武士が泊のカミヌヤーに住みつく理由がありません」

「何か罪を犯して逃げているのではないのか」

「それならば、山原《ヤンバル》のほうに逃げるでしょう」

「なるほど……」

「たまたまワッターが稽古をしているところを見かけた、というのも、何やら妙な話に思えます」

「そうかな……」

「そして、松村筑登之親雲上が言われたことを聞き、はっと思ったのです」

「松村筑登之親雲上が言われたこと?」

「手は沖縄の宝だから、それを正しく伝えなければならない。そのために有望な若者を常に探しておられる、と……」

「たしかにそのようなことをおっしゃっていたな。だが、それがどうした」

興典に尋ねられ、興作はこたえた。

「カミヌヤーの住人は、もしかしたら松村筑登之親雲上の使いか何かではなかったのかと思いまして……」

興典は驚いた様子で立ち止まり、しげしげと興作を見つめた。

「ヤーは妙なことを思いつくのだな」

「妙なことでしょうか。松村筑登之親雲上は常に手の継承者を探しているのです。配下の者が島中を巡り、若い修行者のことを調べているとしてもおかしくはないでしょう」

「それでヤーにチンテーを伝授したということか」

「カミヌヤーの住人は、こう言いました。今はまだわからないだろうが、そのうちにこの型の大切さを悟るだろう、と……。それは、ワンがいずれ松村筑登之親雲上からチントウを習うことになるのを見越しての言葉だったのではないでしょうか」

興典は思案顔で再び歩き出した。興作もそれに続いた。

「わからん」

興典は言った。「それはただの憶測だ。カミヌヤーの住人は本当に清国からの漂着民だったかもしれない」

「だから松村筑登之親雲上にうかがってみたかったのですが……」

「その質問にはおこたえになりたくないご様子だった」

「そうでしたね」

「おそらくその質問にこたえてしまったら、松村筑登之親雲上の計画が台無しになってしまうのだろう」

「松村筑登之親雲上の計画？」

「有望な若者たちに手を伝えようとするのは、おそらく危機感をお持ちだからだろう。それ故に、秘密で事を進めたいのだ。特にヤマトには知られたくない。この先、沖縄に動乱がやってくるかもしれない。その日のために、本物の武士をたくさん育てなくてはならないと、松村筑登之親雲上はお考えなのだろう」

「動乱ですか」

「このところ、立て続けにフランス海軍やイギリス海軍の軍艦が沖縄にやってきている。

親国の清国もイギリスとの戦争に負け、不平等な条約を強いられた。その後、アメリカ、フランスとも同様に不平等な条約を結ばざるを得なかった。列強は虎視眈々《こしたんたん》と親国や沖縄を狙っている。変わりゆくのは親国だけではない。ヤマトも変わろうとしている。清国やヤマトが変われば、沖縄も変わらざるを得ない」

父興典の言葉は、興作を不安にした。

「いったい、沖縄はどうなるのでしょう」

興典がこたえた。

「誰にもわからないのだ。そういうときだからこそ、松村筑登之親雲上は有望な若者を育てようとしているのだろう」

「ワンも精進して、きっと御主加那志《ウシュガナシ》のお役に立ちたいと思います」

「そうだな」

興典がうなずいた。「それが沖縄武士の役割だ」

その夜、さっそく興作は照屋親雲上におうかがいを立てた。

「松村筑登之親雲上に呼ばれてお宅へうかがいました。その折に、照屋先生のお許しが出れば、型を一つ教えてくださるとのお言葉をいただきました。お許しいただけるでしょうか」

「なんと……」

照屋親雲上は目を丸くした。「噂は本当だったのか……。さらに、武士松村直々に型を習えるというのか……。それは断る手はあるまい」

「では、お許しいただけるのですね」

「ワンのもとでの稽古はどうする？」

「それは今までどおり続けさせていただきたいと思います」

「松村筑登之親雲上の稽古は？」

「ここに参ります前に、うかがおうと思っております。夕刻になると思います」

続けて二カ所で稽古をすることになる。体はきついが、なんとかなると思った。松村筑登之親雲上が薩摩に赴任していたときの精神的肉体的苦痛に比べれば、どうということはないだろう。これくらいの難儀をしなければ、とうてい武士松村のようにはなれない。

照屋親雲上が言った。

「では、ぜひ武士松村の技を学んできなさい」

興作は深々と頭を下げた。

その翌日からさっそく松村宗棍の屋敷での稽古が始まった。

庭に案内されると、そこにはすでに三人の若者がいた。一対一の稽古を想像していたのだが、どうやらそうではないようだ。三人はいずれも興作よりは年上だ。兄弟子だろう。興作は彼らに礼をした。

11

兄弟子の一人は、三十歳で、すでにかなりの腕前らしい。彼の名前は板良敷朝忠《いたらしきちょうちゅう》といった。さらに二十歳の弟子がおり、彼は安里安恒《あさとあんこう》と名乗った。

もう一人は、礼を返しただけで名乗らなかった。年齢はおそらく板良敷と同じくらいだ。

その人物を見て興作は、はっと気づいた。

カミヌヤーの住人に似ている。あのときは、暗闇だったたし、髯が伸びていたので、人相がよくわからなかった。だが、背恰好や全体の雰囲気が似ているような気がした。

間違いないと、興作は思った。やはり、松村筑登之親雲上《チクドゥンペーチン》の弟子が、カミヌヤーに住みついた漂着民の振りをしていたようだ。

眼が合うと、その名乗らない兄弟子は、かすかにほほえんだような気がした。

カミヌヤーのことを尋ねようかと思ったが、とてもそんな雰囲気ではなかった。三人とも自分の稽古に必死の様子だ。

武士《ブサー》松村も、カミヌヤーのことは話題にしたくない様子だ。そして、その名前の知れぬ兄弟子は、翌日から興作の前に姿を見せなくなった。

松村筑登之親雲上がそのように指示したのかもしれないと、興作は思った。結局、カミヌヤーの住人の真相は判然としないままだった。

板良敷、安里とともに連日稽古をした。松村筑登之親雲上に順番に型を見てもらう。

興作はチントウの型を習った。板良敷が型をやって見せてくれた。二度見ただけで、興作は手順を覚えてしまった。興作に型を教える者は皆その覚えのよさに驚く。松村筑登之親雲上も例外ではなかった。

「チントウをやるのは初めてか」

松村筑登之親雲上が尋ねた。

「はい《ウー》。初めてです」

「おまえ《ヤー》のような者はこれまでに見たことがない」

初対面のときはあなた《ウンジュ》と呼ばれたが、手《ティー》を習うようになってからはヤーになっていた。

チントウは、目まぐるしく方向を変える型だった。含まれている動作も多く、さすがの興作も覚えるのに苦労した。しかし、足運びは一直線だし、動作の流れが円滑なので、一度覚えるとやりやすい型ではあった。やってみると、実に独特な感じがした。

松村筑登之親雲上は、型と同時に、それをどのように使うかを教えてくれた。

兄弟子と組んで型に含まれる技の掛け合いをする。いわゆる変手《ヒンディー》だ。

照屋親雲上規箴のもとでも変手は学んでいたが、力量も年齢もはるかに上の兄弟子たちと変手をするのはたいへん刺激になった。

型はすぐに覚えられる。それは興作の特技でもあった。しかし、変手はそういうわけにはいかなかった。実際に他人と向かい合ってみると緊張して動きがぎこちなくなってしまう。

また、必要以上に力んでしまって技が遅くなったり、うまく掛からなかったりする。

「そんなにむきになることはない」

興作はよく、松村筑登之親雲上に言われた。「大切なのは拍子だ。相手が出てきてからその突きや蹴りを受けようとしても遅い」

それはわかっているのだが、相手に対する恐怖心もあってなかなか前に出られない。技が遅れるので、つい無駄な力を使ってしまう。

そんな興作を見て、松村筑登之親雲上が教えてくれたことがあった。

「私《ワン》は手に剣術の理合いを加味した。剣術の極意は同時討ちだと言われている」

「同時討ち……」

「柳生新陰流《やぎゆうしんかげ》で言うところの合撃《がっし》だ。相討ちを狙うことで死中に活を求めるのだが、この拍子こそが武術の本質だと、ワンは思っている。したがって、手もそのように使うものだと考えているのだ」

興作は柳生新陰流のことなど何も知らないし、ヤマトの剣術には反感を持っている。だが、たしかに相討ちを狙うくらいの拍子で技を出すと、相手が驚いたように動きを止めることがある。

相手が出てこようとするところにこちらの技が決まると、思わぬ効果がある。それがわかってきた。

すると変手も面白くなってくる。

それまで兄弟子と向かい合うのが恐ろしかったのだが、変手に対する興味が勝ってきて、興作は三本のうち一本は技が見事に決まるようになってきた。その進歩に二人の兄弟子たちも驚いた様子だった。

年長の板良敷は、兄弟子というよりもすでに松村筑登之親雲上の補佐のような立場だ。その板良敷が言った。

「ヤーはたいしたものだ。ここにやってきた当初は、ずいぶんと不器用なやつだと思っていたが、瞬く間にうまくなった」

興作はこたえた。

「先生は、チントウだけを教えてくださると、ワンにおっしゃいました。たった一つの貴重な型ですから、しっかりと学ばなければならないと思います」

「ヤーは、安恒に似ているな」

兄弟子の安里安恒のことだ。安里は無口で、あまり興作とは話をしてくれない。松村筑登之親雲上のもとに通いはじめた当初興作は、もしかしたら嫌われているのではないかと思っていた。

だが、時が経つにつれてそうではないことがわかってきた。安里安恒は、誰に対しても無口なのだ。人見知りのせいもあるのだろう。

無駄なことは一切言わず、ただ黙々と稽古をする。その技の切れは驚くほど鋭い。力よりも速さと鋭さが特徴だ。

興作は板良敷に言った。

「ワンは安里さんと似てますか」

「どちらも堅苦しいほど真面目だ。そして曲がったことが許せない性格だ」

「そんなことがわかりますか」

「稽古の様子を見ればすぐにわかる。手の稽古は嘘をつけないんだ」

「はあ……」

「その真面目さ、頑固さは、手の稽古をするにはいい。だが、それがいつかあだにならなければいいがな……」

ワンが頑固なら、板良敷は心配性だ。

興作はそう思った。

「やはり武士《ブサー》松村は伊達《だて》ではないな」

ある日、照屋親雲上が言った。いつもの稽古場である墓庭《ハカヌナー》でのことだ。

興作は何を言われたのかわからず、きょとんとしていた。

それに呼応するように、親泊興寛が言った。

「おっしゃるとおりです。興作は、めきめき腕を上げました」

照屋親雲上が言った。

「興寛の言うとおりだ。興作の変手の腕が上がった」

松村筑登之親雲上に教わった相討ちの拍子のおかげだと、興作は思った。

何度も繰り返し稽古することで、その理合いを徐々にものにしつつあった。

相討ちを狙うのだが、相討ちでは自分もやられてしまう。同じような拍子で、こちらが勝つように工夫するのだ。そうして稽古をしてみると、バッサイの変手もうまく決まるようになってきた。

バッサイの技でも、松村筑登之親雲上に教わった剣術の理合いが使える。……というより、剣術も沖縄《ウチナー》の手も、突き詰めると同じところに行き着くのだろう。おそらく武術とはそういうものなのだと、興作は思った。

武士松村のもとでの稽古は約一年で終了した。

興作はチントウとチンテーの兄弟手を両方学んだことになる。松村筑登之親雲上宗棍は、この兄弟手を伝える相手を探していたのではないだろうか。自分は選ばれたのかもしれないと思うと、興作は責任の重さを感じた。この二つの型を守り伝えていくのは自分の役目なのだ。

松村宗棍は言った。

「手は沖縄の宝です。真に理解できる者によって、正しく伝えられなければなりません」と。

型は正しく学び、正しく伝えていかなければならない。でないと、いつか、先人が築き上げた沖縄の手がまったく別なものになってしまう。それは恐ろしいことだと、興作は思った。

武士松村のもとでの稽古を終えてしばらく経った頃の夕刻のことだ。

興作が漢籍の勉強を終えようとしているところに、照屋親雲上からの使いが来た。玄関で、用向きを尋ねると、使いの者は言った。

「宇久親雲上が、お亡くなりになったそうです」

興作は一瞬、何を言われたのか理解できなかった。

「え……」

使いの者は繰り返した。

「宇久親雲上がお亡くなりになったのです」

興作は言葉を失った。いったいどういうことだろう。宇久親雲上はまだ五十歳になったばかりだった。

興作は宇久親雲上の屋敷に急いだ。

屋敷の前に人が集まり、何事か話をしている。その中に照屋親雲上の姿を見つけて、興作は近づいた。

「先生、いったいどういうことです」

「興作か……。どうやら宇久親雲上は、数年前から胃の腑《ふ》を患《わずら》っておられたようだ」

「胃の腑を。そんなご様子ではありませんでしたが……」

「ワンも知らなかった。どうやら病気を隠していたようだ」

宇久親雲上は、手を習いはじめて三年経つと、突然照屋親雲上のもとで稽古をするようにと言った。教えてくれたのはナイファンチだけだ。

何か失礼なことをして、怒りを買ってしまったのではないか。そんなことを考えたことさえあった。そうではなく、病気が理由だったのだ。

宇久親雲上のもとを去ったのは四年前のことだ。宇久親雲上はその頃には相当に具合が悪かったのだろう。病を押して興作に指導をしてくれたに違いない。

三年間が限界だったのだろう。だから、照屋親雲上を紹介してくれたのだ。それを知っていたら、もっと別な接し方もあっただろう。

そう思うと、興作はいたたまれなかった。

泣くつもりなどなかった。士族《サムレー》の子らしく、しっかりしようと思っていた。だが、知らぬうちに涙があふれて頰を伝っていた。

「ヤーは、宇久親雲上の先祖に誓いを立てた弟子だ。ということは、子供も同然だ。お別れをしてくるがいい」

「ウー」

興作は、人々が言葉少なに行き交う屋敷の中に足を踏み入れた。稽古をしていた頃のことが思い出される。

蒲団に横たわる宇久親雲上は、すっかり痩せてしまっていた。

「先生、すっかりご無沙汰してしまい、申し訳ありませんでした」

興作はつぶやくように語りかけた。

もっと早く会いに来るべきだった。その思いは口に出せなかった。

照屋親雲上が言ったように、先祖に誓いを立てたからには、師は親も同然だ。その死に目に会えなかったのだ。なんという親不孝だろう。

興作はただ悔やむだけだった。

沖縄の風習に則《のっと》り、宇久親雲上の葬儀は盛大に行われた。墓庭に小屋を建てて、七日七晩人が集まり供養をする。

興作も稽古前に必ず顔を出した。

墓の前で興作は、習ったナイファンチは一生大切にしていこうという思いを新たにした。それは覚悟と言っていいほど強い思いだった。

12

照屋親雲上《ペーチン》のもとでバッサイを習いはじめて、四年が経った。

型は時間をかけて学ぶものだ。その型がすっかり自分の体に染み込み、何も考えずにできるようになることが肝要だ。

さらに、型に含まれる技を変手《ヒンディー》として稽古し、それも無意識のうちに使えるようにしなければならない。そういう稽古を続けるうちに、体はその型に適したように発達する。それが本当の手《ティー》の稽古だ。

それはわかってはいるが、さすがにバッサイだけで四年というのは長いと、興作は密《ひそ》かに思っていた。できれば、別の型も習ってみたい。

宇久親雲上からナイファンチを、松村筑登之親雲上《チクドウン》からはチントウを、そして、おそらくは松村筑登之親雲上の弟子である謎の人物からはチンテーを習った。自宅で一人稽古をするときには、もちろんそれらの型も稽古した。

これだけの型を知っていれば充分だという考え方もある。有名な武士《ブサー》の中には、型を一つか二つしか知らない者もいたそうだ。それでも達人と呼ばれたのだ。

たくさんの技を知っている者よりも、たった一つの技を極めた者を恐れよ、と中国の武術界でも言われているらしい。興作もそのとおりだと思う。それでも、せっかく照屋親雲上に手を習っているのだから、そろそろ別の型も教えてほしいと、興作は思うのだった。

宇久親雲上の葬儀も終わってしばらく経った頃、親泊興寛とバッサイの変手を稽古していた興作に、照屋親雲上が言った。

「庭囲《ナーガクイ》いに跳び乗れるようにはなったか?」

興作はそう尋ねられるのを待っていた。

「はい《ウー》」

練習を続け、後ろ向きでも跳び乗れるようになっていたのだ。

「では、やってみなさい」

照屋親雲上に言われて、興作は墓庭《ハカヌナー》の庭囲いに背を向けた。膝を曲げると一気に跳躍した。そして、庭囲いの上に乗っていた。

それを見て興寛が言った。

「なんだ、おまえ《ヤー》はいつの間にそんな真似ができるようになったんだ」

興作は何も言わなかった。黙って練習をしていたことなど興寛に言っても仕方がない。結果を見れば、どれくらいの難儀《ナンヂ》をしたかわかるはずだ。

興寛がさらに言った。

「俺《ワン》はできるが、ヤーはできない。そう思って安心していると、いつの間にか追い越される。ヤーにはかなわん」

照屋親雲上が興寛に言った。

「興寛だって決して興作に劣っているわけではない。それぞれに持ち味がある。興寛は足技がうまい。おそらく、将来においても、突きの興作、足技の興寛という特徴は変わることはないだろう」

なるほど、と興作は思った。

たしかに興寛は、それほど訓練をしなくても庭囲いに跳び乗ることができた。足腰の強さは興作より勝っているかもしれない。

それぞれに持ち味があるという師の言葉はもっともだと思ったが、それでも興作は、手に関してはすべてにおいて他人よりも勝っていたいと思うのだった。

照屋親雲上が言った。

「何か大きな進歩があったら、次の型を教えようと思っていた。興作が庭囲いに跳び乗れるようになったのは、一つの進歩と見ていいだろう」

興作は思わず声を上げた。

「では、新たな型を教えていただけるのですか」

「大きな声を出すな。どこに誰がいるかわからないのだ」

夜の墓場に、他の人がいるとも思えない。だが、それだけ照屋親雲上は用心深いということだ。

「申し訳ありません」

「ワンシュウという型を教えよう」

「ワンシュウ……」

「もともとはワンカン、ワンダウンと兄弟型と言われている。だが、実戦に向いているのはワンシュウだ。だからワンはワンシュウを教えようと思う」

照屋親雲上の言葉に、興寛がうれしそうに言う。

「ワンにも教えていただけるのですか」

「興作、興寛の両方に教えよう。変手をやる必要もあるからな」

興寛が興作に言った。

「ヤーが庭囲いに跳び乗るための難儀をしてくれたおかげだな」

興作は言った。

「ヤーが先に跳び乗って見せたので、練習しようと思ったのだ」

それを聞いた照屋親雲上が言った。

「お互いに競い合うことで進歩も早まるし、腕も上がる。だが、決して妬《ねた》んだり怨《うら》んだりすることのないようにな。同じく手を学ぶ者が争ってはならない」

興寛がそつなくこたえる。

「ウー。心得ております」

「では、一度やって見せるのでよく見なさい」

照屋親雲上は、墓庭でワンシュウの型を始めた。

師が手本を見せてくれる滅多にない機会だ。興作はこれ以上ないほど集中してその動きを見つめた。まず左側に、左腕で払い落とすような動きをしてから、右拳で突く。肘を鉤のように曲げた突きだ。

正面に左手で払い落とし、右拳で突く。さらに一歩進んで右手の手刀を突き出し、すかさず左拳で突く。そして、左足を右足の後ろに寄せて右手で払い落とす動き。

その一連の動作を、三方向に向けて繰り返した。その後に、相手を担ぎ上げて投げ落とすような動きをして型を終了した。

師の動きにはいつも感心してしまう。動作自体は速いとは思えないのだが、同じように動こうと思っても遅れてしまう。最初は理由がわからなかった。型を稽古するうちに、ようやく興作にもわかってきた。

照屋親雲上の動きには、無駄がまったくないのだ。だから受け技も攻撃技も速い。力んで速度を出そうという動きではない。それこそが本当の速さだと思った。

型の見事さに感心している場合ではない。とにかく動作と手順を覚えなければならないのだ。バッサイに関しては興寛が先に覚えていた。ワンシュウはぜひとも先に覚えてやろうと思った。バッサイに比べれば、ワンシュウは短い型だ。興作は持ち前の記憶力を発揮した。

「ではやってみなさい」

照屋親雲上に言われると、興作は待ってましたとばかりに、型を始めた。興寛より先にやることにしたのは、忘れないうちに動いてみようと思ったからだ。

頭の中に残っている師の動きを丁寧になぞった。なんとか手順は間違えずにやり終えた。

興寛の番になったが、興寛は何度も途中で止まってしまった。照屋親雲上に助け船を出されて、ようやく型を終えた。

「すみません。悔しいが、やはり興作のようにはいきません」

興寛が言うと、照屋親雲上は笑った。

「興作が特別なのだ。型を一回見ただけで覚えてしまう者など、過去の名だたる武士にもおるまい。皆苦労して型を覚えるのだ」

「まったく興作がうらやましいです」

「型を覚える早さは問題ではない。この先何度も繰り返すのだ。覚えたくなくても覚える。大切なのは覚えてからだ。型は一生繰り返し鍛錬しなければならない」

「ウー」

その照屋親雲上の言葉に、興作と興寛は同時にこたえた。

その日からバッサイに加えてワンシュウを稽古した。ワンシュウの動きは一見単純に見える。照屋親雲上は実戦に向いていると言ったが、その理由がまだ興作にはわからなかった。

同じ動作を三度繰り返す。バッサイよりずっと簡単な型だと思った。ともあれ、手順を覚えてからひたすら繰り返さなければならない。

そうすることでようやく、力の入れどころもわかってくる。繰り返すうちに、興作は気づいた。ワンシュウの型では、受けの動作のときも前に進んでいる。

相手の攻撃を受けるのなら後ろに下がるのが普通ではないか。その疑問が次第に大きく膨らんでくる。そして、あるとき気づいた。

そうか、武士松村のところで学んだ剣術の理合いと同じことだ。相手の攻撃が来るのを待っているのではなく、相手が出てくる瞬間に、こちらも前に出て行くのだ。

それに気づいてみると、ワンシュウの動作の意味合いががらりと変わって感じられた。

ワンが気づいたことは正しいのだろうか。興作はそれを確かめてみたかった。

ワンシュウの型稽古と同時にバッサイの変手の稽古も続けていた。興作は、黙々と稽古に励み、ワンシュウの動作の意味合いを師に尋ねる機会をじっと待っていた。

あるとき、照屋親雲上が言った。

「興作。何か思うところがあるようだな」

「ワンシュウの技について考えておりました」

「ほう……。では、最初の動作だが、どう使う？」

左手で払い落として、鉤のように肘を曲げて右拳を打ち込む動作だ。

「一歩左に進んでいます。下がらずに進んでいるところが肝要と考えます」

「では実際にやってみなさい。興寛、ヤーが打ち込むのだ」

「ウー」

興作と向かい合った興寛が構えてから、右の拳《テイジクン》を打ち込んできた。

その瞬間、興作は左足を前に進めて興寛の右腕を払い落とし、同時に右の肘を鉤のように曲げて拳を興寛の胴体に決めた。

「う……」

興寛はその場でうずくまった。腹に決めた打撃が思いの外効いたようだ。

「すまん」

興作は言った。「軽く打ったつもりだったのだが……」

興寛が闇の中で顔を上げる。

「いったい何が起きたのかわからなかった。興作の姿がぱっと消えたと思ったら、いきなり腹にどしんと来た。息が止まってしまった」

照屋親雲上が満足げにうなずきながら言った。

「今の興作の使い方は正しい。それこそがワンシュウの技だ」

それを聞いて、興作はうれしくなった。

照屋親雲上はさらに言った。

「では、詳しく説明しよう。今興作は打ち込んできた興寛の右側に出た。ワンシュウで正面に前進するときの足づかいそのままだった。その位置に着けば、たやすく相手を投げることもできる」

興作は思わず尋ねた。

「投げですか」

「やってみせよう。今度は興作が突いてきなさい」

「ウー」

興作は照屋親雲上に言われるままに構え、一歩進みながら右の突きを出した。

照屋親雲上の姿が消えた。……と思った瞬間に、夜空を仰いでいた。投げられたのだ。

興寛が言ったように、何が起きたのかわからなかった。

「よいか」

照屋親雲上が言った。「最初の動きは、先ほど興作がやったのと同じだ。右の拳を払いつつ、左足を進める。相手の右側面に出るのだ。そこで右拳を打ち込む代わりに、左腕を相手の前に差し出してやれば、そのまま投げになる」

説明されてようやく何をされたのかがわかった。

照屋親雲上の言葉が続いた。

「このように、相手が攻撃してくるのを恐れずに前に出て行くのがワンシュウの技だ。これはバッサイとも共通している。いいか、実戦では相手の攻撃を受け外してから反撃しようなどと考えても遅い。勝負は瞬時に決まると思え」

まさに、剣術の合撃と同じ理合いだ。

そう考えれば、ワンシュウの他の部分も同様であることがわかってくる。左足を右足の後ろに寄せて、右手で払い落とすような動き。それも、金的への攻撃であることがわかってくる。

相手が蹴ってきたところに、すかさず飛び込んで金的打ちを決めるのだ。

なるほどたしかに実戦向きの型だ。興作は納得していた。

宇久親雲上嘉隆が亡くなった翌年、中国年号が道光から咸豊《かんぽう》に変わった。

咸豊三年(一八五三年)、再び那覇の港を中心に、沖縄は騒然となる。アメリカの軍艦が入港したのだ。

　艦隊を率いているのはペリー提督だった。

　その一年後のことだ。沖縄中がさらに騒然となった。なんでも、乗組員が沖縄人《ウチナンチュ》に狼藉《ろうぜき》を働いたというのだ。

　興作はその話を興寛から聞いた。

「なに、アメリカの水兵がウチナンチュを凌辱《りょうじょく》」

「そうだ。なんでも酒に酔ってウミトゥという名のおばあを手込めにしたそうだ」

　興作は驚いた。気がついたら拳を固めていた。腹の底から怒りが湧き上がってくる。

　そのアメリカの水兵を許すわけにはいかないと、興作は思った。

　興寛の話は続いた。

「ウミトゥおばあが凌辱されたことに気づいた近所の人々が、石を投げたりしながら、水兵たちを追った。逃げた水兵の一人が、崖から落ちて死んでしまった」

「当然の報いだな」

「それを知ったペリー提督は、激怒して首里王府の役人に、水兵を殺したウチナンチュ六名を引き渡すように迫った」

「ばかな。非があるのは兵隊のほうじゃないか」

「だが、軍艦で圧力をかけられている王府は逆らえない」

「どうなったのだ？」

「水兵を追い立てた中心人物は八重山に流されることになった。他の五人は宮古《みやこ》島に流《る》刑《けい》だ」

その話を聞いて、興作の怒りはさらに募った。

「なんでペリーの言いなりにならなければいけないんだ。そんな要求は突っぱねるべきだ」

「言いなりになったわけじゃない」

「だが、ウチナンチュを流刑にしたのだろう」

「ところが、刑は執行されていないんだ」

「執行されていない……」

「アメリカを黙らせるための方便だ。刑を言い渡さないと、六人のウチナンチュはアメリカ側に引き渡され、どんな目にあわされるかわからない」

「方便……」

「若い御主加那志《ウシュガナシ》は、なかなかしたたかでいらっしゃる」

それから興作はいろいろと聞き回った。

狼藉を働いたアメリカ兵の名は、ウィリアム・ボード、彼を追い立てた人々の中心人物が渡慶次《とけし》カマという名前だということがわかった。

彼らは、王と王府の役人のはからいで罰を免れたが、問題はそういうことではないと、興作は思った。沖縄人が外国人に辱《はずかし》めを受けた。

それだけでも許しがたいのだ。

ウィリアム・ボードは、英国人宣教師のベッテルハイムによって埋葬されたということだ。そんなやつを弔ってやることはないと、興作は思っていた。

そのベッテルハイムも、やがてペリーの艦隊とともに沖縄を去って行った。

それまでも、薩摩の役人の沖縄人に対する狼藉などに腹を立てていた興作だったが、この事件を機に、本気で沖縄の行く末を考えなければならないと思うようになる。

13

興作が二十歳を過ぎる頃から、時折村人たちの視線が気になるようになってきた。何かを噂されているような気がする。

最初は気のせいかと思った。村人に後ろ指を指されるようなことはしていない。だが、やはり気のせいではなかった。興作を見て、何かひそひそと話し合う人たちを、たまにだが見かける。

自分でも気づかぬうちに、他人に迷惑をかけているのではないだろうか。興作はそう思い、心配になった。

こういうことは親にも、手《テイー》の師にも相談しづらい。相弟子の興寛に話してみることにした。

「最近、ちょっと気になることがある」

「何だ？」

「ひょっとしたら俺《ワン》は、村人から疎《うと》まれているのかもしれない」

「疎まれている……？　どうしてそう思うのだ？」

「ワンを見てこそこそと話をする人たちを何人か見た」

興寛は、一瞬妙な顔をした。怪訝そうに興作の顔を覗《のぞ》き込んだのだ。

それから興寛は笑い出した。その様子を見て興作は驚いた。

「どうした。何がおかしい」

「おまえ《ヤー》は、型をすぐに覚えるし、人一倍難儀《ナンヂ》もする。だから手に関してはたいしたものだが、その他のこととなったら、さっぱりだな」

興作は少々むっとなって言った。

「そんなことはない。手以外のことだってちゃんとしている」

「ヤーが村人から疎まれているというのは、勘違いだ」

「勘違い？　では、何だと言うのだ？」

「みんなはヤーの腕前について噂していたんだ」

興作は訳がわからず、興寛の顔を見つめていた。興寛があきれたように言った。

「人が武士《ブサー》の噂をするのは、昔からよくあることだろう」

たしかに、人々は武士の噂話が好きだ。誰それは強い。いや誰それのほうがもっと強い。見たこともないのに、勝手にそういう話をする。それが楽しいのだ。

興作も子供の頃、わくわくしながら大人たちの話を聞いたものだ。まさか、自分が噂されるようになるなど思ってもいなかったのだ。

興作は興寛に言った。

「だが、俺《ワッター》たちは人に知られないように、夜に照屋先生のもとに通っているじゃないか」

「もしかしたら、照屋先生が誰かに話されたのかもしれない」

「いや、先生は人一倍慎み深い方だ。自分の弟子の話を他人にされるとは思えない」

「それでも、長年稽古を続けていれば、自然と人に知られるものだ」

「ワッターが稽古をしていることを知られたとしても、どうしてそれが噂になるのだ？」

「それはワッターの実力というより、照屋先生の功績だろうな」

「先生の……」

「そうだ。有名な武士である照屋先生のもとで何年も修行をしているんだ。ワンもヤーも、もう子供ではない。一人前の男だ。そうなれば、世間の人は期待を込めていろいろと言いたがるんだ」

「ヤーも噂されているのか？」

「どうしてワンのことが気になる」

「照屋先生のもとで手を学んでいるのは、ワンだけではない。ヤーもいっしょに学んでいる。いや、いっしょに稽古はしないが、他にも相弟子がいるはずだ。ヤーやその相弟子たちも噂にならないとおかしい」

「もちろん、ワンも注目されているぞ」

「え、そうなのか？」

「ヤーはまったくそういうところがうとい。いつだったか、ヤーとワンが戦ったらどちらが勝つか、なんて話を学校所に集まった連中が話し合っているのを聞いた」

授業を終えた後の学校は、若者たちの集会所となっており、「学校所」と呼ばれていた。時には議論を戦わせたりするが、憩いの場であり、話題の交換の場でもあった。

興作は驚いた。

「ヤーとワンが戦うのか」

興寛は顔をしかめた。

「もし戦わば、という話だ」

「それで、どっちが強いという話になった？」

「ばかたれ《フリムン》。そんなこと結論が出るわけないだろう。みんなはヤーやワンの実力を知っているわけじゃないんだ。ただ、そういう話をして楽しんでいるだけなんだよ」

「なるほど……」

興作は、興寛の言葉にうなずいていた。「闘鶏《タウチー》と同じだな」

それを聞いて興寛がまた顔をしかめた。

「武士と闘鶏をいっしょにするな」

「興味本位で誰が強いかなどと話し合うのは闘鶏と同じだろう。どうせ、賭けなんかもしているんじゃないのか」

「ワッターはまだ、賭けの対象になるほど有名じゃないよ」

それはそうだろうと思った。

「ヤーは、学校所に行ったりするのか」

「そう言えば、ヤーがいるのを見たことがないな」

「あまり行ったことがないな」

「どうしてだ？」

「別に理由はない。行きたいと思ったことがないからだ」

「やっぱり、ヤーは変わっている」

「行くと何かいいことがあるのか？」

「同世代の者たちと話ができる。いろいろな考え方のやつがいて勉強になる」

「ふうん」

「まあ、ヤーは手のこと以外に興味はないだろうがな……」

「そんなことはない。ワンは最近、沖縄《ウチナー》の行く末についていろいろと考えている」

「ほう……。これは驚いた。それで、これから沖縄はどうなっていくと考えているんだ」

「それはわからない。だけど、ヤマトに支配されているのはやはりおかしい。沖縄には御主加那志《ウシュガナシ》がおられるのだ」

「学校所に行くと、そういう話もできる。もっとも、ヤマトの役人が眼を光らせているがな……」

一度行ってみるのもいいかもしれない。興作はそう思った。


「今日からいっしょに稽古する者が一人増える」

ある日、照屋親雲上《ペーチン》が言った。若者を伴っている。

大柄な若者だった。胸板も厚い。

「名前は山田義恵《やまだぎけい》。歳は数えで二十だから、興作よりも六歳下だな」

照屋親雲上が興作と興寛を紹介すると、義恵はぶっきらぼうに頭を下げた。暗くてよくわからないが、おそらく緊張しているのだろう。照れているのかもしれない。

義恵を加えて、稽古が始まった。

照屋親雲上は山田義恵に、ナイファンチを教えた。

突きや蹴りについては教えない。おそらく、山田はここに来る前に誰かから手を学んでいたのだろう。自分と同じく、最初は父親から教わったのかもしれないと、興作は思った。

師が別の弟子を指導している様子を見ているのも勉強になる。過去に学んで忘れていたことを思い出すし、新たな発見もある。

自分が先輩なのだという実感を得ることもできる。興寛は兄弟子なので、新しく弟ができたような気分だ。

稽古からの帰り道、興寛が義恵に言った。

「それにしてもヤーはでかいな」

「はい《ウー》。親から大飯食らいと言われて育ちました」

朴訥《ぼくとつ》なしゃべり方だ。興寛はうなずいた。

「その体では無理もなかろう。いっそ角力取りにでもなったらどうだ」

義恵は困ったように言った。

「いやあ、ワンは武士になりたいのです」

「そうか。角力取りのほうが向いているように思うがなあ……」

「そうでしょうか……」

義恵は心配そうに言う。

興作は言った。

「おい、あまりからかうものではないぞ」

興寛は笑った。義恵が言った。

「え、ワンはからかわれたのですか？」

「当たり前だろう。同じ照屋先生の弟子に、角力取りになれなんて、本気で言うはずがない」

「はあ……」

憎めないやつだな。興作はそう思った。

照屋親雲上のもとで修行を始めてから八年ほどが経過したが、習った型はバッサイとワンシュウだけだ。

昔の武士の中には型を一つか二つしか知らない者もいたということだ。それでも伝説に残るほど強かったのだ。よほどその型をよく理解し、難儀をしたのだろう。

照屋親雲上の教え方も、どちらかというと昔ながらの武士の稽古に近いのだろうと、興作は思っていた。つまり、多くの型を覚えるのではなく、知っている型の中の技を自在に使えるように、繰り返し稽古するのだ。

照屋親雲上の稽古は、変手《ヒンディー》の割合が多かった。

変手があって初めて型が活きるのだと興作は思った。ただ技の形を知っているだけではだめだ。それをいついかなるときでも使えるようにしなければ、型を稽古したことにならない。

バッサイの中にある技を、無意識のうちに使えるくらいに体に染み込ませないと、バッサイを覚えたとは言えない。そのためには変手が必要なのだ。

義恵がナイファンチの一人稽古をしている間、興作と興寛が変手の稽古をした。

もともと俊敏だった興寛は、ますます身が軽くなったようだと、興作は思った。間違いなく腕が上がっている。自分はどうなのだろう。訊いてみたかったが、師に尋ねるわけにはいかない。

そんなことを気にしている暇があったら稽古をしろと言われるのがオチだ。

興寛に尋ねるのは嫌だった。本音を言うかどうかわからないし、競争相手に自分の実力を尋ねるなどもってのほかだと思った。

やはり自分で判断するしかないのだ。

変手は喧嘩ではないので、どちらが強いかはわからない。技を覚えるための稽古なのだ。

夏が過ぎたが、まだまだ暑い。興作も興寛も汗びっしょりだった。絞れそうなほど着物が汗で濡れている。

「今日はそれまで」

照屋親雲上が言った。稽古が終わると、師と弟子が連れだって墓から村へ帰る。普段はあまり話をしないが、その日は、興寛が照屋親雲上と何やら話をしているので、興作は義恵に話しかけた。

「ヤーも学校所へは行くのか?」

「はあ。よく行きますが……」

「興寛は、学校所に行くと、いろいろな人と話ができると言っていたが……」

「そうですね」

「今度、ワンも行ってみようと思うが……」

「はあ……」

義恵は、どちらかというと口が重いほうだ。余計なことはしゃべらない。だからといって、決して愚鈍なわけではない。それは興作にもすでによくわかっていた。

「では、さっそく明日行ってみよう」

興作が言うと、義恵は緊張した様子でこたえた。

「では、ワンも参りましょう」

「知っている者がいると助かる」

「きっと、親泊さんもいらっしゃいますよ」

「興寛が……」

その言葉に、照屋親雲上と並んで前を歩いていた興寛が振り向いた。

「ワンがどうかしたか」

興作はこたえた。

「明日学校所に行ってみようと思う。おそらくヤーも行くのではないかと……」

「ああ、別に決めているわけではないが、行ってもいい」

「では、明日……」

それを聞いた照屋親雲上が言った。

「学校所に集まる若者たちを、薩摩の役人たちはあまりよく思っていないようだ。言動には気をつけるがいい」

「ウー」

興寛と興作は同時に返事をする。

興寛が言った。

「心得ております。ヤマトの役人に捕まるようなヘマはしません」

「興作は用心深いから安心だが、ヤーはちょっと心配だな」

照屋親雲上が興寛に言った。興寛は心外だとばかりに言った。

「ワンだってご心配には及びませんよ」

照屋親雲上が笑った。

「冗談だ」

へえ、照屋親雲上も冗談を言うんだ……。興作は妙なことに感心していた。

翌日の夕刻、昨夜の言葉どおり興作は学校所に行ってみた。若者たちの集会所となっていると話は聞いていたが、たしかに村の若者の多くが集まっていた。

それぞれ数人ずつの小集団を作って話をしていた。興作は興寛と義恵の姿を見つけて近づいた。

興寛がそれに気づいて言った。

「おや《アイ》、興作。本当に来たんだな」

その言葉に、若者たちの多くが視線を向けてきた。興作はその反応に驚いた。興作は彼らを知らないが、向こうは興作のことを知っているようだ。

14

「こっちへ来い」

興寛が興作に言った。「今ちょうど、おまえ《ヤー》のことを話していたところだ」

興寛と義恵は、二人の若者といっしょだった。そのうちの一人はよく知っていた。比《ひ》嘉《が》盛栄《せいえい》という名だ。年齢は興作と同じくらいだ。

比嘉盛栄の家は興作の家の裏手にあり、土地の境界を接している。近所では一番大きな屋敷だった。敷地内に畑があり野菜を作っていた。

興作は彼らに会釈をしてから、興寛の近くの椅子に腰を下ろした。

「俺《ワン》のことを話していたって……?」

「そうだ。松茂良興作が、照屋親雲上《ペーチン》から手《ティー》を習っていると聞くだけで、みんな興味津々だ」

「おい、そんなことを吹聴《ふいちょう》するな。手を学んでいることは秘密にしなければならない習わしだろう」

「ここでは心配ない。みんな仲間だ」

比嘉盛栄が話しかけてきた。

「『雍氏爬龍《ハーリー》』の松茂良家の者が本格的に手をやるというのだ。これは立派な武士《ブサー》になるに違いない」

興作は比嘉盛栄に言った。

「君《ウンジュ》とは家がすぐそばなのに、あまり話したことはないな」

「父親同士《ターリー》はよく話をしているようだぞ。これを機によろしく頼む」

「こちらこそ、よろしく」

「盛栄と名前で呼んでくれ」

「では、そちらも興作と呼んでくれ」

「興作か。なんだかぴんとこないな。昔は樽金と呼んでいた」

そう言われて意外だった。

「小さい頃、いっしょに遊んだのか？」

「なんだ、忘れたのか。うちの畑を駆け回って叱られたじゃないか」

「そう言えば、そんなこともあったな」

不思議なもので、言われるまで本当に忘れていた。二人の話を聞いて、興寛が笑った。

「なんだ、興作。ヤーは型はすぐに覚えて忘れないくせに、昔のことは覚えていないのか」

「新しいことを覚えるのに精一杯で、昔のことが頭から追い出されてしまうのかもしれない」

興作の言葉に興寛が笑った。

「ヤーの脳みそはそんなに小さいのか」

興寛にそう言われて、興作は少々むきになって言った。

「小さいわけではない。それだけ手のことを考えているということだ。稽古のことで頭がいっぱいになるんだ」

盛栄が言った。

「手はやはり、薩摩のやつらをやっつけるためにやっているのだろうな」

この言葉に、興作は驚いて、正直にこたえた。

「そんなことは考えたことがなかった」

「考えたことがない？　まさか、本気で言っているのではあるまいな。俺たち《ワッター》、沖縄人《ウチナンチュ》が、薩摩の在番役人たちにどんな目にあっているか知らないわけではあるまい」

「もちろん、知っている」

興作は、薩摩の士族《サムレー》に斬られて死んだ与那嶺筑登之《チクドゥン》親雲上のことを思い出していた。昔のことは忘れていくのだが、あのことだけは決して忘れられなかった。

盛栄が言う。

「武士は沖縄《ウチナー》の民のために戦うのが義務ではないか。そのために強くなるのではないのか」

何のために手をやるか、など考えたことがなかった。興作にとって手は、何かのためにやるものではない。手をやること自体が重要なのだった。

だが、今盛栄に言われて、武士としての自覚が足りなかったかもしれないと、興作は思った。

「ワンも、沖縄の行く末についていろいろと考えている」

興作は言った。「手を学んで難儀《ナンヂ》をすることが、その沖縄の将来のために役立つのなら本望だと思う」

「そうだ《ウー》」

盛栄がさらに目を輝かせて言う。「それで、どうやって手を沖縄の将来のために役立てるのだ?」

「それは……」

興作は口ごもった。「よくわからない」

「わからないはずはないだろう。単純なことだ。沖縄の民衆を困らせている薩摩の在番役人たちをやっつければいいんだ」

「それほど単純なことではあるまい」

興作は、与那嶺筑登之親雲上が薩摩のサムレーに絡まれるのを見て、じっと耐えていた父のことを思い出していた。

「単純でいいじゃないか」

比嘉盛栄が興作に言った。「ワッター沖縄人は薩摩のサムレーから屈辱的な扱いを受けている。首里王府もヤマトの言いなりだ。ならば、武士が立って薩摩のサムレーと戦うまでだ」

それを聞いていた興寛が言った。

「気持ちはワンも同じだ。だが、興作が言ったとおり、そんな単純な話ではない。武士が薩摩の役人に手を出すと、ひどい報復にあう。本人だけではない。家族や親類縁者にまで累《るい》が及ぶ。だから、武士といえども、子供がいたりすると、うかつに手を出せないのだ」

盛栄が言う。

「ならば、家族を持たない武士が薩摩と戦えばいい」

興寛がほとほと困った顔になって言った。

「そう言うがなあ……」

興作は、盛栄の言葉を聞いているうちに、徐々に感情が高ぶってきた。

沖縄の武士が手をやる意味とは何だろう。今の沖縄に戦はない。それでもサムレーは手の修行をする。ただのたしなみだろうか。

そんなはずはない。沖縄の人々のために役立たねばならないのだ。そして、沖縄の武士とは何だろうと考えた。武士の役割は御主加那志《ウシュガナシ》にお仕えすることだ。ヤマトの役人の言いなりになることではない。

ならば、盛栄が言うとおり、薩摩の役人と戦うのが武士の役目ではないか。薩摩の役人だけではない。ウィリアム・ボード事件のようなことが、今後も起きるかもしれない。そのときに、武士は断固として戦わなければならない。

興作はそう思い、言った。

「わかった。ワンは戦おう」

それを聞いた興寛と義恵は慌てた様子になった。

興寛が言った。

「おい、興作。そういうことは軽々しく言ってはいけない。一族郎党、ひいては照屋先生にも迷惑がかかるんだ」

興作はこたえた。

「決して軽はずみではない。ヤーもちゃんと考えるべきだ。沖縄の人々が、どういう思いで暮らしているのか」

「もちろん、考えているが……」

興寛が言葉を呑むと、盛栄が興作に言った。

「よくぞ言った。それでこそ雍氏だ」

その日から、興作は薩摩のサムレーと戦うことを真剣に考えはじめた。やつらは示現流という剣術を身につけているという。

示現流は、すさまじく勇猛で、相手に反撃する隙をまったく与えないのだという。ヤマトのサムレーが持つ刀は極めて危険だ。あれほど完成度の高い武器は、世界にも例がないと聞く。それを自在に操る剣術は恐ろしい。

相手が剣を持つ限りこちらに勝ち目はない。武士松村の手は、その示現流の理合いを旧来の手に組み入れ、作り上げたものだということだった。つまり、示現流を仮想の敵と見なしているのだ。

だがそれも、いわば九死に一生を得るくらいの技術でしかない。真剣に素手で立ち向かうというのは、そういうことだ。

興作たちが武器を持ち歩くことはできない。秘密で持ち歩いたとしても、もし薩摩の役人に見つかったらたちまち捕縛されてしまう。悪くすれば、その場で手討ちだ。

だから、沖縄の武士は、スルチンなどを持ち歩く。スルチンというのは、石鹼《せっけん》を二つ、棕櫚《しゅろ》の皮の繊維で編んだ細縄でつないだものだ。いざというとき、それを振り回して武器とするのだ。

役人に見つかったとしても、石鹼なのだから、銭湯に行くのだと言い訳をすることができる。

スルチンと同じように、普段持ち歩いても不審に思われない隠し武器はないものかと、興作は真剣に考えた。

ある日のことだ。

稽古が終わり、興寛や義恵が懐から手ぬぐい《テイサージ》を出して汗を拭いているのを見た興作は閃《ひらめ》いた。

「これだ……」

興寛が汗を拭く手を止めて、不思議そうな顔で興作を見た。

「どうしたんだ？」

興作はその質問にはこたえずに、興寛と義恵に言った。

「明日から稽古前にちょっと付き合ってもらえないか」

「何をしようというんだ？」

「そのときに説明する。稽古前に、うちの庭に来てくれないか」

興寛は義恵と顔を見合わせてから言った。

「そりゃ、来てくれと言われれば行くが……」

翌日の夕刻、まず義恵が興作の自宅を訪ねてきた。

待ちかねていた興作は、義恵に四尺ばかりの木の棒を持たせた。村はずれの林から切ってきた木の枝から作った棒だった。これを薩摩のサムレーが持つ剣に見立てるのだ。

「それを構えてくれ」

「はい《ウー》」

義恵は言われたとおりに、両手で棒を持ち、前に突き出した。興作は懐から手ぬぐいを出し、その棒に打ちつけた。それほど手ごたえがない。

二度、三度と繰り返してから興作が言った。

「ただのティサージではだめか……」

興作は考え込んだが、義恵は棒っきれを構えたままだった。

そこに興寛がやってきた。二人の様子を見て、ぽかんとした顔で言った。

「いったい、何をやってるんだ」

興作は言った。

「興寛か……。隠し武器を考えていた」

「ティサージが武器か」

「普段持ち歩いて不審に思われないものを武器にできないかと思ってな……」

「なるほど……」

「だが、ティサージだと軽すぎて剣に巻き付いてくれない」

興寛がまだ棒を構えたままの義恵を見て言った。

「この枝が剣だというのか」

「ああ、そのつもりだ」

「ワンはまた、義恵が木立の真似をしているのかと思った」

その義恵が言った。

「もういいですか」

興作は言った。

「ああ、済まない。楽にしていいぞ」

義恵が棒を下ろして言った。

「ワンが幼い頃、おじい《タンメー》さんが濡れティサージでならず者を懲らしめるのを見ました」

「そうか……」

興作は言った。「濡らせばいいのか」

さっそく井戸で手ぬぐいを濡らした。そして、義恵に言った。

「もう一度頼む」

義恵が先ほどと同じく棒を構える。

興作は、その棒めがけて濡れ手ぬぐいを振った。先ほどよりは手ごたえがあった。だが、義恵が棒を取り落とすほどではない。

それを見た興寛がかぶりを振って言った。

「よせよせ。ティサージで剣に勝とうなどと考えること自体が無茶なのだ」

「いや、もっと工夫をして、もっと練習をすれば、相手の剣を取り上げることができるはずだ」

「剣を取り上げるだと？」

「そうだ。ティサージを巻き付けて相手から剣を取り上げることが目的だ。相手が素手なら、こちらが負けるはずがない」

「それはたしかにそうだが……」

興寛は興作が持つ濡れ手ぬぐいと、義恵が持つ棒っきれを交互に見た。「濡れティサージでも手の名手に打たれればかなりの衝撃がある。だが、薩摩のサムレーが剣を取り落とすとは思えない」

興作は言った。

「だから、工夫と練習が必要なのだ」

興寛が考え込む。義恵が言った。

「ティサージ全体が軽いのが問題なのでしょう。先を縛ってみてはどうでしょう」

興作はそれを聞いてさっそくやってみることにした。手ぬぐいの端を小さく縛って玉を作った。義恵に棒を構えさせ、手ぬぐいを振ってみる。

手ぬぐいはくるりと棒に巻き付いた。義恵は言った。

「先ほどよりはいいですね」

興作は言った。

「こちらも手ごたえを感じた」

興寛が言う。

「だが、義恵はまだ棒を取り落としてはいない。棒はでこぼこしているので、ティサージがひっかかりやすい。にもかかわらず、棒を取り上げることはできないじゃないか」

興作が言った。

「あとは練習だ」

義恵が言う。

「もう一工夫必要だと思います。今、玉結びを作ったところに、小石か何かを縫い込んでみてはどうでしょう」

それはいいかもしれないと、興作は思った。

さっそく糸と針を持ってきた興作は、庭の小石を拾って手ぬぐいの端に縫い込もうとした。

それを見た興寛が言った。

「ちょっと大きすぎないか」

興作は掌に載せた小石をぽんぽんと上下させてみた。

「そうかな……」

義恵が言う。

「ワンはそれでも小さすぎるような気がします。相手はじっとしているわけではないでしょう。一度で確実にティサージを巻き付けなければならないのです」

興作は言った。

「とにかく、やってみよう」

奥からさらに二本の手ぬぐいを持ってきた。それぞれに、大中小の三種類の小石を縫い込んだ。そして、義恵に木の枝で作った棒を構えさせて、三本の手ぬぐいを試してみた。

「一番小さな石を入れたのが使い勝手がいいな」

興寛がうなずいた。

「そうだろう」

それに対して、義恵が言った。

「動いてみたらどうでしょう」

「そうだな」

興作はうなずいた。「ヤマトのサムレーのように打ち込んでみてくれ」

「ウー」

義恵は棒っきれを振りかぶり、一歩出ながら振り下ろした。興作は大きく右に跳び退《の》いて手ぬぐいを振った。

空振りしてしまった。手ぬぐいが棒に届かなかったのだ。それを見て興寛が笑った。

「届かないのでは何の役にも立たないじゃないか。大きくよけすぎだ」

それはわかっていた。

だが、棒を打ち込まれる恐怖心でつい大きく横に跳んでしまう。

「もう一度やってみよう」

義恵が打ち込んでくる。できるだけぎりぎりでかわそうとする。すると、棒が肩に当たってしまった。

興寛が言う。

「義恵が持っているのが真剣だったら、ヤーの命はなかったぞ」

「わかっている。もう一度だ」

さらに義恵の打ち込みをかわす練習をした。つい、大きく動いてしまう。すると、棒まで遠すぎて手ぬぐいがうまく絡んでくれない。

興作は言った。

「止まっているのと動いているのとでは大違いだな」

「しかも、薩摩のサムレーの剣はなかなか鋭いぞ。生半可なことでは太刀打ちできない」

興寛が言う。

「わかっている。だが、やりはじめたことを途中でやめるのは嫌だ」

「では、難儀を続けることだな。おっと、そろそろ稽古に行く時間じゃないか」

興作は義恵に言った。

「明日もティサージの稽古に付き合ってくれるか」

「もちろんです」

すると興寛が言った。

「ワンはいいのか？　ワンも来るぞ」

「そうだな。いろいろと知恵を貸してくれると助かる」

「任せろ」

「このティサージの稽古のことは、先生には内緒だ」

興寛が怪訝な顔をする。

「どうしてだ？　先生にもご意見をうかがったらどうだ」

「照屋先生は、ティサージのことを知ったら、すぐにその意図に気づかれるだろう。余計なご心配をおかけしたくはない」

興寛は腕組みをした。

「なるほど、それもそうだな。では内緒にしよう」

三人は、稽古場の墓に出かけた。


打ち込んでくる棒をかわしながら、どうやって反撃するか。稽古中も興作はそのことばかり考えていた。

特に変手《ヒンディー》のときはそれを強く意識した。暗い墓庭《ハカヌナー》で興寛と向かい合ったとき、その手に棒が、いや剣が握られているような気がした。

いつも稽古しているバッサイの変手だった。興寛が剣を振りかぶって斬り込んでくる。興作にはそう見えた。

実際にはいつものとおり、興寛が拳《テイジクン》を突き出してきただけだ。興作は大きく跳び退き、いつも使っているバッサイの技を失敗してしまった。それを見た照屋親雲上が言った。

「どうした、興作。何をそんなに怯えている」

興作は、はっとして照屋親雲上に言った。

「いえ、何でもありません」

照屋親雲上はさらに尋ねた。

「今までできていたバッサイの技がまったく使えていない」

「すみません」

「興寛の攻撃に、ヤーは斜め後ろに跳び退いた。それではただ逃げているだけだ。自分の技が使えない」

興作はただ、うなだれるだけだった。

相手が剣を持っていると思うだけで、どうしても後ろに逃げてしまう。たしかに、それでは技は使えない。

バッサイもワンシュウも、相手が出てくる瞬間に、こちらも出て行かなければならないのだ。そのとき、興作は、はっと気づいた。

武士松村は、示現流の要素を手に取り入れたと言っていた。そして、剣術の極意は合撃だということだ。ならば、こちらが剣を持っていようが素手だろうが、相手の剣の攻撃に対して合撃を心がけねばならない。

興作は顔を上げると、照屋親雲上に言った。

「もう一度、やらせてください」

「いいだろう。やってみなさい」

興作は、興寛と対峙した。相手は剣を構えていると想像していた。興寛の攻撃を剣の打ち込みと仮定するのだ。

剣を持っていようがいまいが、いつものバッサイの技を決めるだけだ。そう腹をくっていた。

興寛が一歩踏み出してくる。

その瞬間に興作も前に出なければならない。いつもならそれができる。だが、一瞬躊躇してしまった。

技はうまく決まらなかった。

照屋親雲上が言った。

「それではだめだな。ワンシュウの変手をやってみなさい」

「ウー」

同じように興寛が打ち込んでくる。

ワンシュウの技の特徴は、相手が攻撃してくる瞬間に斜め前に踏み出すことだ。相手のすぐ脇に密着して自分の技を出すことができる。

今度はうまくいった。相手の攻撃をよけながら前に出る形になるので、バッサイのときほど恐怖心がなかった。

「何かいろいろと考えているようだな」

照屋親雲上が言った。「ワンシュウならうまくできるか……。まあ、せいぜい難儀をすることだ」

もしかしたら、照屋先生はすべてお見通しなのではないか。興作はそんなことを思っていた。

翌日の夕刻も、興作の家の庭に、興寛と義恵がやってきて、ティサージの稽古を始めた。

「昨日はひやひやしたぞ」

興寛が言った。「照屋先生に怒鳴られるかと思った。どうしていつもできることができなかったんだ？」

興作はこたえた。

「ヤーが剣を持っていると考えてみたんだ。そうすると、恐ろしくて一歩が踏み出せなかった」

「それでは、薩摩のサムレーにも勝てない」

「だから稽古をするんだ。バッサイの技ではうまくいかんが、ワンシュウならできそうな気がする」

「とにかく、やってみろ」

義恵が棒を構える。興作は一番小さい石を縫い込んだ手ぬぐいを手に、それと対峙した。

「行きます」

義恵が棒を打ち込んできた。昨日は、それをよけるように斜め後ろに下がっていた。今日はワンシュウの足運びを使って、なんとか前に出ようとした。最初は前に出たはいいが、義恵から離れすぎていた。つまり棒からも遠いわけで、手ぬぐいがうまく巻き付かなかった。

興作は言った。

「もう一度だ」

今度は棒が体に当たってしまった。

さらにもう一度。

今度はうまくぎりぎりでかわせた。手ぬぐいを棒めがけて振り下ろす。巻き付いた。手ぬぐいを引くと、義恵の手から棒が飛んだ。

「ほう……」

興寛が言った。「うまくできたじゃないか」

興作は手ぬぐいを見ながら言った。

「棒はごつごつしていて手ごたえがあるが、剣はもっと細身でつるつるしている。石はもう少し大きいほうがいい」

中くらいの石を縫い込んだ手ぬぐいに持ち替え、もう一度義恵に攻撃してもらった。斜め前に歩を進める。棒の攻撃をすり抜けるように移動する。そして手ぬぐいを巻き付ける。

今度は、先ほどよりも簡単に棒を取り上げることができた。興作はうなずいた。

「うん。石はこれくらいの重さがいいな」

興寛が言った。

「攻撃のかわし方も悪くない」

興作はかぶりを振った。

「何度やっても同じことができるまで稽古しなければだめだ」

それから、興作は何度も義恵に打ち込ませ、同じことを繰り返した。

照屋親雲上の稽古に行っても、もう躊躇するようなことはなかった。その日も、興作は興寛が剣を持っていると想定していた。

それでも技は遅れない。ワンシュウの動きを突き詰めることで、一つの悟りを得たような気分だった。

「なんと……」

照屋親雲上がつぶやくように言った。「一日で変わったか……」

「は……？」

興作は何を言われたのかわからず、その場で立ち尽くした。照屋親雲上がさらに言った。

「迷いが吹っ切れたようだ。どれ、バッサイの変手をいくつかやってみなさい」

「ウー」

興寛が掛かってくる。興作は、相討ち覚悟で飛び込む。技は見事に決まった。三手ほどやると、照屋親雲上が言った。

「稽古を続けていると、必ず壁にぶつかる。それを乗り越えるためには時間がかかるものだが、ヤーはたった一日で変わってしまった。まったくたまげたやつだ」

興作は、必死だったのだ。学校所で比嘉盛栄と話をしてから、ずっと沖縄の武士はどうあるべきかを考えていた。

沖縄の人々を苦しめるやつらと戦うのが武士の役割だ。それが結論だった。そのためには、相手がどんな武器を持っていようと立ち向かわなければならない。

その覚悟を照屋親雲上に話すわけにはいかないと、興作は思っていた。薩摩のサムレーや軍艦でやってくる西洋のやつらとも戦うことになるかもしれない。

そんな気持ちを話せば、きっと叱られるに違いないと思っていた。

15

それからも興作は、義恵や興寛を相手に、手ぬぐい《ティサージ》の稽古を続けた。剣をかわしながらの転身も、手ぬぐいの扱いも、それなりに自信が持てるようになった頃、興作、興寛、義恵の三人は、照屋親雲上《ペーチン》から屋敷に招待された。

照屋親雲上の屋敷は、「橋の前の照屋」と呼ばれ、泊高橋の近くだった。

照屋親雲上は酒を飲んでいる。興作たちは、茶だったが、たっぷりとごちそうになり、みんな上機嫌だった。普段稽古では聞けない、昔の武士《ブサー》たちの話などを、照屋親雲上から興味深く聞いていた。

すると、何やら表通りのほうが騒がしくなった。戸を開け放っているので、外の物音がよく聞こえる。

興寛が言った。

「何事でしょう」

照屋親雲上が言った。

「誰かが騒いでいるようだな……」

興作は言った。

「ちょっと見てきましょう」

すると慌てた様子で義恵が言った。

「いえ、私《ワン》が参ります」

こういうことは一番若い者の役目だ。だが、立ち上がろうとする義恵を制して、興作は言った。

「いいんだ。ワンが見てくる」

義恵の返事を待たず、興作は立ち上がった。

何か不穏なことが起きている気配を感じ取っていた。こういうときこそ武士の出番だと、興作は思った。懐には小石を縫い込んだ手ぬぐいを忍ばせている。

泊高橋の前あたりで、人だかりがしている。その中心にいるのは、間違いなく薩摩の士族《サムレー》だった。年老いた士族らしい男を目の前にして、何やらわめいている。

薩摩のサムレーは、明らかに酒気を帯びていた。沖縄人《ウチナンチュ》を相手に、聞くに堪《た》えない罵《ば》詈雑言《りぞうごん》を浴びせており、興作は怒りが湧き上がるのを感じた。血は熱くなったが、頭の中は冷《さ》たく冴えていた。

このままではやがて、薩摩のサムレーが刀を抜くに違いない。斬られた与那嶺筑登之《チクドゥン》親雲上の姿が頭をよぎった。

興作は懐に手を入れ、手ぬぐいを取り出した。そして、人垣に近づき、声をかけた。

「往来で大声を上げるとは、迷惑千万ですね」

薩摩のサムレーが、赤く濁った眼を興作に向けた。

「何だと、もう一度言ってみろ」

薩摩のサムレーは、おそらくそう言ったのだろう。薩摩弁なのでわかりにくい。

興作は言った。

「見てのとおりの、沖縄人だ」

おそらく向こうも、沖縄弁《シマグチ》をよく理解できないだろう。だがこういう場合、お互いに言うことはだいたい決まっている。

薩摩のサムレーが何か言った。腹を立てている様子だ。

興作は、絡まれていた男に言った。

「ここはワンが引き受けますから、行ってください」

「あなたは《ウンジュ》……？」

「名乗るほどの者ではありません。さあ、早く」

男が立ち上がり、その場を去ろうとすると、薩摩のサムレーが吼《ほ》えた。その場を動くなと言っているのだろう。

興作は言った。

「ワンがおまえ《ヤー》の相手をする」

薩摩のサムレーの正面に立った。その隙に、絡まれていた男は立ち去った。

薩摩のサムレーは、酒と怒りで、顔を真っ赤にしている。

「おのれ、オイに逆らうか。オイに逆らうのは、日本に逆らうということだぞ」

「もちろん心得ている。ヤマトの言いなりになどならない」

「何だと。キサン、無礼討ちだ」

薩摩のサムレーが刀の柄《つか》に右手を掛けた。興作は、手ぬぐいをだらりと下げる。まさか、石が仕込んであるとは気づかないだろうと、興作は思った。

一発勝負だ。失敗は許されない。

薩摩のサムレーが両手で刀を構えた。それを振りかぶろうとした瞬間、興作は動いた。義恵を相手に、何度も繰り返し練習した動きだ。

右斜め前に歩を進めながら、相手の刀に手ぬぐいを振り下ろす。

刀身に手ぬぐいがくるくると巻き付く。

興作は気合いを発して、ぐいと引いた。刀が薩摩藩士の手を離れ、宙を舞った。そのまま興作のほうに飛んできた。

興作は、さらに振り回すようにして、橋の脇の海に手ぬぐいごと刀を投げ捨てた。

薩摩のサムレーはその場に立ち尽くしていた。何が起きたのかわからないという顔だ。

一瞬、静まり返った後に、歓声が上がった。野次馬たちが声を発したのだ。

薩摩藩士は、その声で我に返った様子だった。刀が一瞬にして奪われた。丸腰で群集に取り囲まれていることに気づいたのだ。

「キサンの顔は忘れんぞ」

吐き捨てるように言うと薩摩のサムレーは、泊高橋を渡り那覇のほうに走り去った。

再び、群集が歓声を上げる。

そのとき、興作は自分の右手が濡れているのに気づいた。見ると、血で真っ赤に染まっている。小指の先がなかった。刀で斬り落とされたのだ。

群集の一人が手ぬぐいを裂いて、小指を縛ってくれた。若い男だ。彼が言った。

「雍氏松茂良の興作さんですね。ウンジュは本当の武士だ」

それを聞いて興作は、はっとした。

ワンを知る者に迷惑がかかる。

興作はその若者に言った。

「今のことは忘れるんだ。ウンジュはワンのことなど知らない。そういうことにするんだ」

「しかし……」

「そのほうがいい。周囲のみんなにもそう言うんだ」

興作は、手ぬぐいを巻いてもらった小指をぐっと押さえ、その場を立ち去った。

照屋親雲上との宴席を中座してここにやってきたのだ。このまま消えるわけにはいかない。とりあえず、照屋親雲上の屋敷に戻ることにした。

「興作、いったいどうしたんだ」

一目見るなり、興寛が目を丸くした。小指に巻いた手ぬぐいはすでに真っ赤だ。着物にも血の染みができている。

義恵は、ただあんぐりと口を開けるだけだ。

照屋親雲上は、顔色一つ変えなかったので、さすがだと、興作は思った。

「何事か」

照屋親雲上に尋ねられ、興作は一言だけこたえた。

「薩摩のサムレーをこらしめました」

それだけで照屋親雲上はすべてを悟ったようだった。

「医者を呼ぼう。治療を受けたらすぐに旅立つ準備をしなさい。松茂良筑登之親雲上にはワンが話しておこう」

医者が到着する頃から、小指の傷がひどく痛みはじめた。指先を失った瞬間には気づかなかったのだが、怪我というのは後になって痛み出す。

医者が言った。

「痛かったら、声を上げてもいい」

医者は傷口を縫い合わせ、止血をして、きつく包帯を巻いた。たしかに医者が言うとおり、治療は痛みを伴ったが、興作は歯を食いしばって声を出さなかった。

医者が帰ると、照屋親雲上が言った。

「名護《なご》の阿楚原《あそーばる》に岸本《きしもと》という大地主がいる。手紙を書くからそれを持って、彼を訪ねなさい」

「名護の阿楚原ですか……」

名護ははるか北の山原だ。興作にとっては未知の土地だ。

「そうだ」

照屋親雲上は言った。「明日では遅かろう。今夜のうちにでも発《た》つのだ」

それを聞いていた興寛が言った。

「今夜のうちに山原に、ですか……。そりゃあなんとも、急なことですね」

照屋親雲上が言う。

「急を要するのだ。薩摩藩士と事を構えたのだろう。ならば一刻の猶予もならん」

照屋親雲上の言うとおりだと、興作は思った。もし、薩摩のサムレーに身許《みもと》を知られたら、親弟妹の身をも危険にさらすことになる。

照屋親雲上や相弟子の興寛、義恵にも迷惑がかかるだろう。誰かと戦うというのは、そういうことだ。それを興作は学んだ。勝つか負けるかという単純な問題ではない。戦いは恨みを残し、面倒事を残す。その後始末がたいへんなのだ。

「家に戻り、すぐに用意をします」

「あとのことは任せなさい」

「ありがとうございます」

照屋親雲上から手紙を受け取り、自宅に戻る興作に、興寛と義恵が付き添ってくれた。

「ワンはだいじょうぶだ。行ってくれ」

家の前で興寛にそう言ったが、興寛は立ち去ろうとしない。どうしたのだろうと思っていると、興寛が言った。

「必ず、戻ってくるな？」

興作は一瞬、言葉を失った。

興寛は別れを惜しんでいるのだ。

それまで自分のことで頭がいっぱいだった興作は、興寛の言葉をきっかけに、身の回りにいる人々のことを思いやった。

両親とも、弟妹たちとも離ればなれになるのだ。照屋親雲上が話をしてくれると言っていたが、それを聞いて父《ターリー》や母《アヤー》はどう思うだろう。

興作は興寛と義恵に言った。

「もちろん、戻ってくる」

興寛が言う。

「待っているぞ。ヤー《ウー》がいないと稽古もつまらん」

「ああ。山原で難儀《ナンヂ》をして、強くなって戻ってくる。ヤーも稽古を怠るな」

「わかっている」

「行ってくれ。でないと、ワンは家に入れない」

「では……」

興寛はようやく踵を返した。義恵が一礼してそれにならった。

家に入ると興作は、家の者に見つからないようにそっと荷造りを始めた。名護で新生活を始めるのだ。荷物は最小限でいい。旅をするにも荷物は小さいほうがいい。大切な照屋親雲上の手紙は懐に収めた。

風呂敷一つに衣類などをまとめ、そっと家を出た。父や母に会うと、辛くなると思った。

夜陰に乗じ、興作は北へ向かって歩きはじめた。

泊を離れ、薩摩の追っ手も来ないだろうというあたりまで、街道をひたすら歩いた。

小指の傷が痛んだ。

膿《う》んだりしなければいいが……。

興作はそう思った。医者はできるだけ傷を清潔にして、体力を消耗しないように、と言った。

街道は鬱蒼とした森林の間を縫うように延びている。明かりもない。興作はひどく心細い思いで歩き続けていた。足元が暗くて、ハブがいてもわからない。踏んづけたら咬まれて死んでしまう。

やがて、人里が見えてきた。未明とあって明かりも点っていないが、村落だというだけで、ほっとした。今夜は軒先か物置でも拝借して眠ろう。興作がそう思ったとき、道の脇の茂みががさがさと鳴った。

林の奥から何かが出てくるようだ。

興作は緊張した。得体の知れない獣でも現れるのではないかと思ったのだ。

だが、出てきたのは人影だった。三人いる。月明かりもなく相手の素性がわからない。

興作は腹に力を入れて問うた。

「何者だ？」

一人が言った。

「荷物を置いていけば、命までは取らぬ」

サムレーの話し方だ。興作は困惑した。

どうして、こんなところにサムレーが……。

「着替えが入っているだけだ。こんなものを盗《と》ったところで何の足しにもならない」

別の者が言った。

「いいから、荷物を置いて立ち去れ」

「ワンはこれから山原まで旅をしなければならない。価値はないが、ワンには大切なものだ」

最初の一人が言う。

「言うことを聞かぬのなら、腕ずくで奪うまでだ」

興作はこんなところで戦いたくないと思った。小指の傷は痛むし、相手はどうやらサムレーのようだ。何か事情があるに違いない。

だが、相手は問答無用の構えだ。すでに、興作を取り囲んでいる。

仕方がない。やるしかないか……。

だが、自分から手を出すのは嫌だった。相手が何人であろうが、武士が自ら戦いを仕掛けるわけにはいかない。

相手の出方を待った。

背後から来るだろうと、興作は読んでいた。複数で一人の旅人を襲う連中だ。きっと卑怯《ひきょう》な戦い方をするだろうと考えたのだ。

案の定だった。

後ろに回り込んでいた男が興作に組み付いてきた。興作は身を沈めると同時に後方に肘を突き出した。それが相手の鳩尾《みぞおち》に決まる。

「ぐっ」というくぐもった声を洩らし、その男は地面に崩れ落ちた。おそらく一時的に息ができなくなっているはずだと興作は思った。

「おのれ……」

左側にいた男が打ち掛かってきた。

その男は、手《ティー》の心得がありそうだった。腰に構えた右拳を、興作の顔面に飛ばしてきたのだ。

興作は下がらなかった。斜め前に出て、相手の脇に位置を取る。そして、肘を鉤のように曲げて拳《ティジクン》を相手のあばらに打ち込んだ。得意なワンシュウの技だった。

「ぐえ……」

男は、蛙《かえる》のような声を出して倒れた。

残った一人は、最初に声をかけてきた男だった。

「おのれ、手小《ティーグワー》か……」

手小というのは、手を使う者に対する、やや蔑《さげす》んだ言い方だ。

「そちらも手を使うようだが……」

「ウー。ワンは武士だ」

「ならば、ワンはとてもかなわない。このへんで勘弁してもらえないか」

相手はすっかり怯えているのがわかる。虚勢を張っているだけなのだ。だが、こういう場合追い詰めてはいけないと興作は思った。窮鼠《きゆうそ》猫を噛《か》むの喩《たと》えもある。

逃げ道を用意してやることが肝腎なのだ。興作が思ったとおり、相手は言った。

「ふん、そういうことなら、見逃してやってもいい」

「それはありがたい。それでは、これで失礼する」

興作はすたすたと歩き出した。

三人が追ってこないことを確かめ、大きく息をついた。負ける気はしなかった。それでも戦いというのは緊張するものだ。

この緊張感の虜《とりこ》になる者もいるらしい。腕に覚えがあり、戦いの興奮に味をしめた者は、相手かまわず喧嘩をふっかけたりする。迷惑な話だと興作は思った。

興作自身は決して戦いが好きなわけではなかった。もちろん、手は大好きだ。単なる喧嘩と手は別物だと思っていた。手はただの戦いの手段ではないと感じていたのだ。

到着した村落はどうやら北谷の村らしかった。

村は寝静まっている。興作は、ある家の裏手に回り、野宿をすることにした。くたくたに疲れていて、小指の傷がじんじんと痛む。横になると、すぐに眠った。

16

「こんなところで寝てるんじゃないよ」

そう言う声で目が覚めた。目の前に、四十代らしいよく日に焼けた女性が、両手を腰に当てて立っていた。

興作は慌てて起き上がった。相手の中年女性は、興作を睨みつけている。

おそらく流れ者か何かだと思っているのだろう。

「これは失礼しました」

興作は頭を下げた。「山原への旅の途中で、休ませていただきました」

それでも相手は警戒を解かない。

「どこから来たんだい？」

「泊です」

「見たところ、士族《サムレー》のようだね」

「はい《ウー》」

「ふん。ヤードゥイかい」

「食い詰めたサムレーが、親類縁者を頼って中部や山原に移り住むのさ」

「ヤードゥイ……？」

なるほど、屋取《ヤードゥイ》、つまり居候か……。

「食い詰めたわけではありません。故あって泊を離れなければならなかったのです」

「このあたりにも、落ちぶれたサムレーがいて、盗賊の真似事をしている。おや、怪我をしているね。おまえ《ヤー》もやつらにやられたのではあるまいね」

「この怪我は、泊で負ったものです。ですが、その盗賊まがいのサムレーには昨夜会いました」

中年女性は、ふと興味をそそられたような顔をした。

「やつらに会ったって？　それでどうした？」

「これから山原で新たな生活を始めます。そのための大切な荷物なので、盗られるわけにはいきませんでした」

「もしかして、やつらをやっつけたのかい」

「やっつけたわけではありません。見逃してもらったのです」

中年女性は、興作の頭からつま先までをしげしげと眺め回した。

「ヤーは、ひょっとして手《ティー》をやっているのかい」

「はい」

「なるほど、それで荷物も盗られず、無事だったというわけか」

「運がよかったのだと思います」

「その謙虚さはただ者じゃないね」

「そんなことはありません」

「私《ワン》の眼は節穴じゃないよ。見ればわかるさ」

中年女性にそう言われ、興作はまんざらでもない気分だった。

「名前は何という？」

尋ねられて、興作はこたえた。

「松茂良と申します」

「武士《ブサー》松村と関係があるのかい？」

「ああ、同じマチムラでも、武士松村は首里のマチムラ。ワンは泊のマチムラです」

そう言いながら、興作は思った。

武士松村の名前は、こんなところにも知れ渡っているのか、たいしたものだ、と。

「何か食べていくかい」

そう言われて、空腹に気づいた。

「それはありがたいです」

「たいしたものはないよ。昨夜の残り物の田舎《いなか》料理だ。中に入りな」

「ありがとうございます。……ええと、何とお呼びすればよろしいですか？」

「名前かい？　カマドっていうんだ」

興作はカマドに続いて、家の中に入った。土間でたたずんでいると、カマドが言った。

「何してるんだい。上がりな。そこじゃご飯が食べられない」

興作は居間に上がった。カマドが食事の用意をしている。

「盗賊の真似事をやっているサムレーたちですが、いつ頃からこのあたりにいるのですか？」

興作が尋ねると、土間の台所から声が返ってきた。

「半年ほど前からかね……。旅人が襲われるんだ」

「サムレーなのに、どうして生活に困るのでしょう」

「ヤマトの在番奉行のせいさ。在番奉行は、従者を十五人ほども連れている。やつらは、島で贅沢三昧《ぜいたくざんまい》だ。大和横目の家やその縁者はたちまち金がなくなり、夜逃げする始末さ」

大和横目というのは、在番奉行やその従者たちを接待する役目の士族だ。

「なんと、ヤマトのせいで沖縄のサムレーが都落ちしたというのですか」

「薩摩藩に、親国《ウヤグニ》との商いの儲《もう》けをほとんど吸い上げられ王府も苦しいのさ。この先も、食い詰めたサムレーがたくさん出るに違いない」

カマドの話に、興作は首里王府の窮状を実感していた。首里やその周辺ではわからないことも、地方に来ると見えてくることがある。

薩摩藩のせいで、沖縄《ウチナー》は窮状にあえいでいる。薩摩はやりたい放題だ。その薩摩のサムレーが追っ手を放ったかもしれない。先を急ごう、と思った。

食事が用意された。興作は、それをありがたくいただいた。温かい汁が身にしみた。

食べ終えると、興作は言った。

「何のお礼もできぬままおいとまいたします。ご無礼をお許しください」

「故あっての旅だと言ったね。急ぎ旅なんだろう」

「お察しのとおりです」

「礼には及ばないよ。どうせ、昨夜の残りものだと言ったろう。それより、ヤーは手をやると言ったね」

「はい。少々……」

「ならば、北谷屋良《やら》は知っているだろうね」

「は……？　屋良ですか？」

聞いたことがあるような気がするが、詳しくは知らない。

「このあたりでは有名な武士の家柄だ。訪ねてみるといい」

「はい。ありがとうございます」

興作は、何度も頭を下げ、カマドの家をあとにした。北谷屋良には興味を引かれた。首里や泊以外にも武士がいるのだ。

ぜひ訪ねてみたいと思ったが、今はそんな時間の余裕はない。できるだけ早く泊から離れる必要がある。そして、地主の岸本に会って、名護での生活を始めなければならない。興作は、ひたすら北に向かって歩いた。

幸い、小指の傷が膿むようなことはなかった。まだ傷口はふさがらず、きつく包帯をしていなければならないが、じきに血も止まるだろう。

読谷山《ゆんたんざ》にやってきて、比謝橋《ひじゃばし》のそばで一休みした。このあたりは比謝川を利用した運搬業で栄えており、なかなか賑《にぎ》やかだった。

読谷山を過ぎると後はもう鬱蒼とした密林だ。その中を細い街道が延びている。人の往来がなければ、すっかり心細くなっていたはずだ。

また村落が見えてきて、通行人に尋ねると、恩納間切《おんなまぎり》だという。なんでも十二の村が集まって間切（数カ村からなる行政区画）になっているらしい。興作はまた、そこで一休みした。なんとか日が暮れる前に名護に着きたいと思っていた。

手をやるために毎夜走っていたので、脚力には自信があった。それでも、恩納間切を出る頃から、足にまめができて苦しんだ。

日が傾きはじめた頃、足のまめがつぶれて少し楽になった。足のまめはできたばかりの頃が一番痛くて辛い。歩いているうちにつぶれてそれほど痛まなくなるのだ。

日暮れ前には名護間切に着いた。今から山に入るのは無理だと判断して、その日は間切の里に泊まることにした。近くの伊豆味《いずみ》や山入端《やまのは》が藍《あい》の産地なので、それを売り買いする者たちなどが利用する小さな旅籠《はたご》がある。

興作はその旅籠に泊まり、食事をした。これで手持ちの金はほとんどなくなった。名護の岸本だけが頼りだった。とにかく、くたくたに疲れていた。

風呂で旅の汚れを落とし、ぐっすりと眠った。


翌日、山道を進み、阿楚原という地名だけを頼りに進んだ。途中、道ともいえぬ道もあり、興作はひどく不安になりながら進んだ。

時折、山林が開けて畑が顔を出す。畑の脇には粗末な家がある。小作人の家だ。興作は、そうした家を訪ねて道を訊きながら、なんとか岸本の屋敷にたどり着いた。

さすがに大地主だけあって、立派な屋敷だった。山の中とは思えない。使用人らしい男女の姿も見える。

興作は、その一人に声をかけた。

「岸本さんにお会いしたいのですが」

男が怪訝そうな顔で言った。

「旦那様に……。ヤーは何者だ？」

「泊から来た松茂良といいます。照屋親雲上《ぺーチン》の紹介で参りました。ご主人にそうお伝えください」

「ちょっと、待っていなさい」

門の前でしばらく待たされた。玄関先で、鶏が数羽歩き回っている。興作はぼんやりとそれを眺めていた。

やがて、先ほどの男が戻ってきて告げた。

「旦那様がお会いになるそうだ。こっちへ……」

玄関に案内された。土間に五十歳ほどと見える恰幅《かっぷく》のいい男が立っていた。

「泊から来たと……？」

その人物はいきなりそう尋ねた。興作はこたえた。

「はい。照屋親雲上の手紙を持って参りました」

興作は懐から手紙を出して、差し出した。

岸本はぶっきらぼうに、興作から手紙を受け取った。その場でそれを読みはじめる。

興作はその様子を見て不安になった。両手《もろて》を挙げて歓迎されるとは思っていなかったが、照屋親雲上の紹介なのだから、それなりの待遇は保証されていると考えていたのだ。

手紙を読み終えると岸本は、乱暴に畳んで懐に入れた。

「泊をしばらく離れなければならないとあるが、どのくらいこちらにいるつもりだ？」

そう訊かれて興作は戸惑った。

「わかりません」

それが本音だった。相手は薩摩のサムレーだ。在番奉行の従者に違いない。どれくらいでほとぼりが冷めるものか見当もつかない。

「ふん。わからないか。それは困ったな。こっちもヤードゥイのサムレーの面倒を見るほど暮らしが楽なわけではないのでな」

これだけの屋敷を構えていて、使用人もいる。暮らしに困っているとは思えない。だが、興作は黙っていた。面倒をかけることは間違いないのだ。

岸本が尋ねた。

「照屋親雲上とはどういう間柄だ？」

「手を習っています」

「ほう、手をやっているのか。そうだな……。では、一つ試してみよう」

「試す……」

「このあたりに大島《おおしま》マギーという男がおってな」

マギーというのは「大きい」という意味だ。

「大島マギーですか」

「その呼び名のとおり、大男で力が強い。そいつは、賭け角力を挑んでは村人から金品を巻き上げている。これまで誰も大島マギーに勝った者はいない。どうだ？　ヤーは勝てるか？」

　この申し出に興作は驚いた。

「ワンは角力は取ったことがありません」

「手をやっているのならどうにかなるだろう。実はな、この大島マギーのせいで、小作料に滞りが出ている」

「どういうことですか？」

「小作料の取り立てに行ったわが家の者を、大島マギーが追い払ったというのだ。おそらく小作人の中にやつと手を組んでいる者がいるのだ」

　岸本の言葉に、興作は困り果てた。

　これまで誰も勝てなかった相手に角力で勝たなければならないということだ。できれば余計な戦いは避けたい。

　だが、岸本は「試す」と言った。つまり、大島マギーに勝たなければ、面倒は見てもらえないということだ。山原までやってきて放り出されたら野垂れ死にだ。

　やるしかあるまい。興作は覚悟を決めた。

「わかりました。やってみましょう」

岸本は初めて笑った。意地の悪そうな笑いだ。

「わかった。では大島マギーと話をつけよう。さっそく今夜ではどうだ？」

「いつでも結構です」

「では、しばらく休んでおれ」

「ウー」

興作は、また使用人の男に案内された。母屋とは別の小屋だった。

「ここで待っていろということだ」

「わかりました」

使用人は去って行った。そこは、人が生活をするような部屋ではなかった。土間ではなく、板張りだったが、明らかに物置か何かに使う部屋だ。

興作はしばらく部屋の出入り口付近でたたずんでいたが、やがて荷物を置いて、床に腰を下ろした。

雨露をしのげるだけいいじゃないか。それよりも、大島マギーという荒くれ者との角力だ。その取り組みについて考えなければならない。

相手はマギーと呼ばれるほどの大男だから、力に頼って押してくるに違いない。まともに角力を取ったのでは勝てない。何か考えなければならない。

あれこれ戦いの方策を考えていると、旅の疲れが出たのかひどく眠くなってきた。興作は、そのままごろりと横になって眠ってしまった。

目が覚めたときにはあたりが暗くなっていた。部屋には明かりもない。誰かが戸を叩いている。手探りで出入り口まで行き、戸を開けると、表のほうがはるかに明るかった。まだかすかに山の端《は》が赤い。日が沈んだばかりのようだ。

戸口にいたのは使用人の男だ。彼は興作に告げた。

「大島マギーと話がついた。今夜勝負をしようということだ。時間になったら迎えに来る」

17

興作は再び床にあぐらをかくと、大島マギーとの角力についてあれこれ思案を巡らした。

相手は負け知らずだ。体格もいいらしい。普通に考えれば興作に勝ち目はない。

大島マギーは、当然ながらそうとう角力に自信を持っている。だとしたら正攻法でくるだろう。もしかしたら、それが狙い目かもしれない。

大島マギーは武士《ブサー》を相手にしたことはないはずだ。手《ティー》についての知識もないだろう。

だからといって、相手を突いたり蹴ったりするわけにはいかない。喧嘩ではないのだ。手の勝負でもない。

興作は腕組みした。

突いたり蹴ったりだけが手ではない。だが、どうしたらいい……。

あれこれ考えているうちに、興作は気づいた。

こういうときこそ型に戻ればいいのだ。型は技の宝庫だ。さまざまな先達の技が、一連の動作の中に隠されているのだ。

型を思い出せば、きっと大島マギーとの戦い方も思いつくだろう。興作は時間も忘れて考えていた。

同じ使用人が興作を呼びに来たのは、日が落ちてからしばらく経った頃だった。おそらく午後八時頃だろうと思った。

興作は、村の広場に連れて行かれた。その広場を村人たちが囲んでいる。山の中ではこうした勝負事がまたとない娯楽なのだ。

村人で大島マギーを知らない者はいないだろう。よそ者がそのマギーと戦う。おそらく村人たちは闘牛や闘鶏《タウチー》のように賭けているに違いないと興作は思った。

広場の中心に岸本がいた。彼は興作に向かって言った。

「見事、大島マギーを破ってみせろ。そうしたら雇ってやろう」

もう後には退《ひ》けない。興作はそう覚悟を決めていた。

やがて、人垣の一部が開いた。そこに巨漢が姿を見せた。岸本が言った。

「あれが大島マギーだ」

大島マギーは、余裕の足取りで広場中央に歩み寄った。彼は大きな声で言った。

「今夜、俺《ワン》と勝負するのは誰だ？」

岸本が大島マギーに言った。

「おまえ《ヤー》の相手は、この若者だ」

大島マギーが興作を見た。そのまましばらく見つめている。やがて彼は言った。

「何の冗談だ。こんな小男がワンに勝てるはずがない」

たしかに、大島マギーは興作より頭一つほど大きい。腕も脚も太い。胸板も厚く、胴回り《ガマク》もある。

彼に比べれば興作の体格は貧弱に思えるだろう。

興作は言った。

「勝負はやってみなければわからない」

大島マギーは笑った。

「いいさ。勝負をしたいと言うのなら相手をしてやる。ワンは金さえもらえればいいんだ」

岸本が言った。

「賭け金はワンが出そう」

大島マギーはうなずいた。

「それならば文句はない。いつ始めるんだ?」

興作はこたえた。

「すぐにでも……」

「わかった。すぐに始めよう」

沖縄《ウチナー》の角力はヤマトとは違って、腰に巻いた縄を互いに握って組み合った状態から始める。

大島マギーは、悠々と腰に縄を巻きはじめた。興作も同様に巻く。自分の手が震えているのに気づいた。

まさか、ワンは恐れているのか……。

興作は思った。

いや、これは武者震《むしやぶる》いだ。

興作が先に広場の中央に歩み出る。大島マギーは余裕を見せて後からゆっくりと出てきた。

岸本が言った。

「ワンが立会人となろう。さあ、組んで」

興作は大島マギーの腰の縄に手を伸ばした。さすがに大きい。そう思った。

大島マギーが興作の縄をつかむ。これは強い。つかまれた瞬間に、興作はそう思った。

太い腕が興作の胴を挟む。まともにやったらたちまち投げられてしまう。

「よろしいか」

岸本が両者を交互に見て言った。

「始め」

大島マギーが力を込める前に、興作はしっかりと両手で縄をつかみ、両方の前腕を大島マギーの胴体に当てがった。そして、渾身《こんしん》の力を込めて締め上げた。

前腕はちょうど相手の脇腹の肋骨《ろっこつ》の下のあたりだ。

大島マギーが驚いたように声を洩らした。

「何《ヌー》、こしゃくな……」

彼は腕に力を込めて、興作の体を浮かせようとする。だが、興作は腰をぐっと落として踏ん張っていた。興作は必死だった。

何があっても力は弛めない。そう覚悟を決めて、両腕で大島マギーの胴体を締め上げていた。

大島マギーがもがく。

「おのれ……」

だが、興作はすでに相手の自由を奪っていた。

やがて、大島マギーの抵抗が弱くなった。ここが攻めどころと見た興作は、さらに締め上げる力を増す。

小指の傷が痛んだ。何かを握ってみるとわかるが、小指の先がなくなるとうまく力が入らない。だが、今はそんなことを言っているときではなかった。

今力を出さねば、いつ出すのだ。

興作はそう自分に言い聞かせ、力を絞り出していた。

やがて、大島マギーの抵抗がやんだ。そして、足腰から力が抜けていくのがわかった。

興作はようやく力を弛めた。すると、大島マギーはずるずると地面に崩れ落ちていった。地面に座り込み、両手をついている。呼吸が荒い。

興作は、手を離して、一歩下がった。大島マギーは地面に座り込んだまま動かない。

そのとき岸本が告げた。

「ヤーの勝ちだ」

村人たちの中から歓声が上がった。おそらく、興作に賭けていた連中だろう。あるいは、大島マギーを恐れていた者たちも声を上げたかもしれない。

バッサイが役に立った。

興作は思った。バッサイの中にある挟み打ちと呼ばれる技を応用したのだ。型の中では両手の拳《テイジクン》で相手の胴を挟むようにして打つ技だ。

このように型の中にある打ち技、突き技は、そのまま絞め技や関節技に応用できるのだ。興作は、武士松村と照屋親雲上《ペーチン》のもとで変手《ヒンディー》を習い、それを学んでいた。

大島マギーはようやく起き上がると、しばらく興作を睨みつけていた。興作もそれに気づいて、見返していた。角力でなく喧嘩となれば、容赦なく拳を打ち込むつもりだった。やがて、大島マギーは言った。

「角力の技ではないが、負けは負けだ。ヤーの名前を聞いておこうか」

「松茂良興作だ」

ここで名乗るのは決して利口とは言えないかもしれない。だが、名乗っておきたかった。勝負をした相手に対する礼儀だ。

そして、村人に対する効果的な自己紹介でもあった。

ここは山原だという安心感もあった。薩摩の追っ手もここまでは来ないだろう。

「松茂良興作か。覚えておこう」

大島マギーはそう言うと、踵を返してやってきたほうへ歩き出した。村人たちはその姿を無言で見送った。

大島マギーが姿を消すと、岸本が興作に言った。

「約束だから、雇ってやることにする。明日からは仕事だ。さあ、引きあげだ」

興作は岸本に言った。

「金を賭けているのでしたね」

「何だと?」

「賭け角力なのでしょう。ならば、勝ったワンにその金をもらう権利があるのではないですか」

岸本は興作を睨み据えた。闇の中でもその眼がらんらんと光って見えた。

「ヤーは、今日からワンの雇われ人だ。だからヤーのものはワンのものだ」

それから岸本は周囲の村人たちに向かって言った。

「何を見ている。勝負は終わった。さあ、さっさと帰って明日の仕事の準備でもしろ」

人の輪が解けていく。村人たちは帰宅していった。

岸本が興作に言った。

「明日は早いぞ。ヤーも寝ろ」

岸本と使用人はさっさと引きあげていった。


興作は物置のような小屋で寝泊まりすることになった。

翌朝は、岸本が言っていたとおりに朝早くから起こされた。与えられた仕事は水汲みや薪割《まきわ》りなどの下働きだ。使用人の、そのまた下の役目だ。

「仕事はたくさんあるんだぞ。何をぐずぐずしている」

使用人が興作を怒鳴りつける。この中年男の名は松吉《まつきち》といった。松吉は自分の使用人ができたかのような威張りようだ。

興作は士族《サムレー》の子なので、日常の細々した雑用には慣れていない。だからつい手間取ってしまう。それをなんとか体力で補っていた。

体力ならば自信がある。そして、水汲みや薪割りは手のためのいい難儀《ナンジ》になると思った。

「薪割りが終わったら、裏の山に薪《たきぎ》を拾いに行くんだ。背負い籠《かご》を一杯にしてくるんだ」

「はい《ウー》」

松吉にいいようにこき使われるのは腹立たしいが、手のための鍛錬だと思えば、辛い仕事にも耐えられる。

興作はそう考えていた。

大島マギーとの勝負から三日後のことだ。庭で草刈りをしていた興作のところに、岸本がやってきた。興作はまた何か面倒なことを命じられるのではないかと覚悟していた。

興作の目の前まで来た岸本が、何も言わずに突っ立っている。いつもの岸本らしくない。

おや、どうしたのだろう。興作も無言で岸本を見ていた。

やがて岸本が言った。

「噂を聞きました」

言葉遣いも態度も変わっている。いったい、どういうことだろう。

そう思いながら、興作は尋ねた。

「何の噂ですか？」

「あなたは、横暴な薩摩のサムレーを懲らしめたのだそうですね」

昨日まで「ヤー」だったのが、「ウンジュ」になっている。

「ああ……。それがもとで泊にいられなくなり、こちらに逃げてきたというわけです」

「そういう事情とは知らず、ご無礼をいたしました」

「いえ、やっかいになることは間違いないのです」

「なんでも素手で、刀を持った薩摩のサムレーに立ち向かわれたのだとか……」

「素手というか……。手ぬぐい《ティサージ》を持っていましたが……」

「は……？　ティサージ……？」

岸本はぽかんとした顔になった。

興作は岸本に説明した。

「武器を持てない我々はいろいろな工夫をしなければなりません。石鹸を二つ、棕櫚のヒモでつないだスルチンとか……。ワンは、ティサージに小石を縫い込み、それで刀を巻き取る稽古をしました」

「いや、さすがです。ウンジュのお名前は、密かに広まっています」

興作は眉をひそめた。

「名前が広まっている……。それはまずい。家族や知人に迷惑がかかります」

「ご安心ください。薩摩のサムレーたちにウンジュの名前を知られることはないでしょう。密かに、と申し上げたとおり、ウンジュの噂は島の人々の間だけで囁《ささや》かれているのです」

「その噂が、もう届いているというのですか」

「噂というのは、風のように速いものです」

そこに松吉がやってきた。

「こら、興作。油を売ってるんじゃない。すみません、旦那さま。休みなく働くようにきつく申しつけますので……」

岸本は、きっと松吉を睨みつけると言った。

「こら、客人に何ということを言うのだ」

松吉はきょとんとした顔になる。

「は……?」

「松茂良様には家を用意するから、ヤーはそちらの面倒も見て差し上げるんだ」

松吉は戸惑っている。

興作は言った。

「いえ、それには及びません。自分のことは自分でできますので……」

「ちょうど小作人が住んでいた家が空き家となっています。そこをお使いください」

物置から引っ越せるということだ。それはありがたい。

岸本はさらに言った。

「大島マギーを倒したときに、もっと考えるべきでした。ウンジュはただ者ではない、と……」

「いえ、そんなことは……」

松吉は、ようやく事情を察知した様子で、こそこそとその場を去って行った。

岸本が神妙な顔になって言った。

「ついては、ご相談したいことがあります」

18

「私《ワン》に相談事ですか」

岸本の言葉に、興作は戸惑った。昨日まで下働きの使用人として、納屋のようなところで寝泊まりしていた。それが、相談事とは……。

岸本は言った。

「はい。実は、小作料のことです。先日も申しましたとおり、小作料が滞っているところがいくつかあり、困っております」

「たしか、大島マギーと手を組んで、小作料を支払わない人がいるということでしたね。今後大島マギーはおとなしくなるでしょう。小作料の心配はいらないのではないですか」

「ところが、事はそう簡単ではありません。これまで渋っていた者たちが、おいそれと支払いを再開するとは思えません」

「それで、ワンにどうしろと言われるのです?」

「小作料の集金をお願いできないでしょうか」

「ワンが、集金をですか？」

「なんとかお願いできないでしょうか」

下働きをして住まわせてもらうつもりでいたのだ。興作にしてみればありがたい話だ。しかし、ただ金を集めて回るだけではないだろう。岸本の話からすると、取り立てをしろということらしい。ワンに小作料の取り立てなどできるだろうか。

不安になったが、とにかくやるしかない。仕事を選んではいられないのだ。

「わかりました」

興作は言った。「お引き受けしましょう」

「おお、そうですか。それはありがたい」

岸本は笑顔になって言った。前に見た意地の悪そうな笑いではなかった。

「いつから始めましょう」

「すぐにでもかかっていただきたい。では、どこに誰が住んでいて、いくら集金するかといった詳しいお話をしましょう。こちらへどうぞ」

興作は岸本の屋敷の客間に案内された。昨日とは扱いがまったく違う。

世の中、こんなものだ。

興作は思った。二十代も半ばだ。いつまでも子供のようなことは言っていられない。自分に価値がなければ相手にされない。ならば価値のある人間になるだけだ。

客間で岸本に、小作人の名前と徴収する金額などが書かれた帳面を渡され、細かく説明を受けた。

岸本の小作人は全部で五人。小作料を払わなくなった者が一人。その他、滞りがちな者が二人いた。半分以上がまともに支払っていないということだ。これでは岸本もたまったものではないだろう。

「では、今日からさっそく集金に回りましょう」

「その前に、ご自宅に案内しましょう。荷物を運ばせます」

「荷物といっても、風呂敷包みが一つだけですが……」

「これからそこで生活なさるのです。鍋釜なども必要でしょう。こちらで用意します」

興作は頭を下げた。

「何もかもお世話になり、恐縮です」

「何をおっしゃいます。高名な松茂良様ではないですか。それに、照屋親雲上《ペーチン》のご紹介でもありますし……」

「いえ、決して高名ではありません。手《ティー》もまだまだ修行中です」

「こんな山原まで、薩摩の士族《サムレー》をこらしめた話が伝わってきたのです。泊はもちろん、首里、那覇でもきっと噂でもちきりです」

「本当にその噂が薩摩のサムレーたちの耳に入っていないでしょうか……」

「だいじょうぶですよ。島の者たちは、英雄をヤマトに売るようなことはしません」

「はあ……」

「在番奉行の任期は三年です。今の在番の連中の任期がどれくらい残っているか知りませんが、長くても三年、ここにいればだいじょうぶです」

たしかに、興作がこらしめた薩摩のサムレーが、沖縄《ウチナー》をあとにしてしまえば問題はなくなる。それまでの我慢だ。

それにしても、武士《ブサー》松茂良とは、なんとも面映ゆい。

いつかそう呼ばれたいと願ってはいた。だが、その名が広まっていると聞くと慌ててしまう。実が伴わない名だという気がする。

これは、よほど気を引き締めて難儀《ナンジ》をしないといけない。日々の暮らしも大切だが、手の修行はそれよりも大切だ。興作は、そう思った。

案内された家は、興作一人で住むには広すぎるくらいだった。ちゃんと竈《かまど》もついており、土間には大きな水甕が二つ置いてある。

ここまで興作を案内してきたのは、松吉だった。彼は仏頂面だ。無理もないと興作は思った。昨日までは自分の下だと思っていた興作の面倒を見なければならないのだ。

興作は言った。

「ワンのことは気にしないでください。自分のことは自分でしますから……」

「そうはいかない」

松吉は不機嫌そうな顔のまま言った。「そんなことをしたら、ワンが旦那様に叱られる」

「岸本さんには、世話をしてもらっていると言っておきます」

松吉はかぶりを振った。

「ばれたらワンは暇を出される。仕事をなくしたら生きていけない」

「困りましたね」

「何も困ることはない。武士松茂良なんだ」

「そう呼ぶのはやめてください」

「どうしてだ？　武士なんだろう？」

「まだまだ武士と呼ばれるには早すぎます」

「だが、誰も勝てなかった大島マギーに勝ったんだ」

「まあ、それはそうですが……」

松吉は、急に無言になり、下を向いた。何かもじもじしている。

突然の態度の変化に、何事だろうと思い、興作は尋ねた。

「どうしました？　何か言いたいことがあるのですか？」

それでも松吉はしばらくうつむいたままだった。罵声の一つも浴びせたいのかもしれないと、興作は思った。なんでワンがおまえ《ヤー》のような若造の身の回りの世話をしなければならないんだ、そう言いたい気持ちはわかる。もし立場が逆だったら、ワンもそうだろうと興作は思った。

松吉が急に顔を上げて言った。

「ヤーに辛く当たったが、それは別にヤー、いやあなた《ウンジュ》のことを憎くてやったわけじゃない。仕事を教えようと思っただけなんだ」

興作は驚いた。

どうやら文句を言いたいのではないらしい。

興作は松吉に言った。

「当然だと思います。ウンジュはワンに命令する立場でしたから……」

「では、ワンのことを許してくれるのだな？」

「許すも何も、怨んでなどいませんから……」

松吉は、ほっとした顔になった。それで、興作も気づいた。彼は興作の身の回りの世話をすることが不満だったわけではない。こき使ったことに興作が腹を立てているのではないかと心配し不安になっていたのだ。

つまり、興作を恐れていたというわけだ。

松吉は言った。

「本当に気にしていないのだな？」

「気にしていません」

「さすが、武士松茂良だ。器がでかい」

「ですから、その呼び方はやめてください」

「ワンも噂は聞いている。喜んでお世話をさせてもらうよ」

「恐縮です」

「ではさっそく、水を汲んでこよう」

「水汲みくらいは自分でやります」

「お世話をするとなれば、それはワンの仕事だ」

「いや、水汲みは手のためのいい難儀になるのです。ワンにやらせてください」

「そうか。そう言うのなら……。水汲み場を教えたが、覚えているな？」

「はい。覚えています」

「じゃあ、それは任せよう。何かあったらすぐに言ってくれ」

「ありがとうございます」

「ワンはな、いつも大島マギーに賭けていたんだ」

「え……？」

「賭け角力だよ」

「ああ……」

興作はうなずき、笑顔で言った。「それなら、次からワンに賭けてください」

「ああ、そうさせてもらう」

「では、小作料の集金に行ってまいります」

興作はそう言って、新居をあとにした。


まず、順調に支払いをしている二軒の家を訪ねた。挨拶を兼ねた集金だった。

小作人の自宅を訪ねると、子供たちだけがいた。五歳くらいの女の子が三歳くらいの男の子の面倒を見ていた。興作は尋ねた。

「父上《ターリー》や母上《アヤー》はどこにいる？」

二人はきょとんとした顔で興作を見た。何を言われているのかわからない様子だ。興作は、はっと気づいた。サムレーの言葉ではわからないのだろう。

「お父さん《スー》やお母さん《アンマー》はどこにいる？」

女の子がこたえた。

「畑で仕事をしている」

興作は畑の場所を訊き、そこに出かけた。畑仕事をしている夫婦を見つけて声をかける。

「岸本さんの代理で来ました。松茂良と申します」

とたんに農夫とその妻《トウジ》は、農具を放り出すようにして駆け寄ってきた。

「武士松茂良ですね。ヤマトのサムレーをやっつけた話はうかがっております」

農夫を補足するように、妻が言った。

「大島マギーとの角力を見ました。胸がすっとしましたよ。あいつは村に来ると我が物顔だったんです」

興作は恐縮して言った。

「武士松茂良とはおこがましいです。興作と呼んでください」

農夫は目を丸くする。

「とんでもない。あなたは島の英雄です」

どうやら話が大きくなっているようだ。噂には尾ひれが付く。

「今後は、岸本さんに代わって、ワンが月々のお支払いを受け取ることになりました。よろしくお願いします」

「うちはいつもきちんと払っているからね」

「存じております。今日はご挨拶にうかがったので、また改めて参ります」

「ああ、いつでも来てください」

もう一軒でも同じようなやり取りがあった。

次に訪ねるのは、まったく払わないわけではないが、滞りがちな二軒だ。

まだ日が高いので、畑のほうに行ってみた。目的の農夫らしい男がいたので、興作は声をかけた。

「すみません。岸本さんのところから来ました」

相手は興作を見ると、とたんに逃げ出した。

興作は咄嗟《とっさ》に、相手を追った。

いつも泊から首里まで駆けていたので、走るのには自信がある。たちまち距離が詰まり、興作は相手を捕まえた。

「どうして逃げるのです」

相手の農夫は息を切らし、恐怖の表情で言う。

「大島マギーを倒した武士松茂良だろう。何の用だ？」

「岸本さんに代わって、月々のお支払いをワンが受け取ることになったので、ご挨拶に来ただけです」

「腕ずくで取り立てようって言うんだろう」

「そうではありません」

「こっちだって、払えるものなら払うさ」

「遅れることがあるそうですね。お支払いが難しい事情があるのなら、お話をうかがいます」

「大島マギーを倒し、刀を持ったヤマトのサムレーを手でやっつけたんだろう。話だけでは済むまい」

やはり噂が伝わるうちに話が大きくなっているようだ。だが、訂正するのも面倒だった。相手が恐れているのなら、それを仕事に利用するのも悪くはない。興作はそう思った。

「そう思うのは、そちらの勝手です。こちらはもらうものさえいただければそれでいい」

相手の農夫の顔色が悪くなった。

興作は、気の毒に思いながら言った。

「では、またうかがいます」

次の小作人は、興作を見るなりその場に座り込んだ。

「武士松茂良が取り立てじゃ逆らえません。これからは期日どおりにお支払いするように努力します」

ここでも興作は、あえて訂正や言い訳をしなかった。岸本が興作を集金人にしたのは、こうした効果を期待してのことだったのだろう。

残るは、大島マギーと結託して、支払いをまったくしなくなったという小作人だ。これは少々手こずるかもしれないと興作は思いながら、その家を訪ねた。

その男もやはり畑にいた。興作が声をかけると、その男は、ゆっくりと近づいてきた。

さて、どうやって説得したものか……。興作は考えていた。脅すのも手かもしれない。

その小作人は、興作の目の前まで来ると、しばし興作をじっと見つめた。興作も見返していた。

男は急に、頭を下げた。

「助かりました。お礼を言います」

興作は、不思議に思って男に尋ねた。

「助かったというのは、どういうことですか？」

相手の男は、何度も頭を下げながらこたえた。

「大島マギーのことでございます。一度言うことを聞いたら、それから逃げられなくなりました」

「逃げられなくなった……」

「きっかけは、賭け角力でした」

「賭け角力？」

「何度か賭けるうちに、大島マギーと関わりができて、そのうちに、小作料として支払う金も賭け金に回すようになりました。大島マギーが恐ろしかったのです」

「岸本さんは、ウンジュが大島マギーと結託して、小作料を払わないようになったと言っていましたが……」

「とんでもない。ワンは脅されていたのです」

相手が嘘をついているようには見えなかった。

「そうでしたか……」

「これまで誰も大島マギーを倒せないので、やつはどんどん増長し、私たち《ワッター》に無理難題を吹っかけるようになりました。ワンは恐ろしくて、言うことを聞くしかありませんでした。そのうちに、大島マギーが、小作料を払わなくてもいいようにしてやるから、用心棒代を寄こせなどと言うようになりました」

なるほど、岸本から見れば、この男が大島マギーと結託して小作料を支払わないということになるのだろう。

興作は言った。

「では、小作料を払っていただけるのですね」

「ウンジュが大島マギーを倒してくれたので、今後はやつも大きな顔はできないでしょう。ワンも、もう言いなりになる必要はありません」

「これからはワンが小作料を集金することになりました」

「間違いなくお支払いいたします」

興作は、すべての小作人と話がついたので、ほっとして帰路についた。


集金は順調だった。

小作人たちは、言葉どおりちゃんと小作料を納めてくれた。中には自ら興作を訪ねて支払う者もいた。

滞りなく小作料が入るようになったので、岸本の家計も安定して、彼は機嫌がよかった。そうなると興作の待遇もますますよくなる。

興作は、まったく生活の心配をする必要がなくなった。掃除など身の回りのことは松吉とその女房がやってくれた。食事も岸本の家で料理したものを運んできてくれる。

月に一度、小作人たちを回ればそれで仕事は終わりだ。こんなに楽をしていいのだろうかと思うほどだ。ここに来るまでの不安が嘘のようだ。

村では、興作はすでに有名人だ。彼を敵視する者は一人もおらず、居心地がいい。薩摩のサムレーのことなど忘れてしまいそうだった。

だが、危険が去ったわけではない。在番奉行が交代し、薩摩のサムレーたちがすべて入れ替わるまで、決して安心はできない。

もう一つ忘れてはいけないのは、手の修行だ。

手の難儀を続け、強くなって戻る。泊を出るとき、親泊興寛とそう約束をしたのだ。それを破るわけにはいかない。

どうやら、武士松茂良の名前が一人歩きしているようだ。その名前に負けないように、実力をつけなければならない。

山原は手の修行にはもってこいの場所だった。首里と同じく急な坂道が多いので、歩くだけでも鍛錬になる。

興作はそこを走った。最初は、太腿や膝が悲鳴を上げた。だが、そのうちに足腰がさらに強化されたのが実感されるようになってきた。

自宅には庭がある。もともと農家なので、庭もかなり広い。そこでじっくりと型を練った。宇久親雲上から学んだナイファンチ、カミヌヤーの住人から学んだチンテー、照屋親雲上から学んだバッサイ、ワンシュウ、そして、武士松村から学んだチントウ。それらの型を、夕暮れ時から夜が更けるまで繰り返した。

時には、久米村《クニンダ》の蔡昌偉に見せてもらった清国風の手も稽古した。

暗くなってから稽古をするのは、昔からの手の伝統だ。阿楚原ではそれほど警戒する必要はないかもしれない。だが、どこで誰が見ているかわからない。

武士は用心深くなくてはならない。それも照屋親雲上から教わったことだった。

阿楚原にいる間はまさに、手三昧だった。山の中なのでほかに楽しみもない。仕事も忙しくはない。興作は日々、鍛錬にいそしんだ。山原では、のんびりと時が過ぎていく。ゆったりとした時の流れに身を委ねて、興作は何も考えず、手の修行を続けた。

19

すっかり阿楚原の生活にも馴染んだが、ここでこのまま暮らしていくわけにもいかない。家族には何度か手紙を書いたが、心配しているに違いない。

親泊興寛にも、戻ると約束していた。

滞在が三年を過ぎると、興作は落ち着かない気分になってきた。泊に戻りたい。

ある日、岸本に呼ばれて屋敷を訪ねた。客間に通された興作は、岸本に言われた。

「そろそろ潮時ですね」

「潮時……？」

「泊にお帰りになりたいのでしょう」

「あ……、いや、それは……」

「ご様子を拝見していればわかります。事情を存じておりますので……」

「岸本さんにはすっかりお世話になり、何の恩返しもできておりませんので、このまま阿楚原を去りたいとは、とても言い出せませんでした」

「いやいや、松茂良様のおかげで、小作料も滞りなく入ってくるようになり、わが家も安泰です」

「この先もお力になりたいのですが……」

　岸本はかぶりを振った。

「松茂良様は、山原で一生を終えられるような方ではないでしょう。ぜひ中央でご活躍いただきたいと思います」

「いろいろとありがとうございました」

　興作はもっと他に言うべきことがあるように思ったが、言葉が思い浮かばない。それだけ言って両手をついた。

「こちらこそ、お世話になりました。どうぞ、お体に気をつけて。ご武運をお祈り申し上げています」

　一人暮らしでも、三年も住むと家にいろいろなものが溜まる。その処分を松吉に任せて、興作はすぐに旅立つ用意をした。

「阿楚原のことを忘れないでください」

　松吉が言った。興作はうなずいた。

「もちろんです。泊からは遠いが、また訪ねてきます」

「待ってますよ。お元気で」

「松吉さんも」

翌朝、興作は、村人たちに見送られて阿楚原をあとにした。

三年前に苦労してやってきた道を逆にたどる。名護間切を出て、読谷山までひたすら歩いた。

来るときはずいぶんたいへんだと感じた道だが、帰りは不思議なことに楽に感じられた。旅というのはそういうものかもしれないと興作は思う。帰り道は近く感じるものだ。

北谷までやってきたとき、ふとカマドから聞いた北谷屋良の話を思い出した。その手《ティー》を拝見して、できれば学んでみたいと思った。

だが、手を習うとなると、一日や二日では済まない。ある程度腰を落ち着ける覚悟がいる。興作は、今は一刻も早く泊に戻りたいと思っていた。

気が急《せ》いて北谷に何日か滞在する気にはなれない。

このあたりならまた来る機会もあるだろう。興作はそう思い、北谷を通り過ぎて先を急いだ。

日が暮れた頃、自宅に戻ると、母《アヤー》が目を丸くした。

「驚いた《アキサミヨー》」「幽霊じゃないでしょうね」

「ただいま、戻りました」

「父上《ターリー》にご挨拶なさい」

旅の汚れも落とさぬまま、父の前に行った。帰宅の挨拶をすると、父は言った。

「三年間で、また体が大きくなったな」

「はい《ウー》。山原でも難儀《ナンギ》をしておりました」

「何を学んだ？」

「人の役に立つ人間にならなければならないということを学びました」

父はうなずいた。

「では、その三年は無駄ではなかったということだ」

興作は、ずっと気にかけていたことを尋ねた。

「私《ワン》のしたことで、家族に迷惑はかかりませんでしたか」

「だいじょうぶだ。薩摩の在番役人はずいぶんと捜していたようだが、誰一人として
おまえ《ヤー》の名前を彼らに告げる者はいなかった」

それを聞いて、興作はありがたいと思った。

父がさらに言った。

「その在番役人たちも、任期が切れて国許に帰った。だからもう心配することはない」

「そうですか。安堵《あんど》いたしました」

「ヤーがやったことに対して賞賛する者は多い。ワンも、沖縄人《ウチナンチュ》として正しいことをし
たと思う。だがな、興作。後先を考えずに行動するのはよくない。何事も、よく考えて

からやることだ」

父の言葉は、興作の胸に染みた。

薩摩の士族《サムレー》との戦いは一瞬のことだった。だが、そのために、三年間も泊を離れなければならなかったのだ。

興作は父に言った。

「ウー。これからは気をつけます」

父はうなずいた。

「男はやるべきときはやらねばならない。大きなことを成すために、行動を慎むのだ」

「わかりました」


翌日はまず照屋親雲上《ペーチン》に挨拶に行った。照屋親雲上も興作との再会を喜んでくれた。

「また、手の稽古をさせていただきたいのですが……」

興作は当然、泊に戻ったらまた照屋親雲上に手を習えるものと思っていた。

照屋親雲上が言った。

「見ればずいぶん難儀をしたようだ。ヤーはもう一人でも稽古ができるだろう」

興作は驚いた。

「稽古を見ていただけないということですか?」

「毎日通う必要はないということだ。何か困ったことがあったら、いつでも来なさい」

「ワンはまだまだ未熟です」

「ならば、難儀を続けなさい」

「ウー」

興作は、それ以上は何も言えず、照屋親雲上の屋敷を出た。そのまま、学校所に向かった。夕刻なので、若者たちが集まっているだろうと思った。

案の定、学校所には親泊興寛や山田義恵の顔があった。

「おおー、興作ではないか」

興寛が大きな声で言うと、集まっていた若者たちが一斉に興作のほうを見た。

興作は、興寛と義恵に近づいて言った。

「大きな声を出さんでくれ」

興寛がこたえる。

「ばかたれ《フリムン》。ヤーは今や武士《ブサー》松茂良として有名人だ」

「その呼び名は勘弁してくれ」

「今さらしょうがない。ヤーの名前が広まったおかげで、首里の武士松村なのか、泊の武士松茂良なのか、ややこしくて困ると世間では言っている」

興寛が言うとおり、どちらも武士マチムラだ。

興作は言った。

「首里の武士松村といっしょにされるなど、畏れ多い」

「ヤーはもう、立派な武士だよ」

「それなんだが……」

興作は、周囲の視線を気にしながら、声を落とした。「照屋親雲上から、毎日稽古に来る必要はないと言われた」

興寛が笑みを浮かべた。

「ヤーだけではないぞ。ワンもそうだ」

「それで、なんだか淋《さび》しい気がしてな……」

「何を言う。武士として独り立ちできたということだぞ。喜ぶべきことだ」

「独り立ち……」

「そうだ。これからは後進の指導もしなければならない」

指導など考えたこともなかった。

興作は義恵に尋ねた。

「ヤーはどうなんだ？」

「ワンはまだ照屋先生から毎日指導を受けなければなりません」

「それがなんだかうらやましい」

「新しい相弟子も増えました」

「そういうことだ」

興寛が言った。「いつまでも俺たち《ワッター》が照屋先生のお手を煩わせているわけにもいかないんだ」

興作はしみじみと言った。

「時は過ぎていくのだな」

「それより、山原の話を聞かせてくれ」

「ウー」

話すことはいくらでもあった。大島マギーとの角力の話をすると、興寛も義恵も目を輝かせた。

「あの……。ちょっといいか？」

声をかけてきた者がいる。見ると、比嘉盛栄だった。興作はここで彼と、手は何のためにやるのか論じ合ったことを思い出した。

盛栄が言う。

「ヤーは、本当に薩摩のサムレーをやっつけてくれたのだな。実に見上げたものだ。感服したぞ」

興作はこたえた。

「軽はずみなことをしたかもしれない」

「実は頼みがある」

興作は、比嘉盛栄に尋ねた。

「頼みというのは、何だ？」

「有名な武士松茂良に、手を教わりたい」

一瞬、皮肉だろうかと思った。

盛栄と興作の家はすぐ近くだ。それほど親しかったわけではないが、当然顔は知っていたし、幼い頃に遊んだこともある。

いわば幼馴染みに、武士と呼ばれて、素直に受け取れなかった。

だが、どうやら皮肉ではないらしい。盛栄の表情は真剣だった。

「手を習いたいなら、ほかにいくらでも有名な先生がいるだろう。ここにいる興寛もワンの先輩だ」

興寛が笑って言った。

「盛栄は、ヤーに習いたいと言ってるんだ」

「しかし……」

「そりゃあ、武士は何人もいる。だが、身近に立派な武勇伝を持った武士がいるんだ。その者に習いたいというのは当然だろう」

「武勇伝などと……」

盛栄が言った。

「君《ウンジュ》は、どうしたら手が沖縄《ウチナー》の人々の役に立てるか考えていると言っていたな？」

「考えている」

「沖縄を守る志のある若者に手を教えるんだ。心も体も強い若者を育てることが、将来の沖縄の役に立つのではないか」

盛栄の言葉は、驚くほど興作の心に響いた。

それこそが、ワンのやるべきことかもしれない。興作はうなずいて言った。

「ワンでよければ、すぐにでも始めよう」

「よかった。では、わが家の裏にある広場を使ってくれ」

盛栄の自宅の裏には、広い空き地があった。興作の自宅のすぐそばなので都合がいい。

「わかった。では、今夜から始めよう」

日が暮れると、興作は盛栄の家の裏にある広場に行った。そこで盛栄が待っていた。

興作はまず、自分がやったように駆け足と石の持ち上げをやらせることにした。

盛栄は最初、そのきつさに驚いた様子だった。石を抱いて持ち上げる稽古を終えると、もう何もできないくらいに疲れていた。

気の毒に思ったが、ここで手を抜いては立派な武士にはなれない。興作は怨まれるのを覚悟の上で厳しく指導した。盛栄も負けん気を発揮して頑張った。おかげですぐにナイファンチを学ぶまでになった。

人に教えるようになると、自分の型もおろそかにはできなくなる。正しい型ができないと、人に正しい型を伝えることはできない。だから興作はますます丁寧に型を稽古するようになった。人に教えることも稽古なのだということを、初めて知った。

盛栄と稽古をしているうちに、一人、また一人と、その稽古場を訪ねてくる者があった。武士松茂良が手の稽古をつけているという評判を聞きつけてきたのだ。

興作はその者たちも本気で手をやりたがっているのだということを確かめ、やはり駆け足と石の持ち上げをやらせた。

20

ある日興作は、興寛、義恵、そして盛栄という顔ぶれで辻に出かけた。このところ、酒を飲んでは時勢のことなどについて話をすることが増えてきた。

その夜も、これから沖縄《ウチナー》はどうなるのかという話題で、時間を忘れて語り合った。ヤマトは激動の時代を迎えようとしている。

「幕府の将軍といえば、ウチナーでは御主加那志《ウシュガナシ》だ」

興寛がそう言うと、盛栄が反論した。

「いや、ヤマトで御主加那志に当たるのは、天皇だろう。だから、将軍がヤマトを支配しているのはおかしいといって、天皇に大政を返すべきだという人々がいるわけだ」

「将軍派と天皇派で戦いがあるようだ」

興作は二人に尋ねた。

「薩摩は、将軍の家来なのだろう?」

興寛がこたえる。

「そういうことになっているな」

「じゃあ、天皇に大政を返したあと、薩摩はどうなるんだ？」

「さあな。俺《ワン》にはわからん」

盛栄が言った。

「だが、その薩摩が将軍を倒そうとしているらしいぞ」

「薩摩が将軍を倒そうとしている？」

盛栄の言葉に、思わず興作は眉をひそめた。「それはいったい、なぜなんだ？」

「さあ、ワンにも詳しいことはわからん」

興寛が言った。

「ふん。幕府の権威が弱まったと見て、天皇に加担し、幕府が倒れた後も生き延びようという策なのではないか。卑怯な薩摩の考えそうなことだ」

興作はさらに尋ねた。

「幕府が倒れて、大政が天皇に戻ると沖縄はどうなる？」

興寛がこたえる。

「そうなってみないとわからんな……」

「だったら、早く薩摩の支配から脱却すべきだ」

「そんなことはわかっている。どうやったらそれができるかが問題なんだ」

「こういうときこそ、親国《ウヤグニ》に助けてもらうべきではないのか？　もともと沖縄は親国から冊封されているのだ」

興作の言葉に、盛栄がうなずく。

「ワンもそう思う。沖縄は薩摩に支配されるまでは、親国から王国として認められていたんだ」

興寛が言う。

「だが、その清国も英国との戦争に負けたり、キリシタンの大きな反乱があったりで、たいへんなことになっているらしい」

盛栄が言う。

「たいへんなのはヤマトも同じだ。ワンは親国と手を結ぶべきだと思う」

興作もそう思った。

小さなときから親国に対する憧れがあった。興作と同年代の沖縄の人々は皆そうだ。異国情緒というとまず、中国のことを思い浮かべる。

そして、薩摩をはじめとするヤマトへの憎しみがあった。動乱の時代、中国に近づこうとするのは、興作だけでなく多くの沖縄人《ウチナンチュ》にとってごく当たり前のことだった。

「お、もうこんな時間か」

興寛が言った。夢中で話をしていてすっかり遅くなってしまった。興作たちは連れだって辻の飲み屋を出た。

四人連れだって歩いていたのだが、ふと興作は、懐に入れたと思っていた紙入れがないのに気づいた。

「忘れ物をしたようだ。先に行ってくれ。すぐに追いつく」

興作は、三人と別れて一人、辻の道を戻った。

忘れ物はすぐに見つかった。それをしっかりと懐に入れて、先を歩く三人を追うことにした。

辻を抜けようと、短い階段を上った。その先に、何やら人が集まっているのが見えた。酒に酔って大声を上げている者もいる。

あまり柄のよくない連中のようだ。

いざこざは避けようと、興作は足早にその集団の脇を通り抜けようとした。五人いた。興作は眼を伏せたまま、それを数えていた。

「待て」

五人組の中の一人が声をかけてきた。興作は足を止めなかった。相手は酔漢だ。因縁を吹っかけるつもりかもしれない。

興作が止まらないのを見て、彼らは追ってきた。

「待てと言うのがわからないのか」

興作は仕方なく立ち止まった。たちまち五人に囲まれた。

「声をかけられたのに、素通りとはどういうわけだ？　士族《サムレー》だからって、俺《ワツター》たちをばかにしているのか？」

彼らは那覇港で働いている者たちのようだ。皆よく日に焼けてたくましい体つきをしているのが、夜目にもわかる。

興作はこたえた。

「先を急いでいるだけです」

「おまえ《ヤー》はサムレーだな。サムレーなら手《ティー》をやるだろう」

「たいしたことはありません」

「どこから来た」

「泊です」

「泊の手か。面白い。ワンと立て」

「いや、お断りします」

「断るだと。ふん、泊のサムレーは腰抜けだな」

行動を慎むようにと、照屋親雲上《ペーチン》にも、父にも言われており、それを心がけようとしていた。だが、泊士族をばかにされて黙っていられるほど興作は大人ではなかった。

「ではお相手しましょう」

先ほどからしゃべっている男と対峙した。仲間が四方を固めている。

相手が右手で顔面を打ってきた。興作はそれをかわしながら前へ出た。相手の右腕の外側に転身する。同時に鉤のように肘を曲げて、拳《テイジクン》を相手のあばらに打ち込んでいた。

相手は声も出さずに崩れ落ちた。

興作が得意とするワンシュウの技だった。

たった一撃で相手を倒した。これであとの四人はおとなしくなるものと思っていた。

だが、その読みが甘かった。

「こいつ、少しはやるな」

そう言って、四人は包囲をじりじりと狭めてきた。

四人ならやれる。興作がそう思ったとき、ばらばらと何人もの人間が駆けてくる足音が聞こえてきた。

「何だ？　喧嘩か？」

その声に、興作を取り囲んでいる四人の中の一人が応じる。

「一人やられた。相手は泊のサムレーだ」

しまった、と興作は思った。五人だけではなく、さらに仲間がいたのだ。包囲を突破して逃げるしかないが、ただ逃げては捕まって袋だたきにあう。

興作は背後にいる一人を、振り向きざまに打った。拳を腹に叩き込む。相手はよけることも防御することもできずに一撃で沈んだ。

興作は走り出した。辻の中に戻る恰好になる。

辻の外では取り囲まれてしまう。辻の中の道は細く、その両側は高い塀になっている。さらにその塀の向こうは娼館《しょうかん》の軒が連なっていた。

ここならば、相手はこちらを取り囲むことはできない。縦に一列になって追ってくるしかなく、こちらは、一人ずつ相手にできる。興作はそう考えた。

走っては、振り返って、追っ手を打ち倒し、また走る。それを繰り返した。辻の複雑な路地を闇雲に駆け回った。

何人倒したかわからない。巻藁《マチワラ》で鍛えた拳も、すでに腫れている。

さすがに息が上がってきたし、両腕もひどく重く感じられてきた。

角を曲がった興作は、はっと立ち止まった。目の前に塀がそびえ立っている。その向こうには大店《おおだな》の娼館らしい楼閣の窓が見えた。行き止まりだ。

しかも興作にとってやっかいなことに、塀の前の道が広くなっている。相手に囲まれてしまう。

戻って別の道を行こうとしたが、すでに遅かった。追っ手がやってきた。興作は囲まれてしまった。

ずいぶん倒したと思ったが、相手はまだ七人もいた。こちらは体力の限界がこようとしている。

興作を取り囲んだやつらの一人が言った。

「ずいぶんふざけたことをしてくれたが、ここまでだな」

興作はぜいぜいと息を切らしていた。脚も腕もひどく重かった。七人に取り囲まれていては逃げることもできない。

このまま袋だたきにされてしまうのは眼に見えていた。だが、相手もすぐには仕掛けてこない。すでに仲間が十人ほど倒されているのだ。興作の腕を警戒している。

びりびりとした緊張感だった。興作は、ここで殺されるかもしれないと思った。

この包囲を突破するためには、何か相手の気をそらすものが必要だ。

一瞬の隙さえあれば、逃げられる自信があった。だが、その隙がない。

万事休すか。興作がそう思ったとき、目の前に何かがすうっと下りてきた。

何だ……。興作は七人の動きに気を配りながら、視界の隅にそれを捉えた。

急須だ。茶を入れるための急須が宙に浮いている。

いったいどういうことだ。訳がわからなかった。それは相手の七人も同様だった。急須が暗闇の中でゆらゆら揺れている。

誰もがそれに気を取られている。

考えている暇はなかった。今だ。興作は、正面の相手の右側に出るように、斜めに飛び出した。相手の脇に身を寄せ、鉤のように肘を曲げた突きを見舞う。

三枚の急所（あばらの急所）に拳を決められた相手は、ぐえっと声を洩らして、その場に倒れた。その一瞬で充分だった。

興作は、包囲を突破していた。再び走り出した。力尽きそうだが、最後の体力を振りしぼった。幸い、追っ手の足音は聞こえなかった。

例の急須で毒気を抜かれたのかもしれない。あるいは、相手も体力を使い果たしていたのだろう。

興作は一瞬だけ立ち止まり、振り向いた。塀の向こうの楼閣の窓から誰かが身を乗り出していた。紐《ひも》で急須をぶら下げているのだ。その姿に見覚えがある。

間違いない。武士《ブサー》松村だ。

偶然、興作の窮地に気づいて、機転を利かせたのだろう。急須をぶら下げるという発想は、さすがに武士松村だと思った。興作は、感心しながらまた駆け出した。

21

降って湧いたような話で、興作は所帯を持つことになり、学校所の西側に屋敷を構えて住むことになった。

沖縄《ウチナー》の士族《サムレー》は、御殿《ウドゥン》（王族）や親方《ウエーカタ》でもなければ、禄《ろく》だけでは生活していけない。泊では親雲上《ペーチン》でも、役人としての仕事以外に稼業を持っている例が少なくない。独立して家を持つとなると、興作も何か仕事を見つけなければならない。

この頃、泊では機織《はたお》りが盛んになってきていた。

織物か……。ならば、染料も必要だな。

興作は、薩摩の手から逃れて住んでいた阿楚原の近くの、伊豆味や山入端が藍の産地であることを思い出した。

名護の岸本に手紙を書いて、藍の生産者を紹介してもらった。そして、話がまとまると、現地に買い付けに出かけることにした。

興作の読みは当たり、仕入れてきた藍は瞬く間に売れた。さらに大量の藍が必要と見た興作は、商談のために何度か泊と山原を往復することになった。

商売が順調に回りはじめた頃のことだ。何度目かの商談で山原に行った帰り道、北谷に差しかかったときに、北谷屋良の話を思い出した。

今なら時間に余裕もある。何日か滞在してみようか。

思い立ったら実行せずにはいられない性格だ。興作は北谷から妻《トウジ》に手紙を書き、北谷屋良を訪ねてみることにした。


北谷屋良がどこに住んでいるかは、すぐにわかった。

代々、御主加那志《ウシュガナシ》の牧原《まきばる》馬場の管理を任されている家柄だということだ。人に尋ねると、その屋敷はすぐにわかった。

訪ねて行くと、すぐに当主の屋良筑登之《チクドウン》利正《りせい》に会うことができた。

利正は、おそらく七十歳をとうに越えている。だが、腰はしゃんとしているし、背筋も伸びている。

「遠路はるばる、よくこの年寄を訪ねてくださいました」

相手の腰の低さに、興作は恐縮してこたえた。

「いえ……。実は、山原に行く用事がありまして……」

屋良筑登之利正は笑った。

「正直な方だ」

「ぜひ、一手なりと御指南いただきたいのですが……」

「有名な武士《ブサー》松茂良にそう言われると、断るわけにはいきませんね」

興作は屋良筑登之利正に頭を下げた。

「ありがとうございます。訪ねてきた甲斐《かい》があります」

「わが屋良家に伝わる武技がどのようなものかご存じですかな？」

興作は正直にこたえた。

「実は、よく存じません」

「薩摩の武技なのです」

「えっ」

興作は驚いて、思わず声を上げていた。「薩摩の武技とは、どういうことですか？」

「屋良本家一世である利元《りげん》は、薩摩の役人だったのです。利元の父は、薛欽若《せつきんじやく》という名で南京の生まれです。彼は日本にやってきて薩摩に住みつきます。利元はその五男で、長じて薩摩藩の官吏となりました。国頭王子正則《くにがみせいそく》が薩摩に上がったとき、利元が琉球仮屋《カイヤ》に詰めており、その縁で沖縄に帰化しました。屋良家はそこから始まりました」

「なるほど、薩摩の役人だから当然、薩摩の武技を身につけていたわけですね」

「それが代々わが家に伝わっているのです。さらに、本家五世の利導《りどう》が創意工夫して、釵《さい》術や棒術を編み出しました」

「そうでしたか……」

聞くと、筑登之親雲上利正は本家筋ではなく、傍流だという。本家は首里にあり、現在の当主は六世筑登之親雲上利則《りそく》だという。

世に名高い「北谷大屋良《ウフ》」は、本家五世の利導のことだ。利導には子がなかったので、門中から養子をもらった。それが利則で、目の前の利正はその実父だということだ。

「ですから、私《ワン》は驚いたのです」

利正が言った。「北谷屋良の手《ティー》を学びたいのなら、首里に行けばいいのですから……」

なんだ、そうだったのか……。

興作は北谷屋良という名前から、代々北谷に住んでいるものと思い込んでいたのだ。北谷の牧原馬場は屋良家の領地であり、領主は首里に住んでいたのだ。

利正は里主である筑登之に過ぎないのだ。だが、ここまで来たことに悔いはなかった。

興作は言った。

「これも何かの縁だと思います。ぜひ、御指南いただきたいと思います」

屋良利正は念を押すように興作に尋ねた。

「薩摩伝来の技でもよろしいのですね？」

「問題ありません」

彼を知り己を知れば百戦あやうからず、と孫子の言葉にもある。ヤマトの武技だからといって毛嫌いする必要はない。武士松村も薩摩の示現流を学んだと言っていた。

利正が言った。

「では、杖《じょう》術をお教えしましょう」

「ジョウ……?」

「四尺二寸一分の細身の棒です」

沖縄ではあまり見かけない。だからこそやってみる価値があると思った。

さっそく杖術の稽古が始まった。まず持ち方からだ。照屋親雲上のもとで何度か六尺棒を振ったことはあったが、杖は初めてだ。

「固く握ってはいけません。杖は掌ではなく、四指で軽く包むように持ち、小指を決して離さないように」

利正が注意をする。興作は、持ち前の集中力を発揮して、たちまち杖を扱うコツをものにしていった。

利正のもとには三日間滞在し、杖術の基本技を学んだ。

利正は言った。

「さすがに武士松茂良だ。乾いた砂が水を吸うごとくというのは、まさにこのことですな」

「時間が限られているので、一刻も無駄にはしたくありません」

「泊にお戻りになったら、本家の利則をお訪ねになるといい」

「ぜひ、そうさせていただきます」

旅立つとき、利正は稽古に使っていた杖を持っていくようにと言った。興作は、ありがたくそれを頂戴し、帰路についた。


利正に言われたとおり、泊に戻ると興作はさっそく首里の屋良利則を訪ねた。利則は、五十歳くらいに見える。なるほど、目鼻立ちが利正にそっくりだった。

利則も興作の名を知っていた。事情を説明すると、利則は言った。

「そうですか。北谷に行かれましたか。杖の稽古をされたのですね。では、その続きをやりましょう」

そうして興作は、北谷屋良家伝来の杖術を身につけた。

これまでに学んだ型に加えて、杖術の稽古も続けた。若者たちに指導をするようになっても、興作は自分自身の稽古をおろそかにしたことはなかった。

藍の商売も軌道に乗って順調だった。

手の指導、自分の稽古、そして商売。多忙な日が続いたが、まったく辛いとは思わなかった。日々が充実していた。

そういうときは、瞬く間に月日が過ぎていく。

気がつくと、興作は四十になっていた。

そんなある日のことだ。

「おい、興作、えらいことになったぞ」

親泊興寛と山田義恵が自宅にやってきて言った。仕事を終えて帰宅したばかりの時間だ。これから、広場での手の稽古の準備をしようと考えていたところだ。

「何事だ、いったい」

「学校所にいたら、オジーたちがえらく盛り上がっているので、何があったのかと思ったら……」

学校所に集まるのは、青年たちばかりではない。近所の老人たちもやってきて話をする。

「もったいぶるな」

興作は言った。「オジーたちが何の話をしていたというんだ」

「おまえ《ヤー》は、兼久《かねく》に住む渡口《とぐち》を知っているか？」

「いや、知らん」

「ネーガーだが、たいへんな棒の使い手だということだ。ネーガーの棒者として知られている」

ネーガーとは、足が不自由だということだ。

「それがどうしたのだ?」

「村の長老たちが、ヤーと渡口とどちらが強いかという話を始めてな……」

どの武士が強いかというのは、よく話題になる。興作も幼い頃、大人たちがそんな話をするのを何度も聞いたものだ。

「長老たちは、話をして楽しんでいるだけだろう」

「それがそうではないのだ。長老たちは、ヤーと渡口を勝負させるつもりだ」

「何だって?」

「いずれ呼び出しがあるぞ」

面倒なことになった。興作は腕組みをして考え込んだ。

年長者《シージャカタ》たちの言うことには逆らえない。ましてや、相手は村の長老たちだ。戦えと言われて、嫌だとは言えない。

やがて、興寛が言ったとおり、長老たちから呼び出しが来た。戦いの日時も決まった。場所は、学校所の広場の門のそばだ。

相手に怨みがあるわけではない。憎いわけでもない。それなのに戦わなくてはならない。渡口は棒者だという。棒は恐ろしい武器だ。まともにやり合ったら、大怪我をすることになるだろう。

どうしたものかと、考えるうちに当日となった。

こうなれば、出たとこ勝負しかない。臨機応変に対処しよう。そう腹をくくった。

学校所には大勢の見物人が集まっていた。

興作が杖を手にやってくると、すでに渡口は六尺棒を持って待っていた。若い男だった。まだ二十代だろう。この若さで、しかも障害を克服して棒者として知られるようになったのだ。ずいぶんと難儀《ナンギ》をしたに違いない。

長老の一人が立会人となった。

「では、互いに前へ」

興作は、渡口と対峙した。

渡口が棒を腰に構えた。棒先は真っ直ぐに興作の顔面を向いている。

興作は右手を逆手《さかて》にして青眼に構えた。前手を逆手にすれば、両端を自在に攻撃に使える。杖独特の構えだ。

「おい、棒のほうが長いぞ。不公平じゃないのか」

見物人の声が聞こえてきた。

棒は六尺、杖は四尺二寸一分。たしかに武器自体の長さは違う。だが、六尺棒は三等分に持つ。一方、杖は剣のように端を持つ。実は、相手に向ける長さは、両方ともほぼ同じなのだ。だから不公平ということはない。

さて、渡口青年は、どう攻めてくるか……。

興作は、相手の出方を見ようと思った。

相手の動きに合わせて対処する。それくらいの自信はあった。武器で勝負をするのは初めてだが、手の戦いと何ら変わらない。

相手が出てくるところに、こちらも出て行く。相討ちを狙うくらいの気持ちでいれば、相手を制することができる。

さあ、来い。

興作は思った。お手並み拝見だ。

ところが、興作は、おや、と思った。

渡口がいつまで経っても攻めてこないのだ。厳しい表情で興作を見据えるだけだ。

ならば、圧力をかけてみるか……。

興作は青眼に構えたまま、わずかに前の足を進めた。渡口が下がった。間合いは変わらない。

興作はもう一度、同じように少しだけ前進した。渡口はまた下がった。

見ると渡口の額に汗が浮かんでいる。

攻めてこないのなら、こちらから行くぞ。

そういう思いで、今度はやや大きく踏み出した。とたんに渡口がまた下がった。棒の先端が揺れ出した。

興作の杖はまったく動かない。その先端はぴたりと相手の左目に向けられている。

さらに興作が出る。渡口が下がる。彼の背後には、門につながる石塀があった。

興作は、いつでも打ち込める体勢でもう一歩前に出た。やはり渡口は下がった。すると、その背が石塀に当たった。

すでに渡口の顔面は汗でびっしょりだ。塀に追い詰められたのだ。

それでも興作が圧力を弛めずにいると、いきなり渡口は気合いを発して、棒で地面を突いた。その反動を利用して背後の石塀に跳び乗った。

ネーガーとは思えない身のこなしだった。興作は、照屋家の墓の庭囲《ナーガクイ》いに跳び乗る練習をしたことを思い出していた。渡口も同じような練習をしていたに違いない。

興作が見上げると、渡口は言った。

「参りました」

立会人の長老が声高《こわだか》に宣言した。

「勝負はそれまで」

塀から下りた渡口に、長老たちの一人が尋ねた。

「どうして、手を出さなかった?」

渡口はこたえた。

「出せませんでした。力の差が歴然です。手を出せば、その瞬間にやられていたでしょう。それがわかりました」

「うん。それを見極められるとは、おぬし《ウンジュ》の力量もたいしたものだ」

この出来事は興作の名をさらに高めた。それと同時に、人々は渡口にも賛辞を送った。

以来、「泊人《トマインチュ》や、ネーガーも武士やさ」と言われるようになった。

22

武士《ブサー》松茂良の名前は、ますます広まりつつあった。比嘉の屋敷裏の広場に稽古にやってくる若者も、一人二人と増えていった。

中国暦同治《どうち》七年（一八六八年）のある日のことだ。日が暮れていつものように稽古を始めようと、若者たちが来るのを待っていると、そこに興寛と義恵が駆けてきた。

この二人がやってくると、ろくなことがない……。

ネーガーの渡口との勝負を思い出して、興作はそんなことを思っていた。

興寛が息を切らせて言った。

「聞いたか、興作」

「何事だ？」

「一大事だ。本当に一大事だぞ」

「だから、何なのだ」

興寛もすでに数えで四十二歳だ。それに士族《サムレー》なのだから、もう少し落ち着いたほうがいいだろうと、興作は思った。

興寛は言った。

「ヤマトの幕府が倒れた。政権が天皇に戻ったのだ」

「ほう……」

興作はそう言っただけだった。

実際、それがどういうことなのかよくわかっていない。いや、理屈ではわかるのだが、沖縄《ウチナー》にとってどういうことなのか、自分にはどんな影響があるのか、それが今一つぴんとこないのだ。

興寛が苛立たしげに言った。

「何をぼんやりしているんだ。幕藩体制がなくなったということは、沖縄を支配していた薩摩藩もなくなったということなんだ」

「それはよいことなのではないか」

すでに稽古にやってきていた若者たちが、興作たちの周囲に集まってきた。

興寛が言った。

「だといいがな……。これまで藩ごとに行われていたことを、中央政府がやることになる。そうなれば、沖縄もヤマトの中央政府が支配することになるんじゃないのか？」

「俺たち《ワッター》の暮らしはどう変わるんだ？」

「それはまだわからない」

山田義恵が言った。

「この際、親国《ウヤグニ》の力を借りて、独立を勝ち取るべきだ、と言う人もいます」

義恵の言葉を聞いて、興作は言った。

「それはいい。独立ということは、沖縄がまた再び御主加那志《ウシュガナシ》の国になるということだ」

興寛が言う。

「たしかにそうなれば、親国との貿易で稼いだ金を薩摩に持って行かれることもない。沖縄は豊かになり、人々の暮らしも楽になる」

それに対して、義恵は言う。

「国防はどうします。これまで、ヤマトの支配下に入ることで、ヤマトに守られていたとも言えます。独立したら、自分たちで国を守っていかなければなりません」

興寛が言った。

「だからこうして、若者たちに手《ティー》を教えているのだ。手で鍛えた若者たちが沖縄を守るのだ」

「手で軍艦と戦えますか。時代が違うのです。今は鉄砲と大砲、そして軍艦の時代ですよ」

「どんな武器であろうと、使うのは人間だ。その人間を鍛えるのだ」

二人のやり取りを聞いていて、興作は思った。

時代が大きく動いていく。沖縄もその時代の動きに翻弄されることになるのだろうか。不安はあった。だが、興作の心は揺るがなかった。決してヤマトには屈しない。沖縄の未来は自分たちが作っていかなければならないのだ。

興作は、二人に言った。

「興寛の言うとおりだ。どんな時代でも、心と体を鍛えることは大切だ。俺《ワン》の役目は、一人でも多くの武士を育てることだ」

興寛がうなずいた。

「おまえ《ヤー》だけじゃない。ワンだってやるぞ」

「では、稽古を始める。おまえたち《ヤッター》もやっていくか？」

興寛が言った。

「いや、ワッターはまた学校所に行って、各方面の話を聞いてこようと思う」

興作はうなずいて言った。

「何かわかったら知らせてくれ」

「ああ《ウー》」

二人が去ると、興作は手の稽古を始めた。興作は言った。

「みんな不安だろうが、こういうときこそ、腹を据えて鍛錬するんだ」

明治維新は、ヤマトの政変だったので、遠く離れた島に住む興作たちは、直接の影響をそれほど受けなかった。幕府はなくなったにもかかわらず、薩摩藩の在番奉行はまだ沖縄を監視していた。

しばらくは今までと変わらない生活を送っていた。年号が明治に変わったというのだが、沖縄の人々は相変わらず中国年号の同治を使っていた。

それが激変したのは、同治十一年（明治五年、一八七二年）のことだった。

沖縄からヤマトの政府に対して、伊江《いえ》王子尚健《しょうけん》を正使節とした王政一新慶賀使節団を送ることになった。副使節が宜野湾《ぎのわん》親方《ウエーカタ》朝保《ちょうほ》。喜舎場《きしゃば》朝賢《ちょうけん》、喜屋武《きやん》朝扶《ちょうふ》ら約百名が随行した。泊からも山里《やまざと》長賢《ちょうけん》らが行っている。

この慶賀使節団が、驚愕《きょうがく》の知らせを持ち帰った。「御主加那志である尚泰を琉球藩王とし、華族に列する」という勅令だ。

沖縄の人々は当惑した。今まで国王だと信じていた存在が、ヤマトの華族にされてしまったのだ。これは屈辱以外の何物でもない。

士族は激怒した。副使節の宜野湾親方は「売国奴」と非難され、失脚した。随行員だった喜舎場、喜屋武、そして山里らにも批判が集まった。

ヤマトの華族となった尚泰は、藩王を任ぜられながら、早々と隠居を決め込んだ。

「御主加那志がいなくなってしまった」

親泊興寛が言った。

今日も、興作、興寛、義恵、そして比嘉盛栄が学校所に集まり、話をしていた。興作は、藍を売る仕事や手の指導が忙しく、すっかり学校所から足が遠のいていたが、世情が混沌《こんとん》となり、少しでも事情が知りたいと、またやってくるようになっていた。

興作は言った。

「では、今は誰が沖縄を支配しているんだ？」

「いちおう、隠居された尚泰様ということになるのだろう」

薩摩の支配時代と同様に、役人たちは首里王府で仕事をしているようだった。

「最近、なんだか争い事が多いな」

興作の言葉に、興寛がこたえた。

「宜野湾親方ら使節団の面々を擁護する連中と、彼らを許すまじという連中がぶつかっているんだ」

興寛の言葉に、興作は小さくかぶりを振った。

「沖縄人《ウチナンチュ》同士が、なぜ争わなければならないんだ？」

興寛がこたえる。

「それぞれに沖縄の行く末を案じているからだ」

「案じているのなら、力を合わせるべきではないか」

「だから、その方針が違うんだよ。琉球王国は、琉球藩となった。つまりヤマトの一部にされたんだ。それが我慢ならんというやつも多い」

自分もその一人だと、興作は思った。

だが、今は何をすればいいのかわからない。だから、青年たちを集めて手を指導することに専念した。

広場に集まる若者たちは、このところ急に増えはじめ、いつしか泊村のほとんどの青年が参加するようになっていた。

沖縄の世情はますます騒がしくなってきた。親ヤマト派と反ヤマト派の対立も激しさを増してくる。

それが決定的になったのは、明治十二年（一八七九年）のことだった。琉球藩を廃して、沖縄県が置かれることになった。松田道之《まつだみちゆき》処分官が、警官・兵士約六百人とともに来琉し、強権的に断行したのだ。

尚泰は東京に移住させられた。慶賀使節団で随行員だった喜屋武朝扶らも上京した。

これによって、琉球王国は完全に消滅したことになる。ヤマトは沖縄を処分したのだ。

この処遇とやり方に興作は怒りを募らせた。

沖縄は大混乱に陥っていた。親ヤマト派と反ヤマト派の対立は以前からあったのだが、この頃には、親ヤマト派の開化《かいか》党と親中国・独立派の頑固《がんこ》党に分かれて、激しくぶつかり合うようになっていた。

開化党は「白派《シルーハ》」、頑固党は「黒派《クルーハ》」あるいは石枕党《せきちん》とも呼ばれた。

石枕党の主な指導者は、泊村の久場長亮《くばちょうりょう》、又吉嘉宝《またよしかほう》、又吉長方《ちょうほう》らだった。興作も石枕党の一員となっていた。

手の指導にはますます熱が入り、興作は若者たちを鍛え上げて、石枕党のための決死隊を組織しようと考えるほどになっていた。

　王府はなくなり、県の役人が行政を司ることになった。薩摩が支配していた時代でも、王府はあり、士族が政《まつりごと》を担っていた。だが、これからは、ヤマトの役人が堂々とやってきてさまざまなことを取り仕切るのだ。

　中央政府からやってきた連中は、さっそくさまざまな改変に着手した。

　琉球王朝の時代から、各地に共有地があり、それは住人たちの財産とされてきた。役人たちは、それらを次々と国有地にしてしまった。ヤマトが沖縄から土地を取り上げたのだ。

　それだけではなかった。ある日、いつものように興作たちが学校所にいると、長老の一人がやってきて皆に告げた。

「えらいことになった。ヤマト政府は内輪御物《ネーワグムチ》を取り上げるつもりだぞ」

　その場にいた人々は凍り付いたように長老を見つめた。

内輪御物とは、泊村に蓄えられている共有金だ。

もともとは、慶賀使節団の一員にもなった山里長賢が泊村に寄付した金だ。山里長賢は、苦学して首里王府の科挙に合格した。彼は、青少年の育成のためにと、一年目の禄をすべて泊村に寄付したのだ。

それは言わば基金として、首里王府から与えられる「村御物」とは別に保管運営されてきた。

ヤマトの政府はそれを強制的に取り上げようというのだ。しばしの沈黙の後、その場にいた人々は声高に怒りをぶちまけた。

騒然とする中、興作は静かに決意していた。

今戦わなくて、何のための決死隊か。

その日、興作は稽古に集まった若者たちに、山里長賢が泊に残してくれた内輪御物の大切さを説き、それを守る戦いに打って出ることを告げた。

興作に手を習っている者は、一人も欠けることなく、この戦いに参加することを誓った。

やがて、役人たちが引き渡しを求める交渉にやってくる。最初の交渉は、硫黄屋小路《ユワーヤースージ》にある宇久家の屋敷で行われた。役人たちと泊の重鎮たちが座敷に上がっていった。

屋敷の周囲を興作率いる決死隊が取り囲んだ。六尺棒を手にしている者もいる。役人たちは、その剣呑《けんのん》な雰囲気に気圧《けお》されて引きあげた。

さらに二度目の交渉が、硫黄蔵《ユワーグラ》の玉那覇《たまなは》家で行われた。前回同様に役人側と泊の重鎮が対座する。興作は庭からその交渉の様子をうかがっていた。

泊頭取は、役人に対して一歩も引かずに言った。

「取れるものなら、取ってみるがよろしかろう」

興作は、その言葉を庭で繰り返した。

「取れるものなら、取ってみろ」

それに、決死隊が呼応した。近くにいた決死隊の若者が、同じ言葉を叫びはじめる。やがて、それが決死隊全員に広がっていった。

役人の一人が言った。

「これでは交渉にならぬ。群集を引かせなさい」

それに対して、泊頭取が言った。

「これが泊の結束です」

役人は、ついに交渉を諦めた。そして、引きあげていった。泊の財産である内輪御物は守られたのだった。

「いや、おまえ《ヤー》の決死隊の迫力はたいしたものだった」

義恵とともに興作の自宅を訪ねてきた興寛が言った。「ヤマトの役人たちもたじたじだった」

　興作はこたえた。

「若者たちの血が流されることがなくてよかったと思っている」

「そうだな。開化党と石枕党の争いが、あちらこちらで起きており、血なまぐさいことや、大きな騒動になったりもしている」

「ワンももう五十だ。この命は惜しくはない。だが、手を学ぶ若者たちの命は大切にしたいと思う」

　義恵が珍しく、憤慨したように言う。

「武士松茂良の命は大切です」

　興作は笑った。

「ワンもまだまだ死にたくはないがな……」

「『黒派』の中には、清国に渡る者も出はじめている」

　興寛が真顔になって言う。「ヤーは、それについてどう思う?」

「清国か……。小さい頃からの憧れの国だ」

「清国の援助のもと、沖縄の独立の道を探ろうというのが、渡っていった者たちの考えだ。中には亡命した者もいると聞く」

「このまま沖縄がヤマトの領土となってしまうのなら、清国に渡るのも悪くないな……」

興作は本気でそう考えていた。もし、自分がもう二十歳ほど若く、妻《トウジ》も子供もいなければそうしたかもしれない。

今は、手を学ぶ多くの若者たちもいる。彼らも、興作にとっては大切な子供も同然だった。

23

泊の内輪御物《ネーワグムチ》は辛うじて守れた。一矢報いたのだが、それはヤマト政府から見れば、ささやかな抵抗に過ぎなかっただろう。

沖縄県は、どんどんヤマト化されていく。黒派《クルーハ》(頑固党)の抵抗はあったものの、断髪する者が増えた。小学校ではほとんどが断髪するようになった。

明治九年(一八七六年)に、秩禄《ちつろく》制度が廃止されて、士族階級《サムレー》の多くは収入を失った。薩摩が支配していた時代から、下級武士《ブサー》は困窮し、首里を離れる者がいた。

秩禄制度が廃止されてから、中部や山原の親類縁者を頼って移り住む「屋取《ヤードゥイ》のサムレー」が後を絶たなかった。

もともと地方に住む者にとっては迷惑な存在であり、本人たちは理不尽な身の上を思い、鬱屈していた。地方でも軋轢《あつれき》が生まれ、沖縄《ウチナー》は、ザルに豆を入れて打ち振るように騒然となっていた。

首里や泊から武士階級が移住する先は、沖縄本島内に限らなかった。中には八重山に行く者もいたし、中国に渡る者もいた。

福建省《ふっけん》福州の琉球館は、王朝時代の沖縄人《ウチナンチュ》の滞在場所だったが、廃藩置県後もそこに留《とど》まる者がおり、それを頼って渡っていった者も少なくない。

中国に渡るのは黒派の者たちで、琉球館を拠点として沖縄独立のために清の力を借りようと画策していたのだ。

泊からも、琉球館を頼って福州に渡っていった若者がいた。それは、興作から手《ティー》を学んだ者たちだ。

彼らは、沖縄のために命を懸けようとしていた。

その努力が報われるとは限らない。いや、ヤマトの文明開化の流れは止められない。沖縄はそれに呑み込まれていくのだろう。

興作はそう思っていた。御主加那志《ウシュガナシ》はもういない。最後の御主加那志・尚泰王は、華族にされてしまった。小学校ではヤマトの言葉を教えているらしい。

沖縄もヤマトになっていくのだろうか。そう思うだけで、心の奥底から怒りが湧いてくる。だが、どうしようもない。せめて、沖縄の文化を失わないようにしなければならないと、興作は思った。

ヤマトは沖縄の人々から、歌も三線《サンシン》も踊りも奪うことはできない。そして何より、手を奪うことはできないのだ。手は沖縄の誇りだ。

右往左往ばかりしてもいられない。

廃藩置県は天地がひっくり返るほどの出来事だったが、それでも月日が経つにつれて、人々は日常を取り戻していく。士族の子も農民の子も商人の子もいっしょに、小学校に通うようになった。

それは悪いことではないと、興作は思う。子供は勉強をし、大人たちは仕事に精を出す。新たな世界で、人々は自分なりの生活を始めようとしているのだ。

興作も、藍の商売に追われていた。商談で泊と山原を往復することもある。何日か泊を留守にすることになるので、そのときは、手の稽古を休むしかなくなる。

休みの日でも、若者たちは稽古にやってくるらしい。集まって興作から習ったことを自分たちで繰り返しているという。

弟子たちの中にも、覚えのいい者とそうでない者がいる。長い間指導を続けていると、熱心な弟子が頭角を現してくることがある。

器用不器用は生まれつきだ。だから、型を覚えるにも人によって差がある。だが、どんなに器用な者も、こつこつと努力を続ける者にはかなわない。

器用な者が、今優位に立っていても、絶えず努力を続ける者は、十年後にはそれをはるかに凌《しの》いでいるに違いないと、興作は思っている。

久場興保《こうほ》も努力をする若者の一人だった。加えて彼は、生まれつき身が軽かった。彼よりも年上の者はたくさんいる。それでも、興保は目立っていた。何より負けん気が強く、決して「参った」とは言わない。

自分よりも大きく力が強そうな者に、進んで変手《ヒンディー》を挑んでいく。その結果、地面に這《は》いつくばるはめになることもしばしばだが、興保は決してへこたれなかった。

こいつは将来、立派な武士になるだろう。そう思いながら興作は、いつもその稽古振りを黙って眺めていた。

しばらく留守をして久しぶりに比嘉の屋敷裏の稽古場に行ってみると、集まった門弟の中に興保の姿がない。珍しいこともあるものだと思い、興作は、門弟の一人である金《きん》城紀任《じょうきにん》を呼んだ。

紀任は、門弟の中でも年長者で、興作は何かと彼を頼りにしていた。

「何か思うところがあるようで、稽古を休んでいます」

紀任の言葉を聞いた興作は、思わず聞き返していた。

「何か思うところがある……？　いったい、何を考えているというんだ」

「さあ。私《ワン》にはわかりません」

「そうか」

一度話を聞いてみなければならないと、興作は思った。

翌日の夕刻、興作は久場興保の自宅を訪ねてみた。

興保は興作の姿を見ると、恐縮した様子で一言つぶやいた。

「先生……」

興作は尋ねた。

「ワンが留守をしている間、稽古を休んでいたそうだな。体の具合でも悪いのか」

「いえ、そうではありません」

「では、どうしたのだ」

彼は思い詰めた様子で、下を向いている。金城紀任が言ったとおり、何か思い悩んでいるのだろう。

「ちょっと外に出ないか」

興作が誘うと、興保は素直にうなずいた。

「はい《ウー》」

二人で連れだって歩き、ハーリーヤーのあたりまでやってきた。ハーリーヤーは「爬龍屋」のことで、爬龍船《ハーリーブニ》を保管しておく場所だ。その近くの地名をハーリーヤーと呼んでいた。

興作は安里川のほうを眺めながら尋ねた。

「何か思うところがあると、紀任が言っていた。ワンに話してくれないか」

「ウー……」

興保は、しばらく迷っている様子だったが、やがて話し出した。「実は、何のために手をやるのか、わからなくなったのです」

「なるほど……」

「サムレーが職につけず、山原や八重山に移住しています。わが家は幸運にも泊に残っていられますが、この先どうなるかわかりません。沖縄の行く末は誰にもわからないのです。福州に渡った仲間もいます。沖縄のために、清国でさまざまな働きかけをするのだそうです。そういう話を聞いていると、居ても立ってもいられない気持ちになるのです」

興保は興作の言葉を待つように眼を向けてきた。

興作は、興保に言った。

「ワンは今、おまえ《ヤー》に何も言ってやれない」

興保の眼に落胆が見て取れる。興作は言葉を続けた。

「何のために手をやるのか……。その問いに対するこたえは、ワンにもわからないのだ」

興保が言った。

「先生は昔、刀を持ったヤマトのサムレーと素手で戦われたそうですね。その時代は、手が役に立ったのだと思います。ですが、今は手が役に立つとは思えません」

手の稽古をやったことがない者や、修行が中途半端な者の言葉なら無視しただろう。だが、興保は人一倍熱心に稽古をしていた。だから、その言葉には重みがあった。

「当時、たしかに、薩摩のサムレーをやっつけるために手をやっているのだろうと言われたことがある。この稽古場を貸してくれている比嘉家の者に言われたのだ。そのときワンは、手はそういう単純なものではないと思った。そして、手をやることは必ず沖縄の役に立つと考えていた。だが、今改めて考えると、どう役に立つのかうまく説明ができない。だがな、興保……」

「ウー」

「ワンは必ずこたえを見つけて、それをヤーに話して聞かせよう」

興保はこたえなかった。興作はさらに言った。

「ヤーも考えてくれ。そして、もしこたえが見つかったらワンに教えてくれ」

興保は驚いたように言った。

「ワンが先生に、ですか？」

「そうだ。こんな世の中になるとな、大人の経験も役には立たない。誰も経験したことがないことが起きているからだ。こういう時代には若者の知恵こそ有効なことがあるんだ。だから、ヤーも考えてくれ」

「考えてもわかりませんでした。ですから稽古に出るのをやめたのです」

「手の稽古をやめたからわからないのかもしれない」

「え……?」

「手に対する疑問のこたえは、手の中にしかない。稽古を続けていればこたえが見つかるかもしれない」

興保は下を向いてしばらく考えていた。興作は、彼が何かを言うまで無言で待つことにした。

やがて、興保が顔を上げた。

「わかりました、先生。稽古を続けさせてください」

興保は興作に向かって深々と頭を下げた。興作はうなずいた。

「では、今日も待っている」

興作はそのまま、稽古場の比嘉の屋敷裏に向かった。

その夜、言葉どおり興保がやってきた。興作はその姿を見てほっとした。だが、安心してもいられない。彼が抱く疑問に対するこたえを見つけなければならないのだ。それも、できるだけ早く……。

その翌日のことだ。興作は、親泊興寛と山田義恵を辻の酒場に呼び出した。座敷に上がり、酒を酌み交わしながら話をした。

「興寛、ヤーはワンに、手とは何か、手をやる者にとって大切なものは何か……、そんなことを尋ねたことがあったな」

興作に言われて、興寛がこたえた。

「ん……？　そんなこと、言ったかな……」

「ワンの元服《カタカシラユイ》の前のことだ」

「なんだ、子供の頃の話か。そんなこと、覚えてないな」

「大切なことだと思う。ヤーは同じことを何度も、照屋先生から尋ねられたと言っていた。こたえを見つけたのだろう」

「うーん」

興寛は盃《さかずき》を干した。「ワンも若い頃はそんなことを考えたこともあったな。そのうちに、手が生活の一部になってしまってな。飯を食ったりするのと同じだ。もう、ワンから手を切り離すことができないと感じるようになった。それから、そういうことを考えたことはない」

義恵が感心したように言った。

「そこまで行けば、もう達人のようなものですね」

興寛が満足げにうなずく。

「ヤーもそう思うか。実はワンも、自分が達人なのではないかと思いはじめていた」

「やあ、親泊《アイ》さんは幸せな人ですね。ご自分が幸せだから、周囲の人も幸せにします」

興作も同感だった。冗談か本気かわからない興寛の話を聞いていると、こちらも気分が明るくなってくる。たしかに興寛はありがたい存在だった。彼のおかげで、これまでどれだけ救われた気分になったかわからない。

「ワンは、親泊さんのように達観できません」

山田義恵が言った。興作はそれを聞いて義恵に尋ねた。

「ヤーは今の話、どう思うんだ？」

「手をやる者は、強くなければいけない。ずっとそう思っていました」

それを聞いた興寛が言う。

「そんなのは、当たり前のことじゃないか。みんな強くなりたくて難儀《ナンギ》をするんだ」

義恵は続けて言った。

「でも、強くなったつもりでも、どこかに自分より強い者がいるかもしれない。そう思うと、むなしくなったことがあります」

興作は尋ねた。

「今は違うのか？」

「他人のことを考えるのはやめました。自分が誰より強いか、などということを考えても仕方がありません。手の稽古をするときは、自分のことしか考えなくなりました」

「自分のことしか考えない？　それはずいぶんと自分勝手な物言いに聞こえるな」

「そうかもしれません。でも、結局それしかないように思うのです。その代わり、自分に嘘はつきません。自分をだましたりもしません。そうすると、不思議なことが起きます」

興寛が興味深げに言った。

「何だ、その不思議なことというのは？」

「強くなるために稽古をしているのに、稽古をすればするほど自分が弱くなっていくように思えるのです」

「そんなばかな……」

興寛は笑ったが、興作は義恵の言葉が妙に心に響いた。

「わかるような気がする。稽古が進めば、自分の弱さに気づくものだ」

興作が言うと、義恵がぱっと明るい表情になった。

「そうなんです。自分の弱さがわかってくるんです」

「なるほど。手というのは、強くなるために、ではなく、弱くなるために稽古するものなのかもしれないな」

「何をばかなことを言っている」

興寛が言った。「弱くなってどうする。俺たちは達人《ワッター》になるんだよ」

興作は興寛に言った。

「弱さ強さなど、もはや考えないのが達人なんじゃないか」

興寛や義恵の話を聞いているうちに、興作は「何のために手をやっているのか」という久場興保の疑問に対するこたえがわかってきたような気がした。

翌日の夜、稽古にやってきた興保を呼んで興作は尋ねた。

「どうだ。こたえは見つかったか？」

興保は緊張した面持ちで言った。

「いえ、まだ見つかりません」

「ワンは、いろいろと考えてみた。親泊興寛や山田義恵にも知恵を借りた。ヤーの疑問のこたえになるかどうかわからんが、まあ、聞いてくれ」

「ウー」

「手はもともと、御主加那志を守るために、首里王府で発展したものだ。それはわかるな」

「わかります。しかし、もう御主加那志もおられないし、首里王府もありません」

興作はうなずいた。

「だが、沖縄人として守るべき大切なものはあるはずだ」

「沖縄人として……」

「さらに言えば、人として守るべきものだ。ヤーには大切な人がいるだろう。親兄弟や友人……。そういう人たちを守るために手をやるのだと考えてはどうだ」

　興保は無言で考え込んでいた。

　興作は言葉を続けた。

「ヤーは自分を守ることも考えなくてはならない。まず、自分を守らなければ、大切な人を守ることはできない。それはわかるな」

「ウー。わかります」

「そして、自分を守るというのは、身を守るという意味だけではない。信念を守るという意味もある。信じるものが損なわれたとき、それはもう自分ではなくなる。沖縄人は、かつては薩摩に支配され、そしてついに御主加那志もいなくなった。それでも、信じるものを失わなければ、沖縄人でいられる。恐ろしいのは、信じるものを奪われることだ。それを守るために、ワッターは手をやるのだと思う」

　じっとうつむいて考え込んでいた興保は、やがて顔を上げた。

「先生。ありがとうございます。それこそが、ワンの求めていたこたえだと思います」

　興保の言葉に、興作はほっとした。

　自分を守るために手をやる。自分を守るというのは、信じるものを守ることだ。その考えに、興作自身も納得していた。

興保がさらに言った。

「では、先生、ワンは清国と手を結んで沖縄独立の道を探ることが最良と信じておりますが、その信念を守るために手をやってもいいというわけですね」

興作は否定できなかった。

「ヤーがそれを信じるのならそれでいい。そのために手をやりなさい」

興保の眼に力が宿った。

「先生、ありがとうございます《ニフェーデービル》」

24

明治十八年（一八八五年）のことだ。興作のもとに、突然、武士《ブサー》松村から使いが来た。

興作は驚いて使いの者に尋ねた。

「松村筑登之親雲上《チクドゥンペーチン》に何かありましたか」

「いえ、そうではありません。武士松村が、久しぶりにあなた《ウンジュ》とお話がしたいと申しております」

「それは願ってもないことです」

「松村先生は、今識名園《しきなえん》のそばにお住まいです。また、御茶屋御殿《ウチャヤウドゥン》で手《ティー》を指導しておりますので、どちらかにお越しいただければありがたいのですが……」

「御茶屋御殿のほうにうかがいましょう」

先方の都合を聞いて、訪問の日を決めた。

武士松村からチントウを習ったのは、二十歳になるかならないかの頃だ。ずいぶんと昔のことだが、まるで昨日のことのように覚えていた。

また、辻で危機を救われたのも、ついこの間のことのように感じるが、あれからずいぶんと年月が経っていた。

興作は約束の日、宗棍との再会を待ちきれぬ思いで、首里の坂道を上っていた。識名園も御茶屋御殿も、かつて王家の別荘だった。識名園を南苑《なんえん》、御茶屋御殿を東苑《とうえん》とも呼んだ。

王府がなくなった現在、識名園も御茶屋御殿もヤマトのものになり、沖縄県が管理していたが、昔と変わらずかつての高級士族《サムレー》たちも使用していた。

興作が門前で名乗ると、すぐに案内された。武士松村は、手の指導の最中だった。武士松村は椅子に腰かけ、弟子たちの型を見ていた。興作に気づくと、彼は立ち上がり、にこやかに言った。

「やあ、武士松茂良。よく来てくれました」

興作は、丁寧に礼をして言った。

「その呼び名は畏れ多いです」

なにせ、二人とも武士マチムラだ。

武士松村の弟子たちが、稽古をしながら二人のことを気にしている。興作はその視線を感じて、面映ゆい思いをしていた。

興作は言った。

「松村筑登之親雲上、お元気そうで何よりです」

松村は苦笑した。

「私《ワン》はもう、筑登之親雲上ではありません」

「そうでした……」

「ずいぶんといろいろなことがありました。それもこれも天命かもしれません」

「そうですね……」

「おいくつになられました」

「数えで五十七になります。先生は？」

「ワンは、七十七歳です」

とてもそんな老齢には見えなかった。さすがに武士松村だ。背筋はぴんと伸び、足腰もしっかりとしている。

二人は、庭園内の東屋《あずまや》に移動し、腰を下ろした。

「わざわざお越しいただき、かたじけない」

松村が、二十歳も年下の自分に丁寧な話し方をするので、興作はすっかり恐縮してしまった。そう言えば、武士松村は昔からこういう話し方だった。

「いえ、すっかりご無沙汰してしまい、申し訳ありません」

「ご無沙汰はお互いさまです」

「いつぞやは、辻で助けていただきました。おかげで命拾いをいたしました」

松村は笑った。

「さすがは武士松茂良、なかなか無茶をやりおると思い、眺めておりました」

「面目ございません」

松村が笑みを消して言った。

「泊で決死隊を組織されているという話を聞きました」

「はい。泊《ウー》はもともと保守色の強い土地柄です。石枕党の本拠地でもあります。若者たちも、清と結んで独立することを強く望んでおりますので……」

興作の言葉を聞き、武士松村は深くうなずいた。それから、型の稽古をしている弟子たちのほうに眼を転じた。

そして、弟子の一人を指さして言った。

「あそこにいるのは、義村朝義《よしむらちょうぎ》といいましてな。義村御殿の次男坊です」

「義村御殿……」

御殿と呼ばれるのは、王子や按司《あじ》といった王族直系の人々の屋敷のことで、そこに住む一族のことも指す。

義村御殿は、尚穆《しょうぼく》王の三男、義村王子朝宜《ちょうぎ》（尚周《しょうしゅう》）を祖とする王族の分家だ。本部《もとぶ》御殿と並ぶ名家だった。

そこの次男が手を習いに来ているという。さすがに、武士松村だと思った。首里における手の第一人者は、間違いなく武士松村だ。

興作は言った。

「ここで修行している若者たちが将来、先生の手を沖縄《ウチナー》に広めていくのですね」

「首里の若者たちはワンが引き受けましょう。そして、泊の若者は、ウンジュにお任せしようと思います」

「え……」

興作は武士松村の意外な言葉に、思わずその顔を見つめた。儒教の国、沖縄だ。目上の人に対して、顔を見つめるなどという行為は失礼に当たる。そうした教えは興作の体にも染みついている。にもかかわらず、そうしてしまった。

興作はそれくらいに驚いたのだ。

武士松村が言った。

「首里の手はワンが伝えます。同様に、泊の手をウンジュが伝えていくのです」

「ワンごときが……」

武士松村はかぶりを振った。

「ご謙遜は無用です。お若い頃、刀を持った薩摩の役人に手ぬぐい《ティサージ》一本で立ち向かわれたときから、ウンジュの運命は定まったのです。首里の武士マチムラ、泊の武士マチムラ……。きっと後世ではそう言われることになるでしょう」

「畏れ多いことです」

「ウンジュはすでに、泊で若者たちを集めて決死隊として手をご指導されている。その活動をお続けになるだけでいいのです」

興作は、頭を垂れていた。武士松村がさらに言った。

「義村朝義の隣にいる若者をごらんなさい」

興作は、武士松村に言われて、稽古をしている若者たちのほうを見た。

「あそこにいる小柄で細身の若者は、喜屋武朝徳《ちょうとく》といいます」

「喜屋武……？　あの喜屋武朝扶親雲上の縁者ですか？」

「三男です」

喜屋武親雲上朝扶は、王政一新慶賀使節団の一員として、泊の山里長賢らとともに、伊江王子尚健に随行して上京した。

帰沖後、喜屋武朝扶は黒派《クルーハ》（頑固党）から、強く非難された。国賊呼ばわりする者もおり、今でも喜屋武家の者は、外では決して名乗らないと言われている。

興作は言った。

「義村按司、つまり、あそこにいる朝義君のお父上は、黒派の中心人物の一人でしたね」

武士松村はうなずいた。

「そうです。義村按司朝明《ちょうめい》は、沖縄独立を強く主張なさり、何度か福州の琉球館へもお出かけになっておいでです」

「そのご子息と、慶賀使節団の一人だった喜屋武親雲上のご子息がいっしょに稽古をされているのですね」

「彼らが出会った当初はいろいろございました。しかし、ともに沖縄の将来を担う若者です」

二人ともよく納得したものだと、興作は思った。おそらく、武士松村でなければあの二人に同時に手を教えることなどできないだろう。

「ワンのもとで手を学んでいる、久場興保という若者がおりまして……。彼は沖縄の行く末について思い悩み、何のために手をやっているのかわからなくなったと申しておりました。それでしばらく稽古を休んでいたのです」

武士松村は言った。

「今の世の中、誰でも先々のことを心配していると思います。それで、その若者はどうしました？」

「手は自分自身を守るためにやるのだと考えてはどうか。ワンがそう話すと、稽古を再開してくれました」

武士松村は、深くうなずいて言った。

「自分の体と心を守るために手をやるというのですね。さすがに泊の武士松茂良です。ワンもそのとおりだと思います」

「そうおっしゃっていただくと、ほっとします」

「ところで、チントウはおやりですか？」

「大切に守っております」

興作のこたえに、武士松村は満足げにほほえんだ。

「ウンジュに伝えることができて、本当によかったと思っております。チンテーとともに、大切にしてください」

「ウー」

それからしばらく、興作と武士松村は、武道談義をした。興作が北谷屋良筑登之利正から薩摩伝来の杖術を学んだことを話すと、武士松村はおおいに興味を引かれた様子だった。

「ほう、それはぜひ拝見したい」

「武士松村にご覧いただくのは光栄なことです。適当な長さの棒があれば……」

「ワンが使う杖があります。それを持ってこさせましょう」

お付きの者がすぐに杖を持ってきた。

それを受け取ると、興作は何手か披露した。屋良利正から習った杖術は、手や棒の手のような型がない。相手を想定して、その扱いをやって見せただけだ。

それを見て、武士松村が言った。

「まさに、ワンが若い頃に学んだ示現流と同じ理合いです。やはりウンジュはワンと同じ道をたどられるのですね」

「昔、父と参上したときにうかがったお話をよく覚えています。先生の手には薩摩の示現流の理合いが加味されているのだ、と……。それがどういうことなのか、杖術をやってみてよくわかりました」

武士松村が言う。

「剣も手も、武術は突き詰めれば本質は一つだと、ワンは思います」

「ウー。おっしゃるとおりだと思います」

気がつくと、日が暮れていた。興作は言った。

「名残惜しいですが、そろそろおいとますることにいたします」

「泊の手はお任せしました」

興作は、ただ黙って頭を下げた。

25

武士《ブサー》松村に言われたことを胸にしっかりと刻み、興作は手《ティー》の指導を続けた。泊のために、そして、沖縄《ウチナー》のために自分ができることはそれしかないと、興作は腹をくった。

武士松村は、御茶屋御殿《ウチャヤウドゥン》で昼間から手の指導をしていた。だが、興作は仕事が終わってからしか指導ができない。どうしても稽古は夜間になる。村の若者たちにとっても、そのほうが都合がいいようだった。

若者たちも、昼間はいろいろと用事がある。夜のほうが時間が取りやすいのだ。

それに、伝統的に手は夜に稽古をするものだ。人に見られないように、夜間に密かに稽古をするというのが昔ながらのやり方だった。

それで何の問題もないと、興作は思っていた。だが、あるとき県の役人が稽古場にやってきて言った。

「責任者は誰か」

興作は名乗り出た。

「私《ワン》ですが、何か？」

「夜な夜な集まって、何をやっている」

「ご覧のとおり、手の稽古ですが……」

「ティーとは何か」

「沖縄の武術です。ヤマトの剣術や柔術と同じですよ」

「武術なら昼間に稽古をすればいい。どうしてこんな時刻に集まっているんだ」

「それが手の伝統です。昔から手は、夜中に稽古するものでした」

「そんなことを言って、実はよからぬ相談をしているのではないのか」

「よからぬ相談とは、何のことですか」

「謀《はかりごと》だ。泊には、沖縄独立を主張する連中が多いと聞く。福州の琉球館に渡った者もおると聞いている」

「とんだ言いがかりです。昼間は勉学や仕事で時間が取れない者が多いのです。ですから この時間に稽古をするのが都合がいいのです。それに、沖縄は暑いですから、体を動かすには日が沈んでからのほうがいい」

「政治の話をしているのだろう」

「話をしているように見えますか？　私《ワッター》たちは真剣に手の稽古をしているのです。手は、若者たちの心身を鍛えるのに持ってこいです。何か相談しているかどうか、そこでしばらくご覧になるといい」

「私が見ているのに、謀議をするはずがない」

「もともとそんなつもりはありません」

興作は役人にかまわず、稽古を再開した。

若者たちが型を繰り返す。役人はその様子をじっと見ていた。やがて彼は、何も言わずにその場から去って行った。

金城紀任が興作に近づいてきて言った。

「政府はワッターの動きを気にしているようですね」

「かまうことはない」

「しかし、実際に若者たちの中には石枕党もおります」

紀任がそう言うので、興作はこたえた。

「それならワンも石枕党だ。別にこそこそするつもりはない。気になるならいくらでも監視すればいいのだ。ワッターはただ、手の稽古をしているだけなのだ」

その言葉に、紀任は安心した様子だった。

「そうですね。ワッターは手の稽古をしているだけです。役人にとやかく言われる筋合いはありません」

「若者たちの心身の育成に手が役立つというのは嘘ではない。ワンはそう信じている。手をやれば健康になるし、心身に自信もつく。いいことずくめだ」

「はい《ウー》」

実際、興作が手の稽古を始めてから、泊の若者たちの体格がずいぶんとよくなったように思える。決死隊の組織が目的だったが、決して乱暴なことをしようというのではない。いざというときのために備えるのだ。

興作も教えはじめた当初は、自分に手の師など務まるだろうかと心配だった。だが、いざ指導してみると、本当の手を伝えようという情熱が湧き上がってくる。

特に武才のある弟子には、つい眼が行く。

金城紀任はもちろんのこと、彼と同じ歳の山里義輝《よしてる》も見所のある若者だった。

久場興保も、あれ以来真面目に稽古を続けている。

武士松村は興作に、泊の手を任せると言った。これらの若者たちが泊の手を継いでくれる。彼らを一人前の武士にすることが、自分の役割だと興作は心に決めていた。

興作は、宇久嘉隆から習ったナイファンチ、照屋規箴から習ったバッサイやワンシュウを、そして松村宗棍から習ったチントウを弟子たちに教えた。

時には、カミヌヤーの住人に扮《ふん》した武士松村の弟子から習ったチンテーを教えることもあったが、それは稀《まれ》だった。

子供の頃に見て覚えた湖城家の手や、北谷屋良利正から学んだ示現流の杖術などは、ほとんど弟子には指導しなかった。

昔は、有名な武士でも型をそんなに知らなかったと言われている。いくつも型を覚えるよりも、一つの型をしっかりと稽古することのほうが重要だとも言われている。だから興作は、型の数にはこだわらなかった。

また、修得の遅い者にはあせらずに一つの型をじっくりと稽古させた。

そうして、また月日は流れていった。

ある日の夕刻、自宅にいると客が訪ねてきたと告げられた。玄関に出てみると、二人の若者が立っていた。

一人は二十歳くらいで、紀任や義輝と同じくらいの年齢だ。もう一人は十五、六歳に見える。二人ともいい体格をしていた。

ははあ、手をやっているな。

興作はそう思いながら尋ねた。

「ワンに御用ですか？」

年上のほうが言った。

「ワンは、屋部憲通《やぶけんつう》と申します。こちらは、本部朝基《ちようき》」

興作は驚いて言った。

「本部御殿《ウドウン》の……」

本部朝基と紹介された少年はこたえた。

「もう御殿もありません。それにワンは三男坊なので、財産ももらえません」

「それでも御殿の血筋は尊いものだと思います」

「それより、手を見せてはいただけませんか」

朝基少年の物言いはあからさまだった。興作は、たじろいだ。年齢を考えると、とても許せる言動ではない。だが、相手は本部御殿の子息だ。なかなか断りにくい。

屋部憲通と名乗った若者が言った。

「ご無礼は承知の上です。ワッターは、武士松村に手を学んでいます。松村先生が常におっしゃっています。泊では武士松茂良が一番だ、と……」

そう言ってもらえるのはありがたいが、こうして若者が突然訪ねてくるのは困りものだ。興作はそう思いながら言った。

「手をおやりならばおわかりのことと思います。簡単に自分の技をひけらかすようなことはできません。それに、今日は少々用事が立て込んでおりまして。申し訳ないがお引き取りいただきたい」

「そうですか……」

屋部憲通が言った。「それは残念です。では、また折を見て、お訪ねいたします」

そう言って二人は去って行った。

やれやれと思っていたのもつかの間で、二人はその二日後にまたやってきた。興作は、居留守を使うことにした。会えばまた手を見せろと言われる。彼らは、あわよくば手合わせをしようと思っているのだ。


それからさらに三日後、屋部憲通と本部朝基はまたやってきた。

そのときも、興作は居留守を使った。

何度訪ねてきても、会うつもりはなかった。だが、五度目に彼らがやってきたとき、庭にいるところを見られてしまった。

居留守を使うわけにもいかない。興作は仕方なく、再び彼らに会うことにした。

「何度かお訪ねいただいたようですが、留守をしており、申し訳ありません」

屋部憲通が言った。

「こちらこそ、何度も押しかけてきて申し訳ありません。しかし、松村先生が常々、泊を代表する武士《ウンジュ》はあなただと申されております。その手をどうしても拝見したいのです」

屋部憲通も本部朝基も、言葉は丁寧だが、明らかに挑戦的な態度だった。もしかして彼らは、自分たちの先生と同じ名前の武士がいることを少々不愉快に感じているのかもしれない。

興作はそう思った。

彼らにとって、武士マチムラは一人だけで充分なのだ。

「わかりました」

興作は言った。「では、何かご覧にいれましょう」

本部朝基が言った。

「手合わせをお願いします」

この申し出も、本部朝基でなければ、許されないものだった。それくらい本部御殿の家柄は位が高い。なにせ王家に次ぐ血筋だ。

断るわけにはいかないし、また断る気もなかった。

「では、庭にいらしてください」

狭い庭だが、立ち合いに広い場所は必要ない。

屋部憲通と本部朝基は、興作について庭にやってきた。

「さて、立ち合いとなれば、本部御殿のご子息が相手でも容赦はできません。よろしいですか」

本部朝基は、大きな目を輝かせてこたえた。

「望むところです」

「では、いつでもどうぞ」

興作は、庭の中央に歩み出た。本部朝基も出てくる。なるほど腕自慢だけあって、向かい合ってみるとなかなか見事な体格をしている。

興作は、やや右肩を前に出すような形で立っていた。戦いの構えは取らない。本当の手の勝負に構えなど無用だ。構えたとたんに必ずどこかに隙が生じる。自然体が一番隙がないのだ。

相手が攻撃してきたら、その瞬間にこちらも迷わず踏み出して打ち据えてやろう。そう考えていた。立ち合う前に宣言したように、相手が誰であれ、挑んできた者に手加減はしない。

本部朝基は最初、どうやって攻めようかと、あれこれ考えている様子だった。まるで子供が遊んでいるように無邪気な顔だ。

だが、実際には手を出してこない。

興作は、相手の攻撃を想定しつつ、わずかに前になっている右足を進めた。

そのとたん、本部朝基は、はっとした様子で下がった。それから彼の態度が変わった。遊んでいるように楽しげだったのが、ふと訝《いぶか》るような顔に変わった。

興作はまた少しだけ前に出た。

朝基は、慌ててまた後退した。戸惑うような表情になっていた。

さらに興作が出る。朝基が下がる。ついに、朝基の背が塀についた。その額に汗が噴き出している。

そのまま興作ははたと朝基を見据えていた。朝基の顔面は汗まみれとなった。

やがて朝基は、構えを解き、頭を下げた。

「参りました」

興作は、その場から動かなかった。こちらの油断を誘うつもりかもしれない。

「参ったというのは、どういうことですか。まだ手を出しておりませんが」

「いや、手を出そうとすると、とたんにやられることがわかりました。とても手など出せません」

興作はそれを聞いてようやく一歩下がった。朝基がほっと息をついた。

その様子を見ていた屋部憲通が言った。

「いや、さすがは武士松茂良……。松村先生が申されていたとおりです」

「次はウンジュが立ち合いますか?」

屋部憲通は慌てた様子で言った。

「いえ、とんでもない」

興作は屋部憲通に言った。

「お二人はワンと立ち合うためにいらしたのでしょう」

「この本部君がどうしてもと言うもので……」

「では、もうワンに御用はないはずですね」

本部朝基が言った。

「いや、感服いたしました」

「ならば、一言申し上げておきます。ウンジュも武士を志すのなら、先輩への礼儀を心得なければなりません。ワンがもう年寄だから、どうせたいしたことはないだろうと、立ち合いを挑まれたのでしょうが、それは大きな間違いです」

本部朝基が頭を垂れた。

「返す言葉もございません。おっしゃるとおり、もしかして今なら有名な武士松茂良に、一発くらいはお見舞いできるかもしれないと考えておりました。まことに、大きな間違いでした」

「歳を取れば体力は衰えていきます。しかし、本当に難儀《ナンギ》をした手の技は衰えません。それを肝に銘じておくべきです。また、そういう鍛錬の仕方をすべきです」

屋部憲通と本部朝基は、深々と頭を下げた。

やれやれ、これで二人はもうやってこないだろう。興作がそう思って安心していると、その翌日、本部朝基がまたやってきた。

興作は驚いて尋ねた。

「まだ何か御用でしょうか?」

今までとは打って変わって、すっかり謙虚な態度になった朝基が言った。

「先生、ぜひ手を教えてください」

「ワンに手を習いたいと……」

「ウー」

「しかし、武士松村に手を習っておられるのでしょう」

「ウー。かつて糸洲安恒《いとすあんこう》先生にも習っておりました。ですが、ぜひとも先生の教えを乞いたいのです」

本部御殿の子息にそう言われては断れない。そして、家柄だけではなく、この少年の頼みは断るべきではないと感じていた。

興作は、朝基の武士としての才能を見抜いていた。

「わかりました。お教えしましょう。ただし、ウンジュはあくまでも武士松村のお弟子です。お教えするのは短期間のこととしましょう」

26

その日からさっそく、本部朝基に稽古をつけはじめた。

本部御殿《ウドゥン》の子息を、他の若者といっしょに稽古させることは、はばかられた。興作は、朝基だけは自宅の庭で稽古させることにした。

指導は短期間と決めた。長くても半年くらいのつもりだ。時間を無駄にしたくはない。型は武士《ブサー》松村や糸洲安恒などから習っているだろう。興作は、実戦的な変手《ヒンディー》を教えることにした。

興作は尋ねた。

「何の型がお好きですか」

「ナイファンチが好きです」

「ほう。それはなぜですか？」

「どんなに長くて複雑な型をやってみても、結局は、ああ、これはナイファンチと同じことをやっているな、と思うことが多いからです」

「なるほど。では、やって見せてください」

「はい」

朝基《ウー》のナイファンチは見事だった。興作が思わずうなるほどだった。動きも正確だし、体がよく練られている。

「では、ナイファンチをもとに、変手をやりましょう」

朝基は目を輝かせた。

「それは願ってもないことです」

彼はすこぶる勘がよかった。戦いのコツをよく心得ている。

ナイファンチは基本の型とか、鍛錬型などと言われることが多い。初心者はまず、ナイファンチから始める。

だが、ナイファンチこそが実戦向きの型だと興作は考えていた。ナイファンチの動き一つ一つが、そのまま戦いに使える。

興作の教えを受けて、朝基もそのことをよく理解したようだった。

あるとき、朝基が言った。

「先生からナイファンチの変手を学んでから、どんな相手にも負けなくなりました」

「掛け試し《カキダミシー》をおやりなのですか？」

「はい。辻などでよく立ちます」

子供のように無邪気な物言いに、興作は苦言を呈する気にもなれなかった。昔、武士たちはさかんに掛け試しをやったものだという。朝基は将来、有名な武士になっていくだろうと、興作は思った。

「先生は、刀を持った薩摩の士族《サムレー》と手《ティー》で戦ったことがあるそうですね」

朝基が興味津々の様子で、そう言ったことがあった。

興作はこたえた。

「素手ではありません。手ぬぐい《ティサージ》を使いました」

「ティサージを……？」

「端に小石を縫い込んだティサージをいつも用意していたのです。実戦というのは、常にそれくらいの用心が必要です」

「さすがですね」

「その戦いで、小指を落としました。そして、何年も山原に隠棲《いんせい》しなければなりませんでした」

「先生は石枕党ですね？」

「そうです。あなたは御殿の家柄ですから、当然黒派《クルーハ》でしょうな」

「うーん……」

朝基は頭をかいた。「私《ワン》は、そういうことにはあまり興味はありません。いずれ、ヤマトに行くことになると思います」

「ヤマトに……？」

「沖縄《ウチナー》では仕事がありませんし、ヤマトに手を広めたいという夢もあります」

興作は驚いた。ヤマトに手を広めるなど、考えたこともなかった。手は沖縄の秘術だ。ヤマトンチュに決して知られるわけにはいかないと、ずっと思ってきたのだ。

それを朝基は、事もなげに言ってのけた。

「ヤマトに手をですか……」

「ヤマトだけではない。広く海外にも本物の手を紹介したいと思っています。そのためには、決して誰にも負けないくらいの実力を身につけなければなりません」

そういう時代なのか。

興作はしみじみと思った。自分は老いていくだけだ。だが、朝基のような若者は新しい時代に果敢に挑戦しようとしている。

実は、長年の無理が祟《たた》ったのか、近年膝の調子がよくなかった。歩くだけで両膝が痛むことがある。体の衰えを実感して、興作はしばしふさぎ込んでいた。

だが、失望することはないのだ。朝基のような若者が、そして、毎夜稽古場に集まってくる若者たちが、自分の手を継いでくれる。興作はそう思った。

本部朝基の稽古は、約半年に及んだ。

「今日で稽古は終わりにします」

興作がそう告げると、朝基は丸い目をさらに丸くして言った。

「先生、ワンはまだまだ先生から教わりたいです」

「短期という約束でした。すでにウンジュは、多くのことを学びました」

「あとは実際に試してみるしかないということですね」

「それも悪くないでしょう」

朝基は意外そうな顔で言った。

「こういうことを言うと、たいていの先生はたしなめようとします。先生はそうではないのですね」

「武士は強くなければなりません。それは、今も昔も変わらない。強くなるためには、多少無茶なことも必要です」

朝基が感心したように言う。

「さすがに、刀を持った薩摩のサムレーと戦った武士松茂良だ……」

「ワンもまだまだ戦いたい。しかし、もうじき還暦で、最近どうも膝が悪くなってきました。今なら、ウンジュが勝つかもしれませんよ」

朝基はぶるぶるとかぶりを振った。

「とんでもない。とてもかなわないことはすでにわかっています」

「ヤマトに手を広めたいとおっしゃっていましたね」

「ウー」

「ワンが宇久親雲上《ペーチン》や照屋親雲上から学んだ泊の手を、ヤマトンチュが稽古する日が来るのでしょうか」

朝基が真剣な表情になって言った。

「先生が望まれるのなら、そういう日も来るでしょう」

「ワンにはわかりません。泊の秘伝がヤマトンチュに盗まれるようで腹立たしい気もします。その一方で、ヤマトンチュが泊の手を学ぶことを誇らしいとも思います」

「時代が変わったのです。沖縄はもう王国ではなく、ヤマトの県なのです」

「若いウンジュはそれを受け容れられるでしょうが、ワンは死ぬまで納得できないでしょう」

「沖縄人《ウチナンチュ》は、誰も納得していないでしょう。しかし、そうなってしまったものは仕方がない」

「そうですね」

興作は、これまでの人生を思い出していた。

「またいつでも来てください」

興作は本部朝基に言った。

「ウー」

朝基は頭を下げ、去って行った。興作はその後ろ姿をしばらく見送っていた。


還暦を過ぎ、興作はますます体の衰えを感じるようになっていた。特に、両膝の痛みが年を経るごとに増していった。だんだんと歩くのも辛くなってきた。

若い頃はあれほど走り回り、山原の山道も毎日歩いていたのに……。そう思うと、老いていくのが悔しかった。

体は衰えても技を伝えることはできる。興作は、死ぬまで手の指導を続けるつもりだった。

稽古場には、若者たちが通ってくる。

今ではすっかり大人になった金城紀任や山里義輝、久場興保らが指導を助けてくれる。

金城たちの次の代も育ちつつある。

その中で、興作は特に伊波興達《いはこうだつ》という少年が気に入っていた。興達は、武人としての才能にあふれており、なおかつ稽古熱心だった。

こんな若者にはもう出会えないかもしれない。興作は、衰えていく自分を意識しながら、そんなことを思っていた。もう自分は長くはない。生きているうちに、精一杯のことを、この興達に伝えよう。

興作は、痛む膝に耐えながら、若者たちの指導につとめた。

世の中は変わっていくが、いつか琉球がまた独立した国になることもあるのではないかと、漠然と願っていた。そのときのために若者を鍛えるのだと。

だが、その願いは叶《かな》わないことがわかった。興作が六十五歳のときに、日清戦争が起きた。そして、親国《ウヤグニ》として憧れ、頼りにしていた清国がヤマトに負けたのだ。

興作は、衝撃を受け、そして、打ちひしがれる思いだった。その頃には膝の不調もあり、ふさぎ込む毎日だった。

そんな折に、喜屋武朝徳が訪ねてきた。御茶屋御殿《ウチャヤウドゥン》で武士松村から手を習っているところを見かけたことがあるので、彼の顔を覚えていた。

王政一新慶賀使節団の一員だった喜屋武朝扶の子息で、本部朝基とは親戚だったはずだ。御殿に次ぐ「殿内《トゥンチ》」と呼ばれる家柄だ。

興作は、琉球国王を藩主とし華族にするという勅令を持ち帰った王政一新慶賀使節団に対して腹を立てていた。喜屋武朝扶も憎いと思っていた。

その息子が会いにきたのだ。会いたくはなかった。膝の調子もよくないし、日清戦争の衝撃からまだ立ち直れずにいた。面会を断り、帰ってもらおうかと思った。

だが、そのときふと、御茶屋御殿でいっしょに稽古をしていた義村朝義のことを思い出した。義村御殿の次男坊で、父の義村朝明は黒派の中心人物だ。その次男である朝義も当然強硬な頑固党のはずだった。

その朝義が喜屋武朝徳といっしょに手の修行をしていた。彼らは、過去の確執を超えようとしているのではないだろうか。

時代が変わっていく。そして沖縄も変わる。そんな中で、何が一番いいことなのかを考えなければならない。

武士松村が弟子にした人材だ。素質があるに違いない。優秀な人材に伝えてこそ、ワンの手が生きるのではないか。

そう考えた興作は、喜屋武朝徳に会ってみることにした。もし、手を伝えるに値しない人物だとわかったら、そのまま帰ってもらえばいい。

「お待たせしました。松茂良です」

朝徳は丁寧に頭を下げて名乗り、言った。

「どうしても泊武士の松茂良先生に、お教えを乞いたくてやって参りました」

興作は、喜屋武朝徳と言葉を交わしたとたんに思った。

これは見所のある男だ。本部朝基は一本気な男だったが、朝徳はかなり違う印象があった。

柔らかい。そう感じた。

人格が柔軟で、当たりも柔和だ。おそらく彼は将来、多くの弟子を育てることになるだろう。

「本部御殿のご子息が、ワンのもとに通われていました。ご親戚ですね」

「従兄《いとこ》です。その話はうかがっております。その後、ワンはしばらく東京におり、最近沖縄に戻りました」

「東京に……」

「父が尚泰侯爵とともに東京に参りましたので……」

「ワンに手を習いたいということですが、ウンジュもやはり本部御殿のご子息のように掛け試しをおやりになるのですか？」

「ワンは朝基とは違います」

朝徳のこたえを聞き、興作はさらに尋ねた。

「ほう、ではどうして手をおやりになるのです？」

「強くなれば、誰も戦いを挑んではこなくなるでしょう。うんと稽古をして、生涯一度も手を使わなければ、それが武士の本懐だと思います」

興作は、この言葉を聞き、ぜひ朝徳に自分の手を伝えようと思った。

「ワンはもう満足に動けません。ウンジュに型を一つ伝えるのがやっとです。チントウをお教えしましょう」

「ありがとうございます」

興作は庭に出て、さっそく指導を始めた。

「一度やってみるので、ご覧ください」

まともに歩くこともできなかったのだが、不思議なことにチントウを始めると体が軽くなったように感じた。膝の痛みも感じない。武の神様が最後に力を与えてくださったのかもしれない。興作はそう思った。朝徳は、食い入るように興作の型を見ていた。

若者に型を伝えるのは、これが最後になるかもしれない。興作はそんな思いで朝徳にチントウを教えた。

27

興作が亡くなったのはそれから間もなくのことだった。

明治三十一年（一八九八年）のことだ。享年六十九だった。親泊興寛や山田義恵は彼を見送ることになった。

興作が生前望んだように、彼の手《ティー》は伊波興達に受け継がれた。さらにその後、興達から仲宗根《なかそね》カーカーこと仲宗根正侑《せいゆう》に伝えられた。

仲宗根正侑は晩年、ある演武会において、こう言明した。

「泊手《トマイディー》の鍵は私が握っている」

松茂良興作の系統を継いでいるのは自分であるという宣言だ。

仲宗根正侑はほとんど弟子を取らなかったが、例外は渡嘉敷唯賢《とかしきいけん》だった。仲宗根は渡嘉敷にだけ、泊手の正統を名乗ることを許した。

多くの流派に発展した首里手と違い、泊手はあまり世間に知られることはなかった。

だが、近年にわかに注目を集めるようになったのだ。

もし、松茂良興作がいなければ、泊手という呼び名はこの世に存在しなかったかもしれない。そして、長い年月を経た今も、興作の手は、連綿と受け継がれ、沖縄《ウチナー》の地で生き続けている。

解説

小那覇安剛

松茂良興作《まつもらこうさく》の顕彰碑が立つ那覇市泊《とまり》の公園を訪ねた。顕彰碑は地元泊の有志や興作にゆかりのある空手家らによって1983年に建てられた。

碑文には泊の村人に乱暴を働く薩摩の侍をいさめたことや、「琉球処分」（琉球併合）後の明治政府役人から身を挺して泊の共有財産を守ったという逸話を紹介しながら「破邪顕正の道を貫いた拳聖松茂良の名を永遠に残す」と刻まれている。

顕彰碑の近くには、興作に秘技を伝えた謎の男が暮らしていたというカミヌヤー（フルフェーリンという呼び名もある）も残っている。世替わりの時代を駆け抜けた空手家の生きた証が泊の地に残る。

「泊手中興の祖」と呼ばれる興作は、沖縄の空手の伝統を築いてきた空手家の中でも最も人気がある。空手のことは詳しくなくても「武士松茂良」の名は知っているという人は多い。戦前、戦後を通じて小説や舞台で取り上げられてきたからであろう。

1938年、沖縄の日刊紙「琉球新報」に小説「武士松茂良」（作・松村竹三郎、画・

図師巌）が載り、好評を博したという。新聞連載の評判を受けてであろう。沖縄芝居の名優として名高い真境名由康《まじきなゆうこう》が率いる劇団・珊瑚座が「武士松茂良」を上演した。興作役はユネスコ無形文化遺産「組踊」の実演家として功績を残した島袋光裕《しまぶくろこうゆう》である。

敗戦後も人気は続く。沖縄戦後初期の行政機関・沖縄民政府の直営劇団・松劇団や戦後の名優・真喜志康忠《まきしこうちゅう》が率いるときわ座が「武士松茂良」を上演した。みつわ座という劇団は芝居と映画による「連鎖劇」で上演している。興作は沖縄空手界の大スターと呼んでも良い存在だと言える。

船越義珍、本部朝基《もとぶちょうき》、喜屋武朝徳《きゃんちょうとく》という名高い空手家を取り上げてきた今野敏さんが松茂良興作に挑んだのが本作『武士マチムラ』である。松村宗棍も登場し、沖縄の動乱期を生きる2人のマチムラを描いた琉球新報の連載（2016年8月2日〜17年3月18日、全192回）は読者から大歓迎を受けた。

「シタイサイ　待ッチョイビータン」（いいぞ、待っていました）という書き出しで始まる投稿があった。松茂良家の末裔を名乗る読者は、興作が眠っている墓に関する情報を寄せてくれた。琉球新報を訪ね、「武士マチムラ」に出てくる空手の型が戦前から戦後を通じてどのように変化してきたかを得々と語ってくれる空手愛好者もいた。興作ファンは熱い。

なぜ、興作はうちなーんちゅ（沖縄の人）に愛されているのか。連載開始時のインタビュー（2016年7月27日付琉球新報掲載）で今野さんはその魅力を次のように語っている。

「薩摩の武士を相手に手拭いで挑んだという有名なエピソードがある。この正義感、おとこ気が魅力なのだと思う」

抜刀して村人に乱暴を振るう薩摩の武士に石を縫い付けた手拭いで挑み、刀をはたき落としたという逸話は、1609年の侵攻以来、琉球を支配下に置いてきた薩摩への憤りも手伝って興作のヒーロー像を際立たせる。『武士マチムラ』はもちろん、興作に関する評伝も決まってこの逸話を紹介する。

インタビューでは興作が生きた時代にも触れている。

「政治的に言えば、松茂良は『頑固党』の最も精鋭的な人だったと言われている。前に書いた『チャンミーグヮー』（2013年2月～9月、琉球新報連載）の喜屋武朝徳の父、喜屋武朝扶《ちょうふ》は尚泰王と一緒に明治政府に使いに行ったというので、開国側だと見られて攻撃された。当時の『頑固党』と『開化党』の闘い、相克はどのようなものだったのか。このことは、今回の『武士マチムラ』の一つの柱になっていくと思う」

興作は1829年の生まれ。薩摩に支配されていた琉球が西洋列強の外圧にさらされるようになった時代である。イギリス、フランスの艦船が来航し、開国やキリスト教の布教を琉球に迫った。ペリー提督の来航は1853年。琉球は1854年、米国と「琉米修好条約」を結んでいる。55年にはフランスと琉仏修好条約、59年にオランダと琉蘭修好条約を締結した。

その琉球に明治政府が兵を送り、力ずくで日本の版図に組み入れたのが「琉球処分」(1879年)であった。その後、沖縄では明治政府に同調し、日本への同化を説く「開化党」と、清国を慕い、琉球王国の再興を希求する「頑固党」の対立が続いた。興作は「頑固党」の立場であった。

喜屋武朝徳の父で、空手家の朝扶は琉球王府の高官であり、最後の琉球王・尚泰の側近であった。尚泰は明治政府から東京居住を命じられ、朝扶も上京した。朝徳は青年期の一時、朝扶と共に東京で暮らし、二松学舎で学んでいる。

清国へのあこがれを抱く松茂良、東京で新しい時代の空気を吸った喜屋武を含む沖縄の武士、空手家は世替わりとその後の動乱に巻き込まれていく。今野さんは語る。

「琉球が琉球でなくなっていく過程、琉球王朝が琉球王朝でなくなっていく過程に身を置かなければならなかった武士だ。それは足元の地面がなくなるほどの不安があったのではないか。とても正常な気持ちではいられない。そして、『頑固党』と『開化党』は命を懸けて戦った。国をどうしていくのか、われわれは国に対して何をしていくのか、ぎりぎりの選択を迫られたのではなかったか。とても生きにくい時代だった。武士にとって『琉球処分』の動乱は薩摩の侵攻以上に大変だったのではないか。国がなくなるのだから」

興作は時流にあらがった。泊の共有財産「内輪御物《ねーわーぐむち》」を取り上げようとした政府に抵抗した反骨精神は今なお語り継がれている。興作は優れた空手家というだけではなく、時の権威におもねることなく沖縄の価値を守り抜いた傑物という側面があるからこそ、多くの人に愛され続けるのであろう。

「頑固党」と「開化党」の対立は日清戦争における日本の戦勝によって沈静化していく。沖縄の空手にも変化の波は押し寄せる。人の目を避け、墓庭《ハカヌナー》で照屋規箴《てるやきしん》が松茂良興作に技を伝えるような一子相伝の技の伝承は過去のものとなり、明治期の空手家は旧制中学校や師範学校、各地の尋常高等小学校で空手の普及を図るようになる。

「琉球処分」以降、沖縄独自の文化が衰退していく中で沖縄の空手家は日本の国策を見据えながら技の継承を図った。その担い手は軍人であった屋部憲通《やぶけんつう》、花城長茂《はなしろちょうも》らであった。屋部は松村宗棍、松茂良興作の2人に師事し、花城は糸洲安恒《いとすあんこう》から学んだ。この時代、富国強兵、軍人育成における有用性から空手が注目されていく。

糸洲が1908年、空手の普及発展のための方向性を示した「唐手十箇条」(糸洲十訓)は後段で次のように記し、空手の効用を説いている。

「右十ヶ條の旨意を以て、師範中学校に於て練習致させ、前途師範卒業各地方学校へ教鞭を採るの際には、細敷御示諭各地方小学校に於て精蜜教授致させ候はば、十年以内には全国一般へ流布致し、本県人民の為而巳ならず、軍人社会の一助にも相成可申哉と筆記して備高覧候也」

運動会などの学校行事で空手演武が盛んに披露されるようになる。もはや空手は人目を忍んで学ぶものではなくなった。１８９８年の興作の死後、皇民化、日本への同化という沖縄の歩みの中で、沖縄の空手を取り巻く環境は大きく変わっていく。

そして松茂良興作のドラマを舞台化した「武士松茂良」を紹介する１９３９年10月１日付の琉球新報の広告は「非常時国民として体得すべき空手道の神髄を舞台上に表現し近世の典型的武人としての泊松茂良の面目躍如たり矣！」とまで書くに至る。明治政府にあらがった興作の死から約40年。空手は、国家が推し進める戦争に身をささげる「非常時国民」が体得すべき武道となってしまった。そのようなことを興作は望んだであろうか。

『武士マチムラ』で、「何のために手をやっているのか」と悩む弟子の久場興保《くばこうほ》に興作が応じる場面がある。既に琉球王府は崩壊し、守るべき御主加那志《ウシュガナシ》（尚泰王）も沖縄を去った。いまさら空手を学ぶ意味があるのか、という疑問である。興作は「だが、沖縄人として守るべき大切なものはあるはずだ」「ヤーは自分を守ることも考えなくてはならない。まず、自分を守らなければ、大切な人を守ることはできない。それはわかるな」と久場を諭す。そして言葉を継ぐ。

「そして、自分を守るというのは、身を守るという意味だけではない。信念を守るという意味もある。信じるものが損なわれたとき、それはもう自分ではなくなる。沖縄人は、かつては薩摩に支配され、そしてついに御主加那志もいなくなった。それでも、信じるものを失わなければ、沖縄人でいられる。恐ろしいのは、信じるものを奪われることだ。それを守るために、ワッターは手をやるのだと思う」

興作のこの言葉に、今野さんの空手観が凝縮されているように思う。そして私たちは自問する。沖縄の皇民化・日本への同化の中で沖縄人は守るべきもの、信じるべきものを外から強制され、結果的に取り違えたのではなかったか。その帰結として何があったのか。興作に託した今野さんの言葉が胸に響く。

1945年の沖縄戦は人命だけでなく、多くの文化遺産を奪い去った。空手も伝承の途絶える危機にあった。喜屋武朝徳は戦火から逃れ、戦後沖縄の出発地となった石川の収容地区で息を引き取る。地上戦を生き残った空手家、日本本土から戻った空手家は灰燼から空手の再興に尽くしていく。

さまざまな人が描き、演じてきた泊の武士、松茂良興作。『武士マチムラ』で今野さんは沖縄人として守るべきものとは何かを自らに問い、悩みながら追い続ける新たな松茂良興作像を私たちに提示した。

その精神は、戦後75年を経て今なお困難な歩みを続けている今日の沖縄にも求められるものに違いない。武士マチムラの心は生きている。

（おなは・やすたけ　琉球新報記者）

本書は、二〇一七年九月、集英社より刊行されました。
初出　「琉球新報」二〇一六年八月～二〇一七年三月
本書は史実をもとにしたフィクションです。

今野　敏の本

チャンミーグヮー

平和は武によって保たれる。首里士族、喜屋武家の三男として生まれた朝徳。手と呼ばれる武術の鍛錬を続けた彼は、やがてその伝道に力を注ぎ……。琉球が生んだ伝説の空手家の一代記。

集英社文庫

集英社文庫

武士《ぶし》マチムラ

2020年11月25日　第1刷　　定価はカバーに表示してあります。

著者　今野《こんの》　敏《びん》

発行者　徳永　真

発行所　株式会社 集英社
東京都千代田区一ツ橋2-5-10　〒101-8050
電話【編集部】03-3230-6095
【読者係】03-3230-6080
【販売部】03-3230-6393(書店専用)

印刷　大日本印刷株式会社

製本　大日本印刷株式会社

フォーマットデザイン　アリヤマデザインストア　　マークデザイン　居山浩二

ISBN978-4-08-744175-8 C0193